d

Simone Lappert
Der Sprung

ROMAN

Diogenes

Copyright © Simone Lappert, 2019
Covermotiv: Illustration von Tina Berning, ›#001 Pepita‹
Copyright © Tina Berning

Die Autorin dankt Pro Helvetia,
dem Fachausschuss Literatur Basel und dem
Aargauer Kuratorium für die großzügige
Unterstützung der Arbeit an diesem Roman.

Alle Rechte vorbehalten
Copyright © 2019
Diogenes Verlag AG Zürich
www.diogenes.ch
160/19/44/3
ISBN 978 3 257 07074 3

Für meine Schwester und meinen Bruder

Ein Körper verharrt in Ruhe oder im Zustand der gleichförmig geradlinigen Bewegung, wenn keine äußeren Kräfte auf ihn wirken.
Isaac Newton, 1. Gravitationsgesetz, das Trägheitsprinzip

Maybe I'm crazy
Maybe you're crazy
Maybe we're crazy
Possibly
Gnarls Barkley

*

Bevor sie springt, spürt sie das kühle Metall der Dachkante unter den Füßen. Eigentlich springt sie nicht, sie macht einen Schritt ins Leere, setzt den Fuß in die Luft und lässt sich fallen, mit offenen Augen lässt sie sich fallen, will alles sehen auf dem Weg nach unten, alles sehen und hören und fühlen und riechen, denn sie wird nur einmal so fallen, und sie will, dass es sich lohnt; und nun fällt sie, fällt schnell, Adrenalin flutet ihre Kapillaren mit Hitze, als würden ihre Glieder vor Scham erröten, aber sie schämt sich nicht, sie fällt, fällt mit dem Gesicht nach unten, und alles dreht sich, während sie fällt, alles weitet sich in ihr, ihre Poren weiten sich und ihre Zellen, ihre Adern, ihre Gefäße, alles öffnet sich, schreit, sperrt sich auf, bevor es sich wieder zusammenzieht, ihr ganzer Körper eine Faust jetzt, die sich nach unten boxt und die Umgebung mitreißt, die Fassaden nur noch Striche auf den trockenen Pupillen, und Luft schneidet ihre Netzhaut, seziert ihr das Sichtfeld, etwas blendet und brennt in den Augen und im Mund, die Stadt dreht sich, dreht sich um sie herum, der Boden dreht sich ihr entgegen, kein anderes Geräusch jetzt als die Luft, in der sie sich dreht, die schneidende Luft, durch die sie fällt, die ihr die Kleidung gegen die Knochen schlägt, die ihr gegen den Brustkorb drückt und alles ganz nah jetzt, der Asphalt, die

Fenster, die Köpfe, grün, blau, weiß, und wieder blau, und all die Haare im trockenen Mund, und das Herz steckt ihr groß in der Luftröhre fest, und sie rotiert jetzt im Fallen, rotiert auf den Rücken, ob sie will oder nicht.

*

Der Tag davor

Felix

Felix zerbiss einen Eiswürfel und seufzte, noch neunzehn Minuten bis zum zweiten Teil seiner Schicht. Es war einer dieser ersten warmen Maitage im Jahr, die nach Sommer rochen, an denen alle versuchten, sich ein wenig um ihre Pflichten zu drücken, im Kaufhaus Kühltruhen mit Eis am Stiel neben die Kassen gestellt wurden und sich am Abend um die Stadtbrunnen herum Pfützen bildeten, weil Kinder hineingestiegen waren, um zu baden. Männer und Frauen mit noch winterbleichen Beinen machten Besorgungen, radelten oder schlenderten vorbei, Kinder trugen in ihren Rucksäcken die Hausaufgaben nach Hause, die sie heute würden ausfallen lassen. Felix' Glas war längst leer. Hin und wieder nippte er am Schmelzwasser, das sich am Glasboden sammelte, oder zerkaute einen der Eiswürfel, die noch leicht nach Tomatensaft schmeckten. Er mochte das Gefühl, wenn die Härte des Eiswürfels den Mahlbewegungen der Zähne nachgab und der Wärme im Mund, sich in einen winzigen Schluck Wasser auflöste, kalt genug, um jeden Gedanken auf der Stelle einzufrieren. Roswitha hatte komplett rausgestuhlt, das Wetter würde also stabil bleiben heute, in dieser Hinsicht war auf Roswitha Verlass. Durch einen Riss im Stoff der Markise brannte die Sonne aufs weiße Papiertischtuch, ein Fleck, der ihn blendete. Er hatte es so eilig gehabt, aus dem Revier zu kommen, dass er seine Sonnenbrille im Spind vergessen hatte. Felix nahm die letzten drei Zahnstocher aus dem dunkelblauen Plastikbehälter und stülpte ihn umgekehrt über den Fleck wie über ein ungebetenes Insekt. Er seufzte noch einmal. Zeit, die Rechnung zu bestellen.

Roswitha saß mit geschlossenen Augen auf einem der Korbstühle, die Beine an den Körper gezogen, den Kopf an die Hauswand gelehnt. In der linken Hand hielt sie eine elektronische Zigarette, an der sie alle paar Sekunden zog, um dann in einer großen Wolke aus Dampf zu verschwinden, die zu ihm herüberwehte und angeblich nach Tabak, Leder und Heu roch, Edition Wilder Westen. Roswitha verschränkte die dünnen Arme vor der Brust, der Erdbeeranhänger, den sie um den Hals trug, verschwand in der Falte ihres viel zu braunen Dekolletés.

Felix räusperte sich, aber Roswitha reagierte nicht. Jeder wusste, dass sie sich nicht beim Rauchen stören ließ, doch seit sie von Gauloises Blau auf dieses Elektroding umgestellt hatte, blieben die Pausen zwischen den einzelnen Glimmstengeln aus.

»Ich weiß, ich weiß«, sagte Roswitha, ohne die Augen zu öffnen. »Die Rechnung, nicht wahr? Gib mir noch zwei Minuten. Lass uns zwei Minuten an was Schönes denken.«

Was Schönes. Das sagte sich so leicht. Als ob es das geben würde, etwas, das einfach nur schön war. Zum Beispiel diese Ruhe heute. Sosehr er sie hier auf der Terrasse genoss, sosehr wusste er um das Trügerische, das in ihr lag. Es gab keine ruhigen Tage. Nicht einmal hier in Thalbach. Ruhige Tage waren eine Werbeerfindung von Einrichtungszeitschriften, Bierbrauereien, Kaffeeherstellern und Reiseanbietern. Irgendeine Tragödie ereignete sich immer. Bis jetzt war es bei einem Unfall ohne Verletzte im Kreisverkehr am Stadtausgang geblieben, einem Ladendiebstahl im Kaufhaus am Marktplatz und drei bekifften Schulschwänzern hinter dem Schwimmbad. Bis jetzt. Felix beobachtete Roswitha, wie sie den Kopf noch ein wenig mehr nach hinten neigte und genüsslich den Heudampf auspustete. Woran sie wohl dachte? An Palmen? Einen Bergsee, einen Birkenwald oder ein flauschiges Kleintier? Auf ihn hatte solcher Kalenderkitsch keine Wirkung. Pyramiden fand er einigermaßen schön. Und Eiswürfel. Die glatte Oberfläche von unbenutzten Seifen. Und natürlich seine Freundin Monique, ihren langen Hals und diese kurzen Schläfenhärchen, die nicht weiterwuchsen und sich bei Regen kräuselten. Aber Pyramiden gab es hier in der Altstadt keine, seine Eiswürfel waren fast weggeschmolzen, die Seife in der kleinen Cafétoilette war mit Sicherheit nicht unbenutzt, und Monique hielt er seltsam auf Distanz in letzter Zeit, ohne recht sagen zu können, warum. Manchmal stellte er sich vor, wie es wäre, wenn sie das Kind verlieren würde, einfach so. Manchmal träumte er es. Dass sie vor ihm stand, mit vom Weinen geschwollenen Augen und einem winzigen Sarg in der Hand, der kaum größer war als die Box mit den Dominosteinen in der Küchentischschublade. Wenn sie sich daran machte, den Sargdeckel aufzuschieben, wachte er auf, schwer atmend und verschwitzt. Felix sah zu, wie der Blendfleck sich langsam auf ihn zubewegte. Schnell rückte er den Zahnstocherbehälter nach. Er rümpfte die Nase und sah sich nach etwas Schönem um. Aber alles, was er sah, waren Menschen, die ihm lächerlich vorkamen, die versuchten, nach etwas auszusehen, nach jemandem, den man kannte. Lauter wandelnde Zitate. Dort, bei den Fahrradständern, ein schüchterner Snoop Dog, der eine Familienpackung Klopapier schulterte, als sei es ein Ghettoblaster. Am Parkrand eine zerzauste Marilyn Monroe, die immer wieder die hellen Locken schüttelte und seit zehn Minuten in derselben hohlkreuzigen Pose Selfies machte. Und dann diese anzugtragenden *Wolf-of-Wallstreet*-Verschnitte, die mit angespannten Kiefermuskeln vorbeihasteten, so gerne nach weltbewegenden Investment-Entscheidungen aussehen wollten, nach Koks und Edelprostituierten, nach Segelyachttörn und Penthouseparty. Und wenn sie dann abends nach Hause kamen, setzten sie sich frustriert auf die Kunstledercouch und kommandierten ihre Frauen herum oder den Hund oder wer immer ihnen sonst in die Quere kam, bevor sie sich mit Bier oder Cognac oder Rotwein im Arbeitszimmer einschlossen und dank Youporn fünf Minuten lang fühlten wie die Könige der Welt. Nein, es kam ihm hier nichts Schönes unter. Das meiste, was andere Menschen schön fanden, war für ihn mit einer schlechten Erinnerung behaftet. Zum Beispiel die Pfingstrosen, drüben im Park. Seine ganze Pause lang hatte er verzückte Menschen beobachtet, die neben dem Busch mit den üppigen weißen Blüten stehen geblieben waren, ihre Nase hineingesteckt oder ein Foto gemacht hatten. Felix aber erinnerten diese Blumen an einen Abend im Sommer 1987. An den ersten Toten, den er in seinem Leben gesehen hatte.

»Ist das nicht herrlich?« Roswitha seufzte, lang und gründlich. »Gar nicht mehr aufstehen möchte man«, sagte sie, »sich einfach der Hitze ergeben, wie etwas, das schmelzen kann, ein Eiswürfel, zum Beispiel.« Sie öffnete ein Auge und sah zu ihm herüber. »Jetzt schau nicht so grimmig. Da traut sich doch keiner mehr her, wenn du so ein Gesicht machst. Unmöglich denkst du an was Schönes. Kein Wunder, wenn die Gäste wegbleiben. Da nützt mir dein gutes Aussehen auch nix. Um euch Polizisten herum fühlt man sich ja ohnehin schon verdächtig, du brauchst gar nicht noch zusätzlichen Ernst verbreiten.«

Sie inhalierte einen letzten Zug Wildwestdampf, dann stand sie auf. Felix schob das leere Glas über den Tisch. Dort, wo es stand, vergrößerte der Glasboden die Noppen im weißen Papiertischtuch. Das hatte Monique ihm auch schon gesagt, dass er grimmig dreinschaute, den Leuten Angst machte. Obwohl das nicht seine Absicht war. Manchmal fragte er sich, was sie wohl denken würde, wenn sie von dem kleinen dünnen Jungen wüsste, der in diesem breitschultrigen Körper verborgen war, einem Körper, den er sich manchmal selbst kaum glaubte, der ihm mit den Jahren irgendwie passiert war und an den er lediglich erinnert wurde, wenn jemand eine Anspielung machte, Frauen sich nach ihm umdrehten oder er sich beim Öffnen des Duschvorhangs im Spiegel sah. Man hielt ihn für einen, der vor nichts Angst hatte, der jeder Herausforderung gewachsen war. Die Uniform tat ihr Übriges, niemand schien in Frage zu stellen, dass er zum Helden taugte.

»Das macht dann drei fünfzig, Sheriff.« Roswitha stand neben ihm und grinste, die Hände in den Hüften.

Felix zahlte und stemmte sich schwerfällig aus dem Korbstuhl. Der Blendfleck war wieder da. Noch einmal verschob er den warm gewordenen Plastikbecher. Ordnung musste sein.

In diesem Haus war er noch nie gewesen. Das Treppenhaus sah frisch geputzt aus, es roch nach Zitrone und Chlor, nach einer sehr gründlichen Reinigung. Doch das hatte nichts zu bedeuten. Durch die saubersten Flure hatte er schon die übelsten Kerle abgeführt, und in den schicken Wohnungen waren einfach nur die Teppiche feiner, unter die der Dreck gekehrt wurde. Schweinereien waren Schweinereien, und Blut war ihm zuwider, ob es nun auf Linoleum oder Marmor vergossen wurde. Auch Treppenhäuser waren ihm zuwider, diese wenigen Sekunden, in denen noch unklar war, worauf er treffen würde. Schlimmer waren nur Lifts, niemals wäre es ihm in den Sinn gekommen, den Lift zu nehmen, nichts gab ihm so sehr das Gefühl, ohnmächtig zu sein, wie in einem sterilen Gehäuse durch die Eingeweide eines Gebäudes zu ruckeln, ohne aus eigenem Körperantrieb voranzukommen. Still war es im Treppenhaus, als wäre nirgendwo jemand zu Hause. Nur Carola, die junge Auszubildende, die ihn heute begleitete, schnaufte ein wenig und schaute auf jedem Zwischenboden sehnsüchtig die Lifttür an, traute sich aber nicht, etwas zu sagen. Als sie den fünften Stock erreicht hatten, hörte Felix ein Kind weinen. »Verdammt«, sagte er und nahm nun zwei Stufen auf einmal.

Carola fiel zurück. »Hast du das gehört?«, rief sie ängstlich.

Er hasste das. Er hasste es, nicht zu wissen, was ihn in der Wohnung erwartete, aus der der Notruf eingegangen war, und am allermeisten hasste er es, wenn ein Kind involviert war.

»Konzentration«, sagte Felix über die Schulter zu Carola, »das ist jetzt das Wichtigste. Konzentrier dich bitte. Atme doppelt so lange aus, wie du einatmest.« Er hatte es gewusst. Der ruhige Vormittag würde sich rächen, ruhige Vormittage hatten sich noch immer gerächt. Die Frau, die ihnen schließlich aufmachte, zitterte, die blaue Wimperntusche hatte Schlieren auf ihren Wangen hinterlassen, sie schlang ihre Arme eng um den Körper, als wollte sie die Ärmel ihrer Strickjacke hinter dem Rücken verknoten. Das Kind war nirgends zu sehen, man hörte es nur schluchzen.

»Im Wohnzimmer«, sagte die Frau und deutete auf die Tür schräg hinten im Flur. »Er ist mit dem Jagdgewehr im Wohnzimmer. Die Tür geht nicht auf, ich hab alles versucht, aber sie geht einfach nicht auf ...«

Felix bedeutete Carola, nach dem Kind zu sehen, ging dann zur Wohnzimmertür, rüttelte daran, sagte: »Aufmachen, Polizei«, sagte es zweimal, dreimal, hörte nichts, trat so weit zurück, wie es ging, warf sich mit voller Wucht gegen die Tür, die dabei aus dem Furnierholzrahmen splitterte, stolperte in ein unerwartet helles Zimmer, brauchte geblendet einen Moment, bis er die Sinne wieder beisammen hatte und festen Stand, sah den Mann am Fenster das Gewehr zum Kopf heben, stürzte sich auf ihn, den Lauf des Gewehres im Visier, der wegmusste von diesem Kopf, weg davon, er erwischte ihn seitlich, mit der Handkante nur, es knallte, dröhnte in seinen Ohren, er taumelte, wusste einen Augenblick lang nicht, wen von beiden es getroffen hatte, dann aber sank der Mann zu Boden, mit der rechten Hand noch immer das Gewehr umklammernd, Felix entriss es ihm und schob es mit Wucht unter die Couch, bückte sich hinunter zu dem Mann, der wimmernd am Boden lag, die Beine zur Seite geknickt. Blut lief warm zwischen Felix' Fingern hindurch auf den grauen Spannteppich. In seinen Ohren wummerte der Schuss. Felix stützte den Kopf des Mannes, dessen wässriger Blick orientierungslos die Decke absuchte.

Irgendwann wusste Felix nicht mehr, wie lange er den Kopf des Mannes schon stützte. Vermutlich wäre dieser längst tot gewesen, hätte Felix nicht den Gewehrlauf zu greifen bekommen. So hatte sich der Mann nur das Ohr abgeschossen. Nur das Ohr. Felix wiederholte die Worte stumm im Kopf. Nur das Ohr. Nur das Ohr. Er kniff die Augen fest zusammen, bis der Kopf des Mannes in seinen Händen verschwamm, das Blau seiner Uniformärmel, seine beiden Kollegen, die plötzlich da gewesen waren, die junge, graugetigerte Katze, die sich unter dem Sofa verkrochen hatte und geduckt neben dem Gewehr saß, die Wohnwand aus Holzimitat und der Couchtisch aus Glas. Ruhig atmen, dachte Felix, das ist mein Job, das hier hat nichts mit mir zu tun, gar nichts. Das hier ist ein Mann, der versucht hat, sich in Kopf zu schießen. So was passiert. Nur das Ohr. Nur das Ohr. Felix kniff die Augen fester zusammen, blinzelte, so schnell und oft er konnte. Ein Trick, den sein Ausbilder ihm vor fünf Jahren ins Ohr geflüstert hatte während seines ersten Einsatzes bei einem schweren Autounfall. Ihm war flau im Magen und seine Arme schliefen allmählich ein. Entsetzlich heiß war es. Die Abendsonne brannte ihm durchs geschlossene Fenster auf Rücken und Nacken, ein Schweißtropfen löste sich von seiner Stirn, rann über die Wange, tropfte vom Kinn und versickerte im grauen Haar des Mannes, der lautlos die Lippen bewegte. Sein Atem roch nach Kaffee und ungeputzten Zähnen. Unten auf der Straße heulte die Sirene der Sanität, gleich würden sie hier sein und übernehmen, zwei Minuten vielleicht, höchstens drei. Bis dahin musste Felix noch durchhalten. Er wünschte sich, er könnte Ohren und Nase und Nerven genauso zukneifen wie seine Augen. Um nicht das Blut und die abgefeuerte Waffe zu riechen, vermischt mit dem Geruch nach Aftershave, den Hauptkommissar Blasers Uniform verströmte, dem Atem des Mannes und dem Katzenfutter, das in einem Napf auf der Türschwelle zum Flur stand, um nur noch gedämpft die hektischen Schritte durchs Zimmer zu hören und den U2-Song, der im Endlosloop aus der iPhone-Anlage auf dem Schreibtisch dröhnte, it's a beautiful day, don't let it get away, it's a beautiful day, um nicht mehr den Temperaturunterschied zu spüren zwischen dem warmen Blut, das immer noch aus dem Kopf dieses fremden Mannes quoll, und seinen eigenen kalten Händen, vor allem aber, um sich später an möglichst wenig zu erinnern. Felix dachte an Monique, eigentlich hatte er versprochen, um halb acht zu Hause zu sein. Er wollte auf seine Armbanduhr schauen, aber dafür hätte er sein Handgelenk drehen und den Kopf des Mannes bewegen müssen. Felix' Augen brannten, er entspannte seinen Blick für einen kurzen Moment, schaute rüber zur Wohnwand, wo hinter zwei Glasschiebetüren verstaubte Pokale standen: Karate-Deutschlandmeisterschaft 1993, 94 und 97, ein Rettungsschwimmerabzeichen und eine Bronzemedaille, wie Felix sie von den Skirennen im Urlaub kannte. Unten der Fernseher, an den mit Tesafilm ein unsorgfältig abgerissenes Blatt Papier geklebt war, darauf stand in Großbuchstaben mit blauem Leuchtmarker geschrieben:

ES TUT MIR LEID.

FRANZ

»Das will ich auch hoffen«, murmelte Felix. Durch die offene Wohnzimmertür hörte er die Frau des Angeschossenen schluchzen: »Einfach ausgesperrt hat er mich, als wäre ich eine Fremde, einfach ausgesperrt...« Hinter der Frau stand reglos ein kleiner Junge, höchstens zehn Jahre alt, die Frau streichelte ihm mit der linken Hand mechanisch den Kopf. Im Türrahmen stand Carola mit rotem Gesicht, die Hände zu Fäusten geballt, als hielte sie sich links und rechts an einem Geländer fest, um nicht in den Abgrund zu stürzen, der sich in diesem Zimmer vor ihr auftat. Felix hätte ihr gerne etwas Beruhigendes gesagt, er wusste genau, wie sie sich fühlte, knapp zwanzig Jahre alt und frisch von der Polizeischule, den Kopf voller Fallbeispiele, die mit der Realität nichts zu tun hatten. Aber er konnte ihr die vielen ersten Male nicht ersparen, die ihr noch bevorstanden.

»Kannst du dich bitte um den Kleinen kümmern«, sagte er zu ihr. »Bring ihn doch rüber in die Küche.«

Sie schien froh über diese Aufgabe außerhalb des Raumes. Zwei grellorange Hosenbeine schoben sich vor den Flachbildfernseher und damit in Felix' Blickfeld, jemand stellte die Musik aus, endlich, jemand berührte Felix am Arm und sagte: »Du kannst loslassen, wir übernehmen.«

Felix ließ den Kopf des Mannes los und stand auf. »Händewaschen wär nicht schlecht«, sagte er, mehr zu sich selbst als zu dem Sanitäter, der ihm gegenüberstand.

»Drüben im Bad«, sagte dieser und zeigte auf eine Tür im Flur, an der ein alter Katzenkalender hing. Felix schaute mit Absicht nicht in den Spiegel. Er griff nach der Seife, die in einer verklebten Untertasse auf dem Waschbeckenrand lag und noch feucht war, ein paar Fusseln klebten daran, Katzenhaare vielleicht. Ob er sich vorher noch die Hände gewaschen hat, dachte Felix, und versuchte, nicht so genau hinzuschauen. Hastig wendete er die Seife in den nassen Händen, wusch weiter, auch als das Wasser längst klar war.

Maren

Maren drehte sich vor dem Spiegel. Seitlich unter den Armen drückten die Bügel des Korsetts ins Fleisch. Sie stützte die Arme in die Hüften, so, wie die Verkäuferin im Dessousgeschäft es ihr gezeigt hatte. Die Wülste unter den Armen wurden etwas kleiner. Zufrieden öffnete Maren das Tiegelchen mit dem Lipgloss. Die Oberfläche der rotglänzenden Paste war noch unversehrt, sie drückte den Finger hinein und tupfte sich etwas davon auf die Lippen, es fühlte sich klebrig an und roch nach diesen Kirschen, die man bei Roswitha manchmal im Cocktail serviert bekam. Hannes war kurz nach acht ins Bett gegangen, weil er neuerdings schon um halb fünf aufstand. Angeblich trug das zu mehr Erfolg und besserer Gesundheit bei. Maren fand, dass die neue Schlafgewohnheit ihn vor allem muffeliger machte.

Hannes ahnte nichts. Sie hatte das alles seit Tagen geplant. Das Korsett. Die hübschen Schuhe aus schwarzem Wildleder, die sie sonst nie trug, weil sie an den Zehen kniffen. Die Netzstrümpfe und darüber der dünne Trenchcoat aus schwarzem Rayon. Im Kühlschrank der vegane Prosecco. Auch das wusste sie inzwischen, dass es veganen und nicht veganen Prosecco gab. Drei Stunden war sie dafür durch die Stadt geirrt. In der Küche standen die Erdbeeren bereit und ein Pudding aus Kokosmilch, ohne Zucker, nur mit Agavendicksaft gesüßt.

Auf Zehenspitzen schlich sie sich ans Bett. Das Nachtlicht aus Quarzstein brannte noch. Die Fensterläden waren geschlossen. Hannes atmete tief und gleichmäßig, die Hände über der muskulösen Brust zusammengefaltet. Das hatte er sich nebst Bizeps ebenfalls mühsam antrainiert: auf dem Rücken zu schlafen. Weil es angeblich besser für den Energiefluss war. Maren rückte ihr Dekolleté zurecht, kniete sich sorgfältig neben ihn, schob die Decke zurück und begann ihn zu küssen, Kuss an Kuss, vom Brustbein abwärts Richtung Lenden. Hannes grummelte, rümpfte die Nase und wischte sich an der Stelle über den Bauch, auf die sie ihn gerade geküsst hatte. Er machte die Augen auf und schaute sie ärgerlich an.

»Um Himmels willen«, sagte er. »Was machst du da?«

»Quality time«, sagte Maren und küsste ihn auf den Bauchnabel.

Hannes setzte sich ruckartig auf. »Aber Hase, doch nicht mit *dem* Mantel ins Bett, bitte, mit dem Ding warst du gestern noch draußen. Da sind massenhaft Pollen dran, gerade jetzt, in dieser Jahreszeit, davon schwellen mir null Komma nichts die Augen zu.«

»Sicher. Natürlich. Die Pollen.« Maren stand auf, und Hannes faltete die Hände wieder über der Brust zusammen. Mit keinem Blick hatte er ihr Korsett gewürdigt. Oder ihre Strümpfe. Hase nun also. Ein Salatfresser. Ein Kuscheltier, das sich rein makrobiotisch ernährte. Maren setzte sich auf die Bettkante und ließ die Schuhe aufs Parkett plumpsen. Sie konnte sich nicht mehr daran erinnern, wann sie zum letzten Mal mit Hannes geschlafen hatte. So viel wie er trainierte, fiel er abends wie ein Stein ins Bett. Hin und wieder drückte er ihr einen kurzen hartlippigen Kuss auf die Stirn oder die Wange, der ihr eher das Gefühl gab, er wolle sie von sich wegstoßen, als sie liebkosen, ein als Kuss getarnter Schubser. Manchmal, wenn sie sicher war, dass er schlief, masturbierte sie neben ihm im Bett, oder drüben im Badezimmer, auf dem dicken Teppich vor dem Waschbecken, hastig und verschämt, wie früher als Teenager, in ihrem kleinen Zimmer ohne Schlüssel. Vor zwei Monaten noch hatte Hannes sie liebevoll Pralinchen genannt, mittlerweile schien ihm sogar dieser Kosename zu viele Kalorien zu enthalten. Nur seinetwegen stand sie jetzt hier und fühlte sich unförmig und schwabbelig, nur seinetwegen war sie es auch, weil er sie zu diesem naschhaften Leben verführt hatte. Mit seinen Vorträgen über die Wichtigkeit von Genuss ohne Reue, über seine Abscheu vor Salat und Proteinshake-Frauen. Mit Cannelloni und Caramel-Éclairs hatte er sie zu dem gemacht, was sie jetzt war: eine pummelige Damenschneiderin Ende dreißig, die ihre Kundinnen um hervorstehende Hüftknochen beneidete. Seit zwölf Jahren war sie nun mit ihm zusammen, und nie hatte er ihr einen Grund zum Zweifeln gegeben, immer war da dieser Pakt gewesen, das Versprechen, sich auch im hohen Alter noch eine Familienpackung Schokoladeneis vor dem Fernseher zu teilen, eine private Rebellion, sie und er, bewaffnet mit Marshmallows und Marlboro Lights gegen den genussfeindlichen Rest der Welt. Bis zum Tag nach Hannes' vierzigstem Geburtstag. Er hatte es wie eine gute Nachricht klingen lassen:

»Ich will mein Leben ändern.«

Seither hatte er 25 Kilo abgenommen, gut sah er schon aus, keine Frage, nur sah er eben nicht mehr aus wie Hannes, mit diesen Bauchmuskeln und den sehnigen Armen, dem braungebrannten Teint. Es kam ihr vor, als wäre jeder Kilometer, den er auf dem Hometrainer zurücklegte, ein Kilometer Abstand zwischen ihnen, als wäre er weit weg auf Reisen, selbst wenn er mit ihr am Tisch saß, vor einer Schüssel Haferflocken mit Mandelmilch und Chiasamen, und vorwurfsvolle Blicke auf den Toast warf, den sie mit Marmelade bestrich. Obwohl sie bereits die Butter wegließ. Seit dem Tag nach seinem vierzigsten Geburtstag, an dem er das Nutellaglas auf ihre Seite des Tisches zurückgeschoben hatte, waren sie sich fremd geworden. Mit jedem Gramm Muskelmasse, das er zunahm, beging er ein Gramm Verrat an ihr, mit jedem Gramm Fett, das er verlor, schmolz er sich die gemeinsame Vergangenheit von den Rippen.

Hannes seufzte. »Machst du dann bitte noch das Licht aus? Licht ist eine der stärksten Drogen«, sagte er, ohne die Augen zu öffnen. »Wenn man nicht aufpasst, verstellt es einem die innere Uhr, dann ist der gesunde Schlaf dahin.«

Maren drehte sich zu ihm um. Sie sog die Wangen ein und machte ein Hasengesicht, wie man es für Kinder macht, nur nicht so freundlich, nein, sie schnitt Hannes eine böse Hasenfratze und ging in die Küche. Sie ließ die Kühlschranktür offen, als sie sich im Stehen über den noch warmen Pudding hermachte. Gar nicht so übel, dieses Agavenzeugs. In der Schublade unter dem Backofen, hinter dem verstaubten Waffeleisen, fand sie die Zuckerdose, die sie dort versteckt hatte. Herrlich, die Erdbeeren spitzvoran hineinzutunken, dieses süßsaure Knirschen zwischen den

Zähnen. Der Prosecco ließ sich beinahe geräuschlos entkorken. Sie machte sich nicht die Mühe, ein Glas aus dem Schrank zu holen. Sie setzte die Flasche direkt an die Lippen und rülpste ins Halbdunkel der Küche, als ihr die Kohlensäure in die Nase stieg. Sie aktivierte die Dampfabzugshaube über dem Herd und steckte sich eine Zigarette an. Die Herdplatte war noch heiß vom Puddingkochen. Es zischte, als ihr eine Träne vom Kinn aufs Cerankochfeld tropfte.

Egon

Jetzt begann die beste Zeit des Tages. Egon legte den Feldstecher zur Seite und salzte das Schnittlauchbrot mit der kleinen Drehmühle aus Plexiglas, die Roswitha ihm hingestellt hatte. Niemand machte so gute Schnittlauchbrote wie Roswitha. Die Butter gerade dick genug, die Schnittlauchschicht ein wenig dicker, das Brot herb und schwarz, in der Mitte sauber durchgeschnitten, keine Tomaten, keine Karottenröschen, kein Schnickschnack. Er liebte den ersten Bissen in die unversehrte Schnitte. Bis vor einer Stunde hatte er am Vakuumiergerät gestanden und Kutteln eingeschweißt, an seinen Händen hing noch immer der Geruch der Latexhandschuhe, er roch es, wenn er sich die müden Augen rieb. Aber hier bei Roswitha fühlte er sich wohl. Kein Fließband, keine schreienden Tiere, keine Lastwagenmotoren, nur das träge Summen der Deckenventilatoren, ab und zu die alte Drehtür, die sich in Bewegung setzte, wenn Gäste das Lokal betraten oder verließen, und kaum hörbar die Countrymusik aus der kleinen Box an der Theke. Nur wenn sie Klassik auflegte, Brahms oder Tschaikowski, dann drehte Roswitha die Lautstärke auf. Es gab Musik zum Teilen und Musik zum Alleinhören, so sah sie das, und er fand, dass sie recht damit hatte. Er saß am Ecktisch neben dem großen Fenster mit den grünen Samtvorhängen. Von hier aus sah er alles, was er sehen musste. Die Theke zur Linken, hinter der Roswitha stand, die wirbelstürmische Roswitha mit ihrer wilden Hochsteckfrisur, immer ein Hingucker, ob im Kaftan oder im Polkarock, stundenlang hätte er ihr zusehen können, wie sie die Messingkörbchen mit gefärbten Eiern bestückte und die Behälter mit Streuwürze nachfüllte, Besteck in heißes Wasser tauchte und mit dem Geschirrtuch polierte, blind nach Flaschen und Gläsern griff, mit der Hüfte eine Schublade schloss, gleichzeitig mit der einen Hand Kuchen anschnitt und mit der anderen eine Serviette auf den Teller legte, über Jahre hinweg perfektionierte Choreographien. Rechts, wenn er den Kopf ein wenig drehte, sah er das Ladenlokal auf der anderen Seite des Platzes. Ja, hier saß er am liebsten, mit der rechten Gesichtshälfte im fahlen Sonnenlicht, das über den Platz fiel. Manchmal saß er hier mehrere Stunden am Stück, bis es eindunkelte. Auch wenn sein Rücken ihm wieder zu schaffen machte. Zuweilen strahlte der Schmerz bis hinunter in die Waden. Vom vielen Stehen kam das und vom Schulternhochziehen. Von der Abneigung gegen seine Arbeit, wie Roswitha meinte. Irgendwo müsse sich das ja alles zusammenrotten. Aquagymnastik hatte der Arzt ihm empfohlen und ihm die Kurszeiten aufgeschrieben. Aber die Vorstellung, dreimal die Woche von der Schlachterei direkt ins Hallenbad zu fahren und dort halbnackt, umringt von anderen Halbnackten, mit Schwimmhilfen aus Styropor herumzuhantieren, ließ ihm das Stechen im Kreuz und hin und wieder eine Spritze bei seinem kopfschüttelnden Arzt als das kleinere Übel erscheinen. Seiner mentalen Gesundheit jedenfalls wäre dieser Aquazirkus mit Sicherheit abträglich. Er nahm den Feldstecher zur Hand. Zuerst arbeitete er sich an der Wand entlang, an der früher immer die neuen Hüte ausgelegen hatten. Die letzte Sommerkollektion hatte er aus feinstem französischem Filz gefertigt, schlicht und schmalkrempig, ohne Hutbänder, ohne Federn oder Stickereien, ganz ohne Schnickschnack. Es war die edelste Kollektion gewesen, die er je angefertigt hatte, einen Monat, bevor er den Schlüssel hatte abgeben müssen. Jetzt hingen dort Kopfhörer in zwölf verschiedenen Farben, eingerollte Kabel, kleine kastenförmige Geräte, deren Namen Egon nicht kannte. Und über allem prangten in neonpinker Leuchtschrift die Worte: »Handyklinik 8 h – 24 h«. Er schwenkte mit dem Feldstecher auf die andere Seite des Verkaufsraums, die ganze Wand war mit Hüllen für Smartphones bedeckt, Nieten, Glitzer, Tierohren, Plüsch- und Lederimitate, es sah aus, als wären eine Heißleimpistole und ein Bastelladen gleichzeitig explodiert. Schon beim bloßen Anblick dieses Erdölramschs stieg ihm der Plastikgeruch in die Nase, stechend, wie die Luft, die man nach zwei Wochen aus einem Wasserball ablässt. Eine junge Frau lief ins Bild, sie betrat den Laden schluchzend, wischte sich mit dem Sweatshirtärmel die Tränen vom Gesicht und legte ihr Telefon auf den weißen Tresen, über dem das Wort »Notaufnahme« leuchtete. Der Verkäufer dahinter, mit gelbem Hemd und Dutt auf dem Kopf, machte ein mitleidiges Gesicht, nahm das Telefon in die Hand, dem offenbar Schlimmes zugestoßen war, drückte ein paarmal prüfend darauf herum, drehte es, stellte Fragen, bot der Frau ein Taschentuch an, in das diese erschöpft hineinschneuzte. Nachdem der Verkäufer samt Telefon durch die Tür mit der

Neonaufschrift »Intensivstation« verschwunden war, begann sie es nervös auf dem Tresen zu zerrupfen.

»Voilà.« Roswitha stellte Egon ein Viertelchen Rosé hin und strich ihm kurz mit der Hand über die Wange. Er mochte es, wenn sie das machte, auch wenn er wusste, dass er nicht der Einzige war, den sie mit solchen Aufmerksamkeiten bedachte.

»Du musst lernen, den alten Krempel loszulassen«, sagte Roswitha. »Und damit meine ich nicht den Feldstecher.«

Egon stellte den Feldstecher ab und schob mit der Fingerkuppe einen Tropfen Kondenswasser von der Karaffe auf die Tischplatte. »Jetzt haben sie sogar den Boden überklebt«, sagte er. »Den Terrazzoboden, Roswitha. Diese Generation Touchscreen macht vor gar nichts halt.«

»Du übertreibst«, sagte Roswitha. »Wenn du dir endlich ein modernes Telefon zulegen würdest, könnte ich dich auf WhatsApp zur Eventgruppe hinzufügen, dann wüsstest du immer, wann hier ein Konzert stattfindet oder wenn ich einen Wiener Kochkurs gebe. Und beim Einkaufen könnte ich dir Bilder von Schuhen schicken und Hüten und dich fragen, was du davon hältst.«

Egon nahm den Feldstecher wieder in die Hand und schüttelte den Kopf. »Ich sag's dir, in ein paar Jahrzehnten besteht die westliche Zivilisation nur noch aus rachitischen, krummbuckligen Kreaturen mit vergrößerten Daumen und Zeigefingern. Wir können von Glück reden, wenn die bis dahin noch wissen, was ein Konzert ist.«

Roswitha lachte ihr heiseres Lachen und tätschelte im Weggehen seine Schulter. »Vom Schimpfen ist auch schon manch einer bucklig geworden.«

Egon schmunzelte. Den meisten sagte Roswitha, was sie hören wollten. Nur denen, die sie wirklich mochte, sagte sie, was sie dachte.

Der Vorplatz lag bereits in der Dämmerung, als die junge Frau mit dem kaputten Handy das Lokal betrat. Offenbar hatte man ihr helfen können, sie tippte und strich derart geschäftig auf dem Bildschirm herum, dass sie nicht einmal aufschaute, als Roswitha zu ihr an den Tisch trat.

»Latte macchiato, bitte«, sagte die junge Frau.

Roswitha verschränkte die Arme vor der Brust. »Kannst du haben«, sagte sie, »kostet aber 25 Euro.«

Die junge Frau schaute verdutzt von ihrem Handy auf. »Wieso das denn? Schäumt die Kuh die Milch am Tisch, oder was?«

»Nö«, sagte Roswitha, »aber so viel kostet ein Taxi von hier zu Starbucks, wo sie so was machen. Und dann wieder zurück hierher. Das Getränk ist da natürlich schon mitgerechnet.«

Die Frau verdrehte die Augen. »Gibt's hier wenigstens W-Lan?«

»So weit kommt's noch«, sagte Roswitha. Sie blieb vor der armen Frau stehen und fixierte sie so lange, bis diese schließlich nach ihrer Handtasche griff und sich davonmachte.

»Hast du nicht neulich erst mit deinem Glasfaser-W-Lan geprahlt«, sagte Egon, nachdem die Frau durch die Drehtür verschwunden war.

»Mein W-Lan ist nichts im Vergleich zu dem Schaum auf meinen Latte macchiatos«, sagte Roswitha. »Aber hallo sagen und in die Augen schauen, das muss drinliegen, sonst schrumpft mein Sortiment schlagartig zusammen.«

Egon lehnte sich zurück und sah Roswitha nach. Was für eine Frau. Irgendwann würde er sie fragen, ob sie mit ihm ausgehen wolle. Irgendwann, wenn ein Wunder passieren und er den Mut dazu aufbringen würde.

Finn

Ihre Anwesenheit beunruhigte ihn. Und wenn er ehrlich mit sich war, dann war es diese Beunruhigung, die er am meisten an ihr mochte. Mehr noch als ihre tiefe Stimme, die Grasflecken auf den Knien oder ihre hellen Brüste, von denen die rechte ein klein wenig größer war als die linke. Wenn er mit ihr unterwegs war, kam es ihm vor, als hätte jede noch so banale Situation einen aufregenden Backstagebereich, zu dem nur sie ihm Zutritt verschaffen konnte. An ihrer Seite war er sich sicher, nichts zu verpassen. Er genoss das trügerische Gefühl, dass alles sich zum Guten veränderte, dass er selbst sich veränderte durch Manu, zu einem Menschen, mit dem er es besser aushielt allein, in eine bessere Version seiner selbst. Es war ein launisches Gefühl, eines, das von Manus Blicken abhängig war. Von ihren Berührungen. Davon, wie lange sie ihn zum Abschied umarmte, ob sie sich beim Schlafen von ihm abwendete oder nicht. Finn beobachtete Manu, wie sie sich an den welken Grünstreifen vor dem Bezirksgebäude heranschlich, das bisschen Erde unter der Dachrinne, am Eingang des Polizeireviers, wo ein großer Blumentopf stand. Flink bewegte sie sich durch die Dunkelheit, fast lautlos, die schwarze Mütze tarnend übers blonde Haar gezogen, in der einen Hand die Harke, in der anderen eine kleine Schaufel. Hinter den hellerleuchteten Fenstern im Erdgeschoss sah Finn zwei Polizisten an ihren Schreibtischen sitzen, einer von ihnen tippte mit zusammengezogenen Augenbrauen einen Text ab, der andere, der ihm gegenübersaß, gähnte ungewöhnlich oft in die vorgehaltene Faust und sah seinen Kollegen verstohlen an, vermutlich flimmerte auf seinem Bildschirm etwas, das mit dem Dienst nichts zu tun hatte.

»Psst!« Manu winkte Finn mit der Harke heran. So lautlos und schnell wie sie gelangte er nicht zum Grünstreifen, aber immerhin ohne den Bewegungsmelder am Gebäudeeingang zu aktivieren. Geübt stach Manu die Schaufel in den Topf, rund um die Pflanze, die darin wuchs, ein Zottiges Weidenröschen, wie sie ihm zuvor erklärt hatte. Sie packte die Pflanze, drehte den Topf, damit sie sich löste, schüttelte sie behutsam, bis sie sich samt Wurzeln herausheben ließ. Mit der Harke entfernte Manu die überflüssige Erde.

»Jetzt«, flüsterte sie und deutete auf die Plastiktüte mit dem nassen Tuch in Finns Hand. Finn hielt die Tüte auf. Hastig setzte Manu die Pflanze hinein und schlug das feuchte Tuch um die Wurzeln. Er konnte die Sonnencreme auf Manus Wange riechen, so nah war sie, und er hatte Lust, den Flaum an ihrer Schläfe zu berühren, mit den Fingern ihre großen Ohren entlangzufahren.

»Du knickst die Triebe ab«, flüsterte Manu. »Pass auf, das ist ein echtes Prachtexemplar. Da könnte man sogar die Wurzeln essen.« Eine Wespe zog aufgeregte Kreise über Manus Kopf und versuchte mehrmals, sich auf dem Saum ihrer Mütze niederzulassen. Finn wollte sie verscheuchen. Ein Klicken, blendendes Licht. Sein Gefuchtel hatte den

Bewegungsmelder aktiviert. Manu schreckte hoch. »Lauf«, zischte sie und stob mit der Pflanze davon, noch bevor Finn überhaupt begriffen hatte, was passiert war. Er rappelte sich auf und rannte Manu hinterher. »Stehen bleiben«, rief einer der Polizisten, der auf die Straße getreten war. »Sofort stehen bleiben!« Aber Finn und Manu blieben nicht stehen, sie rannten und lachten, rannten die leeren Altstadtgässchen entlang, in denen die heiße Frühsommerluft sich noch immer schwer zwischen den Mauern staute, rannten unter prallen Gewitterwolken hindurch, die Regen versprachen, beide rannten sie auch noch, als es längst nicht mehr nötig war, rannten bis zur Baustelle auf der Wiese am Stadtrand, wo der Wald begann. Manu zwängte sich zwischen den hohen Bauzäunen hindurch, überquerte die verlassene Baustelle, drückte sich auf der anderen Seite wieder durch die Latten und ließ sich mit ausgestreckten Armen auf einen Sandhügel am Waldrand fallen, über den eine grüne Plane gespannt war. Sie keuchte und wischte sich mit der Mütze den Schweiß von der Stirn. Finn legte sich neben sie. »Du bist schnell«, sagte er.

Manu grinste und stellte die Pflanze neben sich ins Gras. »Wieder eine gerettet.«

»Wovor«, fragte Finn.

Manu setzte sich auf. »Na gut, komm mit«, sagte sie, »ich will dir was zeigen.« Sie hob das Zottige Weidenröschen hoch, wickelte sorgfältig das Tuch zurück um die Wurzeln, das sich ein wenig gelöst hatte. Als trüge sie ein kleines Kind, schlang sie ihre Arme um die Pflanze und stapfte vor ihm in den Wald hinein.

Finn aktivierte die Taschenlampe seines Telefons, um

besser sehen zu können, wo er hintrat. »Bist du sicher, dass das eine gute Idee ist«, sagte er. »Ich habe gehört, hier soll es Wildschweine geben, haben die nicht gerade Junge?«

Manu drehte sich ohne anzuhalten zu ihm um, ging ein paar Schritte rückwärts. »Im schlimmsten Fall müssen wir die Nacht auf einem Baum verbringen«, sagte sie und lachte.

Na toll, dachte Finn, spätestens jetzt weiß sie, dass sie es mit einem Angsthasen zu tun hat. Zielsicher ging Manu durchs Dickicht, hielt sich mal mit dem linken, mal mit dem rechten Unterarm die Zweige vom Leib. Er versuchte, es ihr nachzumachen, aber ständig stachen ihn Äste in die Seite oder schnellten ihm ins Gesicht, alle paar Schritte stolperte er über eine Wurzel, und mit der linken Hand hatte er versehentlich in ein Büschel Brennnesseln gefasst. Diese Entschlossenheit. Darum beneidete er Manu. Obwohl ihm klar war, dass er ihr vermutlich nie begegnet wäre, wenn er auch nur halb so mutig wäre wie sie. Dann hätte er sich längst aufgemacht zu seinem großen Satteltaschenabenteuer, würde sein Fahrrad längst über neapolitanischen oder New Yorker Asphalt schieben. Aber Ende Mai, dachte Finn, Ende Mai traue ich mich, und wer weiß, vielleicht kommt Manu ja mit. Er musste daran denken, wie er sie zum ersten Mal gesehen hatte, an einem der letzten warmen Tage im vergangenen Herbst, auf der Verkehrsinsel vor der Tanke am Ortsausgang. Sie hatte zwischen Astern, Zinnien und Anemonen gestanden, Blumen, deren Namen er erst kannte, seit er Manu kannte. Es dunkelte bereits ein, Finns Beine waren schwer von einem langen Tag auf dem Fahrrad. Manu sprang zwischen den Blumen auf und ab, fuchtelte mit den Händen. »Hey, du da, ja du, komm doch bitte mal her!« Er fuhr zu ihr hin, hielt an, sie wartete nicht einmal seine Frage ab, was denn los sei. »Kannst du die mal bitte halten«, sagte sie stattdessen und drückte ihm eine große, orangefarbene Taschenlampe in die Hand. »Dahin leuchten«, sagte sie und zeigte auf den unbepflanzten Fleck in der Mitte der Insel. Finn nahm die Lampe und richtete den Kegel aus. Schweigend setzte Manu die letzten Astern in die vorgegrabenen Vertiefungen. Nicht ein einziges Mal schaute sie dabei zu ihm hoch. Als sie alle Pflänzchen sorgfältig angedrückt hatte, stützte sie die Hände in die Hüften, nickte zufrieden und lächelte ihn an. »So«, sagte sie, »und jetzt hab ich Lust, dir an der Tanke ein Eis zu kaufen.«

Fast wäre er in Manu hineingestolpert, sie war stehen geblieben und streckte die rechte Hand nach den Zweigen einer Linde aus, stellte sich auf die Zehenspitzen, um besser an die Blüten zu kommen.

»Die musst du probieren«, sagte sie, »die schmecken süß und nach Sommer.« Finn nahm eine der Blüten und zwirbelte sie zwischen den Fingern.

»Sie sind früh dran dieses Jahr. Aber sie helfen gegen alles, was weh tut«, sagte Manu und steckte sich gleich zwei in den Mund.

Vorsichtig biss Finn ein kleines Stück Blüte ab. Tatsächlich, es schmeckte süß und saftig, fast ein bisschen nach Honig.

»Da vorne ist es.« Manu zeigte ins Dunkel. »Nur noch ein paar Schritte.«

Finn hob sein Telefon etwas höher und leuchtete zwischen die Bäume. Auch Manu schaltete nun die kleine Taschenlampe an ihrem Schlüsselbund ein. Sie waren auf einer großen Lichtung angekommen, in deren Mitte ein beachtlicher Garten blühte, Klatschmohn, Ringelblumen, Fuchsia und Pfingstrosen konnte Finn erkennen, auch wenn manche der Blüten geschlossen waren, die anderen Pflanzen kannte er nicht. Am Rand wuchsen fünf kleine Obstbäume, Apfel und Pflaume, da war er sich sicher, und Birne und Kirsche vielleicht, womöglich auch Aprikosen, Zitronen oder diese bitteren Schalenfrüchte, die ein wenig wie zu klein geratene Orangen aussahen.

»Da wären wir«, sagte Manu, »mein Topfpflanzenasyl.« Sie zeigte auf einen der Obstbäume: »Das war die Erste«, sagte sie, »ein Pomeranzenbäumchen, das ich von meinem damaligen Schulhof geklaut habe.« Sie ging zu einem aus Dachlatten zusammengezimmerten Unterstand, an dessen Innenwand ein paar Gartenwerkzeuge, eine Schubkarre und eine Gießkanne lehnten. Sie wickelte das Weidenröschen aus dem Tuch und schnappte sich eine Schaufel. »Nimm die da mit«, sagte sie, auf die Schubkarre deutend.

Finn kippte sie von der Wand und folgte Manu in den Garten. »Warum hast du all die Pflanzen hierhergebracht?«, fragte er.

In der Nähe der Pfingstrosen stach Manu die Schaufel in den Boden. »Stell dir vor, man würde dich in eine Isolationszelle sperren, ohne Kontakt zur Außenwelt, ohne Möglichkeit, mit irgendjemandem zu kommunizieren. Wie fändest du das?« Energisch schaufelte sie Erde in die Schubkarre.

»Furchtbar«, sagte Finn. »Wahrscheinlich würde ich das nicht lange überleben.«

»Tja«, sagte Manu und hob das Weidenröschen in die ausgehobene Vertiefung, »genau so geht es den Pflanzen, die man in Töpfe sperrt. Man isoliert sie. Pflanzen sind sensible Wesen, sie können unterirdisch über die Wurzeln miteinander kommunizieren, sie bilden Wurzelgeflechte, mit denen sie sich gegen Unwetter wappnen. Sie bilden eine Gemeinschaft, verstehst du?«

Finn nickte. Er ging mit der Schubkarre neben Manu zurück zum Unterstand. »Ich mag ihn, deinen gestohlenen Garten«, sagte er. »Robin Wood, Vorkämpferin der Entwurzelten, Retterin der Pomeranzen!«

Manu lachte. Sie stellte die Schaufel ab, befestigte die Taschenlampe an einem Haken an der Decke und setzte sich auf einen Sack mit Holzspänen. Der Schweiß klebte ihr die kurzen Haare an der Stirn fest. »Irgendwann«, sagte Manu, »werde ich meine eigene Gärtnerei haben, mit lauter seltenen Pflanzensorten. Wenn ich bis Ende Jahr hart arbeite, kann ich mir vielleicht etwas aufbauen. Endlich ankommen, einen Schrank kaufen und Geschirr, all so was eben. Das wär schön.« Aus der Bauchtasche ihres Sweatshirts zog sie zwei Tomaten, bevor sie es über den Kopf streifte. Im Unterhemd saß sie vor ihm, ein bisschen außer Atem, er sah ihr Herz über der linken Brust klopfen. »Kennst du das«, sagte sie, »wenn man sich einem Ort plötzlich gewachsen fühlt? Wenn die Zimmer aus der Kindheit einem plötzlich gar nicht mehr so groß vorkommen oder man sich selbst darin nicht mehr so klein? Ich meine, ich wollte hier immer nur weg, schon als kleines Mädchen, einfach weg, Hauptsache woandershin. Und jetzt, jetzt habe ich zum ersten Mal das Gefühl, dass ich es hier aushalten kann.« Sie lächelte ihn an.

»Und das Gute daran«, fuhr sie fort, »ist, dass es nichts mit dir zu tun hat. Absolut gar nichts.«

Finn schluckte. Was sollte daran gut sein.

»Du darfst das nicht falsch verstehen«, sagte sie, »wirklich, das ist etwas Gutes, glaub mir.« Sie streckte ihm eine Tomate hin. »Wusstest du, dass wir ein Drittel unserer Gene mit Tomaten gemeinsam haben?« Sie nahm die Tomate zwischen Daumen und Zeigefinger. »Das bedeutet, dass wir zu einem Drittel Nachtschattengewächse sind.« Sie schaute Finn an, dann die Tomate, dann wieder Finn. »Ja«, sie grinste, »eine gewisse Ähnlichkeit kann ich erkennen.« Sie biss hinein, ein wenig Saft rann zwischen ihren Brüsten hindurch in den Stoff des Unterhemds. Sie kümmerte sich nicht darum.

Finn setzte sich neben sie, drehte die Tomate zwischen den Fingern, roch daran, um Zeit zu gewinnen. Er mochte Tomaten nicht besonders, jedenfalls nicht, wenn sie roh waren. Aber er mochte Manu, und deshalb biss er schließlich doch hinein. Manu beugte sich vor und küsste ihn, ein Kuss, der nach Tomate schmeckte und Sonnencreme. Sie setzte sich auf seinen Schoß, nahm seine Hand und schob sie sich unter den Hosenbund, zwischen die Beine, zog ihm sein T-Shirt über den Kopf. Die Trainingshose, die sie trug, saß locker, ohne Mühe ließ sie sich über ihren Hintern schieben. Es war leicht, mit Manu zu schlafen, sie schob seine Hände dorthin, wo sie sie haben wollte, und nie hatte er das Gefühl, sich ungünstig auf ihr abzustützen oder sich in einer Art und Weise zu bewegen, die ihr nicht gefiel, sie war es, die den Rhythmus bestimmte. Sie war nie besonders laut, auch jetzt nicht. Als sie kam, ging ein mehrfaches Zucken durch ihren Unterleib und ihre Oberschenkel. Sie kam ein paar Sekunden vor ihm, bewegte sich aber weiter, drückte ihr Gesicht fest an seines und blieb auch hinterher noch eine Weile so auf ihm, die Arme fest um ihn geschlungen, bis sie sich mit einem dicken Kuss auf seine Schläfe von ihm löste. Während er noch damit beschäftigt war, sich wieder anzuziehen, drehte sie sich schon mit diesem fast durchsichtigen Papier eine kleine Zigarette. Sie legte sich ihren tragbaren Aschenbecher aus grünem Metall auf den nackten Bauch, rauchte, aschte ab, rauchte, und der Aschenbecher hob und senkte sich mit ihrem Atem, der sich langsam beruhigte.

»Ich kenne wirklich niemanden, der so ist wie du«, sagte Finn nach einer Weile.

Manu drückte die Zigarette aus. »Trifft das nicht auf jeden zu, dem man begegnet«, sagte sie und zog ihr Sweatshirt wieder über.

»Im Ernst«, sagte Finn, »woher weißt du all diese Dinge, über Tomaten und Lindenblüten und Pomeranzen?«

Manu stand auf und klopfte sich ein paar Holzspäne von der Trainingshose. »Ich war viel allein früher«, sagte sie, »als ich noch klein war. Unser Haus stand direkt am Waldrand, gar nicht so weit von hier. Ich habe mich vor den Pflanzen gefürchtet, vor der Dunkelheit und allem, was da wächst und knackst. Also habe ich angefangen, die Namen der Pflanzen zu lernen, alles über sie herauszufinden. Inzwischen verstehe ich mich ganz gut mit ihnen. Es ist leichter, allein zu sein, wenn man sich gut mit der Natur versteht.«

»Du bist ja nicht allein«, sagte Finn.

Manu zuckte mit den Schultern. Sie wollte los.

»Wo war das«, fragte Finn, »dieses Haus, meine ich. Wo bist du aufgewachsen? Und warum warst du so viel allein?«

»Jetzt bin ich hier, mit dir«, sagte Manu. »Ich mag es nicht, wenn man mich in eine Zeit zurückfragt, die es nicht mehr gibt. Lass uns gehen, es wird gleich regnen.«

Finn schloss seine Gürtelschnalle und stand auf. Sein Herz klopfte und sein Kopf glühte. Er konnte sich nicht vorstellen, je wieder einen Tag ohne Manu zu verbringen.

Henry

Von hier oben am Hang sah das Städtchen aus, als gäbe es dort keine Leute wie ihn. Niemanden ohne Dach über dem Kopf und ohne Briefkasten, ohne hübschen Vorgarten oder zumindest ein Fensterbrett für Geranien und Schnittlauch. Henry presste die gerollte Zeitung in seiner rechten Hand zusammen und ging etwas schneller. Im Schwarzen Meer trieben nach sintflutartigem Regen 250 Tonnen Haselnüsse im Salzwasser, in Kabul waren fünfundzwanzig Menschen bei einem Selbstmordanschlag ums Leben gekommen, und drüben in Freiburg begann die jährliche Kaninchenzuchtschau. Henrys Tag hingegen war nahezu ereignislos geblieben. Er tastete in seiner Hosentasche nach den Sonnenblumenkernen und hob eine Handvoll heraus. Sie klapperten dumpf, als er sie in der hohlen Faust schüttelte. Inzwischen hatten sogar die Mauersegler Ruhe gegeben, die bis in die Dämmerung über dem Bahnhofsdach gekreist waren. »Was für fröhliche Vögel«, hatte Esther immer gesagt. Henry fand, dass sie hysterisch klangen. Ein bisschen wie die Partygänger, die am Wochenende durch die Straßen am Westende der Stadt taumelten, grölend und jubelnd, wie um sich selbst zu versichern, dass sie Spaß hatten, dass diese Nacht das Abenteuer ihres Lebens war und sie für immer verwandeln würde, in unsinnerfahrene Lebemenschen mit vorzeigbarem Kerbholz. Henry erreichte das Hühnergehege und vergewisserte sich, dass niemand ihn beobachtete. Es war so still, dass er die Grillen im Gras hören konnte und das Ticken des Elektrozauns. Er fragte sich, was Grillen den ganzen Tag lang eigentlich taten und ob das Zirpen für sie anstrengend war. Ob Grillen ein Zuhause hatten? Und ob es unter ihnen welche gab, die nicht mehr nach Hause zurückkehren konnten? Er betrachtete das weiße Huhn, das sich als erstes dem Zaun näherte, und nickte ihm zu.

»Hallo, meine Hübsche«, flüsterte er. Mit schräggestelltem Kopf schaute das Huhn zu ihm hoch, zu der Faust, in der die Kerne rasselten. Wenn es blinzelte, schoben sich seine Unterlider nach oben, bis die Augen geschlossen waren, nicht umgekehrt. Henry fand, dass es umständlich aussah. Eine Weile lang versuchte er, es dem Huhn gleichzutun, versuchte, die Unterlider nach oben über die Pupillen zu schieben, aber es gelang ihm nicht. Er öffnete die Faust und ließ ein paar Kerne ins Gehege prasseln. Das Huhn pickte sie eifrig auf und schaute ihn dann wieder an, prüfend, als wollte es sagen: »Hast du nichts Besseres zu tun?«

Als er noch mit Esther am grünen Rand von Freiburg gelebt hatte, war ihnen das Huhn eines Nachbarn zugelaufen. Eines, das fast genauso aussah, weiß gefiedert und mit misstrauischem Blick. Durch ein Loch im Zaun kam es in ihren Garten stolziert, sobald es Stimmen hörte. Am Sonntagmorgen, wenn er mit Esther auf dem Schaffell unter dem Nussbaum lag und ihr aus der Zeitung vorlas, legte es sich neben sie ins Gras, behaglich wie eine Katze, und schloss die Augen, von unten nach oben. Sobald Henry aufhörte zu lesen, öffnete es die Augen und stellte den Kopf schräg. Erst wenn er weiterlas, sank es wieder friedlich zurück. Esther hatte unter der Gartentreppe ein kleines Nest aus Stroh gebaut und ein Holzei hineingelegt. »So weiß es, wo die Eier hingehören«, sagte sie. Und tatsächlich, nach weniger als einer Woche hatten sie das erste Ei gefunden, blassgrün und handwarm. Henry hatte bis zu diesem Tag nicht gewusst, dass es auch grüne Eier gab. Jetzt klaute er hier ab und zu eins, wenn er seine Kräuter für die Woche zusammensuchte, nicht oft, nur ein-, zweimal im Monat, ein grünes Trostei.

Hinter ihm ertönte das Alarmsignal der Bahnschranke, ein Regionalzug fuhr in den Thalbacher Bahnhof ein. Henry drehte sich um und fixierte das Zifferblatt der Bahnhofsuhr, den Sekundenzeiger, wie er der vollen Minute entgegenruckelte. Es gab ihm ein gutes Gefühl, dieser Moment, wenn eine neue Minute anbrach, eine Minute mehr, die er überstanden hatte. Früher hatte er sich immer gewünscht, mehr Zeit zu haben. Wenn sich beim Hinaufrennen einer Treppe der frische Hemdstoff unter den Achseln mit Schweiß vollsog. Wenn ihm das Handy beim Telefonieren in die Tomatensauce oder ins Klo fiel. Wenn er nach Hause kam und Esther mit dem Rücken zu ihm im Bett lag, weit weg in einem Traum, nach einem Tag, an dem sie sich nicht zu Gesicht bekommen hatten. Esthers schlafende Schultern. Wie sehr er ihre breiten Schultern vermisste. Ja, er hatte gedacht, dass alles besser wäre, wenn er nur mehr Zeit hätte, Zeit für nichts, Zeit zum Vertrödeln. Zeit ohne Esther, ja, sogar das. Im Büro des Bezirksamts hatte er mit

Pistazienfingern kleine Kreise auf die Glastischplatte gezeichnet, einen um den anderen, kleine, unförmige Fettfingerkreise, von links nach rechts, ein, zwei Reihen, für mehr hatte es nie gereicht, bevor das Telefon wieder klingelte und er sich mit Glasreiniger daran machte, den Tisch zu säubern. Immer hatte er sich gewünscht, einmal die ganze Platte vollzukringeln, von unten nach oben. Er hatte sich nach Langeweile gesehnt, diesem Gefühl, das er nur noch aus Erinnerungen an die Schulzeit kannte, Tage ohne Datum und Namen. Es war sehr lange her, dass er zum letzten Mal Pistazien gegessen hatte. Ob die Eier der Hühner noch grüner wurden, wenn er sie mit Pistazien fütterte? Henry nahm sein grünes Notizbuch aus der Hosentasche und den Bleistiftstummel, er stammte aus einem Hotel, in dem er vor Jahren während einer Geschäftsreise einmal abgestiegen war. ›Hot‹ waren die einzigen drei Buchstaben, die auf dem Bleistiftrücken übrig geblieben waren. Er richtete das Papier zur Straßenlaterne hin aus. »Welches sind deine Lieblingsnüsse?«, schrieb er auf. »Und gibt es jemanden, der das weiß? Wenn ja: Ist dieser Jemand bei dir? Wenn nicht: Warum?« Das Huhn setzte sich und blinzelte, dann schloss es die Augen. Henry setzte sich ebenfalls ins Gras.

»Was meinst du«, sagte er, »tut es sehr weh, sich vor einen Regionalzug zu werfen?« Das Huhn öffnete die Augen und neigte den Kopf zur Seite. »Dein Ernst?«, sagte sein Blick. Es stand auf und wackelte zurück zum Stall, aus dem es gekommen war.

Die Spitzwegerichknospen zischten, als Henry sie in die heiße Butter warf, ein herrlicher Geruch nach gebratenen

Champignons stieg ihm in die Nase. Es war ruhig um diese Zeit im Park, der Mann von der Security hatte die Gartentore bereits abgeschlossen. Eine dieser neuen Vorschriften. Nach halb elf durfte der Park nicht mehr betreten werden. Kam gleich nach den neuen Bänken, die so konzipiert waren, dass man darauf nicht mehr schlafen konnte. Was dabei vergessen ging: An ungemütlichen Orten fühlten sich nicht nur Obdachlose unwohl. Allgemein saßen Menschen nun mal gern im Schatten von Bäumen auf geraden Bänken, abseits vom Straßenlärm. Und wer die Obdachlosen verscheuchte, verscheuchte nach und nach auch alle anderen, mit Stahlbänken und Betoninseln, durchdesigntes Ödland, dachte Henry. Aber er hatte den Security-Mann ausgetrickst. Hatte sich im Hohlraum eines üppigen Haselbuschs versteckt, wie in einem schlechten Film. Henry schmunzelte und drehte die Flamme des Campingkochers etwas kleiner, kramte in seinen Plastiktüten und zog einen ausgespülten Joghurtbehälter heraus, in dem er den jungen Löwenzahn und den Sauerampfer mit Öl und Essig aus den kleinen Plastikbeutelchen anmischte, die er im Schnellimbiss am Marktplatz hatte mitgehen lassen. Darüber etwas Salz und Pfeffer aus den Streuern, die Roswitha ihm geschenkt hatte. Morgen würde er wieder bei ihr vorbeigehen, morgen war Schokoladenkuchentag, und meistens gab sie ihm ein Stück mit, manchmal auch ein wenig Butter oder französischen Käse. Einen Kaffee bekam er immer, hätte er auch heute bekommen, aber er wollte ihre Gastfreundschaft nicht überstrapazieren. Henry hatte gelernt, seine Bedürftigkeit anderen gegenüber gut zu dosieren, so dass ihre Hilfe ihnen wie eine Wohltat an sich selbst vorkam, weil sie lediglich eine Abwechslung war und keine Gewohnheit. Die meisten Dinge, die Menschen aus Gewohnheit taten, auch das hatte Henry in seinen Jahren auf der Straße gelernt, wurden ihnen irgendwann zuwider. Die Angst vor Veränderung machte Gewohnheiten mit der Zeit zur Pflicht. Abwechslungen aber, die kleinen Geschwister der Veränderung, waren den meisten willkommen. Deshalb bezahlte Henry seinen Kaffee immer mal wieder, wenn er bei Roswitha einkehrte, und ließ sich längst nicht an jedem Schokoladenkuchentag blicken. Henry rührte noch einmal um und schloss die Augen. Er mochte die noch frische Dunkelheit, die den Gegenständen langsam die Farben entzog, die Stimmen, die sich aus der Innenstadt zurück in die Häuser bewegten, den Verkehr, der in den Ruhepuls überging, keine Augen, die ihn bemitleideten, keine vorgehaltenen Hände, hinter denen über ihn getuschelt wurde, kein unverhohlenes Gaffen und Mutmaßen über seine Geschichte, nur das sanfte Ausblenden eines weiteren Tages, den er überstanden hatte. Die Dunkelheit glich ihn den anderen Menschen in der Stadt an, sie ermöglichte ihm die Privatsphäre, die er tagsüber nicht hatte. In den Forsythien raschelte es, laut und anhaltend, das konnte kein Vogel sein, vielleicht ein Fuchs, aber kein besonders wendiger. Henry kramte nach seiner Taschenlampe und leuchtete zwischen die gelben Zweige. Der dürre Lukas streckte seinen Kopf heraus, robbte mitsamt seinem Schlafsack unter dem Busch hervor, setzte sich auf und rieb sich das Gesicht. Nun war es mit der Ruhe vorbei. So viel Mühe hatte er sich gegeben, einen Schlafplatz für sich allein zu finden, schwirig genug war das gewesen. Auch wenn man sich auf der Straße alles teilte, den letzten Schluck Wein, die Tageskarten für den Bus, die letzte Zigarette, teilte man doch mit niemandem das Geheimnis des Schlafplatzes, denn müde scherte sich keiner mehr um Moral, erträgliche Schlafplätze waren rar. Und seit in Freiburg ein schlafender Obdachloser auf einer Parkbank mit Benzin übergossen und angezündet worden war, ging die Angst um. Der dürre Lukas musste ihn beobachtet haben und ihm gefolgt sein, anders konnte Henry sich das nicht erklären. Er schlich ohnehin seit Tagen um ihn herum, er war neu in der Stadt. Einem anderen hätte Henry das nicht durchgehen lassen, aber der dürre Lukas war fast noch ein Kind, gerade mal neunzehn, so alt, wie Henrys Sohn morgen werden würde. Kaum Bart hatte er und immer saubere Hände, die blonden Haare zu einem Zopf geflochten, der ihm über die Schulter baumelte. Und er trank nicht, nur ab und zu rauchte er eine Zigarette, manchmal in mehreren Etappen, um mehr davon zu haben. Wer weiß, dachte Henry, vielleicht gab er Lukas deshalb das Recht, ihm auf die Nerven zu gehen.

»He, Meister, was machst du, wenn du in der Wüste eine Schlange siehst«, sagte der dürre Lukas verschlafen und öffnete eine Energydrink-Dose. »Na los, sag schon, Schlange in der Wüste, was machst du?«

Henry nahm den Spitzwegerich vom Feuer. »Keine Ahnung«, sagte er, »so weit bin ich noch nicht herumgekommen.«

»Dich anstellen!«, sagte der dürre Lukas und kicherte. »Dich anstellen, der ist gut, oder?«

Henry kramte nach der PET-Flasche, die er am Brunnen gefüllt hatte, und setzte Wasser auf.

»Willst du auch einen?«, fragte der dürre Lukas und zeigte auf den Energydrink.

Henry schüttelte den Kopf. »Ich mach Lindenblütentee. Davon schläft man besser.«

Der dürre Lukas kicherte wieder. »Das ist aber voll gesund, das Zeug. Ehrlich. Hier, mit Guarana und Ingwer. Ginger. Gingembre. Ich kann das auf alle Sprachen sagen, da staunst du, was? Zenzero! Ecco, italiano!« Er tänzelte um seinen Schlafsack, drehte kleine Pirouetten und summte: »Ginger, gingembre, zenzero-oh-ooooh ...«

Henry schlug sich mit der flachen Hand auf die Wange. Diese verdammten Mückenviecher, jetzt fing das wieder an. Und dazu noch Lukas. Der wie ein hyperaktiver Riesenmoskito um ihn herumschwirrte. Flap. Lukas landete mit weit aufgerissenen Augen kauernd vor ihm im Gras, den Zeigefinger in die Luft gestreckt: »Imbir«, sagte er, »das heißt Ingwer auf Russisch, Meister. Das muss ich wissen, meine Freundin ist nämlich Russin, ehrlich, Miranda heißt sie, meine Freundin, und wenn sie aus Malibu zurück ist, muss das flutschen mit dem Russisch.« Henry hob die Hand und machte eine Schlüsseldrehbewegung vor den Lippen. »Okay, okay«, sagte der dürre Lukas, »schon gut, Meister, hab verstanden. Deine Ohren sind voll, und wenn sie voll sind und ich weiterquatsche, fangen sie an, dir weh zu tun, schon kapiert. Ehrlich.« Er schüttelte die leere Dose, setzte sie noch einmal an, leckte an der Öffnung, warf die Dose dann ins Gras. »Kann ich was ab von deinem Gekoche da?« Er deutete auf die Pfanne. »Riecht lecker, Meister, bist ein echter Feinschmecker, das weiß ich.«

Henry schnaufte. »Unter einer Bedingung.«

»Ich hebe die Dose auf und halte die Klappe«, sagte der dürre Lukas. »Schon verstanden.«

Henry nickte. Er zog ein Bündel getrockneten Salbei aus einer der Plastiktüten. »Hier«, sagte er, »zünd mal ein paar Zweige davon an, das hält die Mücken fern.«

Der dürre Lukas nahm den Salbei und hielt zwei Zweige in die Flamme des Campingkochers. Dann stand er auf, wedelte mit den Zweigen und machte karateartige Bewegungen rund um Henrys Kochstelle. »Hayaaaa-wuaaa«, murmelte er, im Rhythmus seiner Bewegungen, aber er gab sich Mühe, leise zu sein. Auch beim Essen blieb der dürre Lukas ruhig, schob sich eine Spitzwegerichknospe nach der anderen mit den Fingern in den Mund, nickte jedes Mal, wenn er kaute, es schien ihm zu schmecken. Den Salat rührte er nicht an, der war ihm offenbar nicht geheuer. Dafür zog er nach dem Essen eine kleine Blechdose aus dem Rucksack, in der zwei Nougatbonbons lagen. »Bedien dich, Meister«, sagte er. »Ist meine Lieblingssüßigkeit, krieg ich nicht mehr oft zu beißen, hab ich extra lang aufgespart. Hat mir meine Freundin geschenkt, die Miranda. Aber aus Malibu bringt sie mir sicher was mit, irgendwas mit Ananas vielleicht, was Exotisches.« Er steckte sich eines der Bonbons in den Mund und schlang es hinunter, fast ohne zu kauen, dabei wiegte er den Oberkörper hin und her. Henry nahm sich das andere Bonbon und öffnete die Zellophanverpackung. »Eine Bedingung, Meister, eine Bedingung«, sagte der dürre Lukas und hob den Zeigefinger.

»Ich muss dir was aus dem grünen Buch vorlesen«, sagte Henry. »Dacht ich mir schon.«

Der dürre Lukas kicherte. »Ganz genau, Meister, deine

Fragen, von denen will ich was hören, aber von den neuen. Und du musst auch antworten, ist ja klar.«

Beflissen half der dürre Lukas mit, nach dem Essen das Geschirr am Brunnen zu waschen und alles wieder fein säuberlich in Henrys Plastiktüten zu verstauen. Danach legte er sich in den Schlafsack, stützte den Kopf auf und schaute Henry mit kindlicher Erwartungsfreude an. Henry nahm sein grünes Notizbuch hervor und blätterte auf die hinterste beschriebene Seite.

»Was ich nicht verstehe, Meister, warum kaufen dir die Leute Fragen ab? Ich hab das gestern gesehen, die reißen sich ja darum, ehrlich. Warum?«

Henry strich das Eselsohr oben an der Seite glatt. »Aus demselben Grund, aus dem auch du sie gerne hörst«, sagte er. »Wenn einer etwas gefragt wird, kommt er in der Antwort immer selber vor. Wir Menschen mögen das. Irgendwo vorkommen. Uns irgendwo drin finden.«

»Ich komme ja nicht mehr so viel vor wie früher. Also es gibt jetzt nicht mehr viele Orte, an denen ich vorkomme«, sagte der dürre Lukas. »Aber stimmt schon, Meister, hast schon recht. Mach mal eine Frage jetzt. Bitte.«

Henry räusperte sich. »Wann und warum hast du zum letzten Mal geweint?«

Der dürre Lukas schnaufte. »Ehrlich, Meister. Kann ich eine andere haben?«

Henry schüttelte den Kopf. »Du wolltest eine von den neuen«, sagte er.

»Also schön.« Lukas drehte sich auf den Rücken und verschränkte die Arme vor der Brust. »Ehrlich, Meister, Mannmannmann, du lässt aber auch gar nichts aus, echt.

Also vor neun Wochen war das, gar nicht so lang her. Da hab ich in meinem Wohnzimmer gehockt und zugeschaut, wie sie überall Kleber draufgeklebt haben, auf alles, ehrlich, auf den Bonsai, auf die Sofakissen, auf die Stehlampe von meiner Oma, auf meine Katze nicht, aber mitgenommen haben sie sie trotzdem, das Katzenfutter auch. Und meine Klarinette haben sie mitgenommen, und mich, mich haben sie auf dem Bürostuhl zu dritt aus der Wohnung geschoben, bis raus ins Treppenhaus. Da hab ich geweint. Weil sie mir nur die Rechnungen dagelassen haben, diese scheiß Rechnungen für meinen scheiß vereiterten Kiefer, für den irgendeine Versicherung hätte zahlen müssen, ehrlich, aber nichts ist passiert, niemand hat bezahlt. Durch die Maschen gefallen, haben sie mir auf dem Amt gesagt, einfach durch die Maschen gefallen. Jetzt hab ich einen Eins-a-Superkiefer, Topmaterial, aber in einem Kiefer kann man nicht wohnen, Meister, so sieht's aus.« Der dürre Lukas schniefte und wischte sich mit dem Schlafsacksaum über die Augen.
»Und du, Meister, was ist mit dir?«

Henry zündete noch zwei Salbeizweige an und legte sie auf den Brunnenrand.

»Als mein Junge mich weggeschickt hat«, sagte er. »Vor fünf Jahren war das, an seinem vierzehnten Geburtstag. Beschimpft hat er mich und mit allem recht gehabt, was er gesagt hat. Er hat mich vom Grundstück geschubst und das Gartentürchen zugedrückt. Dieses lächerliche, kleine Gartentürchen, über das ich einfach hätte drübersteigen können, das mir knapp bis zur Hüfte reichte und das wir mal zusammen lackiert haben, als er noch in die Grundschule ging. Ich habe ihm angesehen, dass er Angst vor mir hatte.

In seinen Augen hab ich das gesehen. Stell dir vor, mein eigener Junge hatte Angst vor mir. Da hab ich geweint. Aber erst, als ich ihm den Rücken zugekehrt habe, erst dann.«

Lukas setzte verlegen die leere Dose an die Lippen. »Ehrlich, Meister«, sagte er. »Du machst mich fertig. Jetzt schnell die nächste Frage, mir ist gar nicht wohl.«

Henry nickte. »In Ordnung«, sagte er. »Was tröstet dich?«

Der dürre Lukas hob die Dose wie eine Flöte an den Mund und blies hinein, ein dumpfes Pfeifen ertönte. »Schwierig, wirklich schwierig«, sagte er, »da muss ich nachdenken.« Er dachte nach und blies dabei immer wieder in die Dose. »Doch, ich weiß«, sagte er dann, »ich weiß was: dass nichts so bleiben wird, wie es ist. Dass nichts für immer ist. Ehrlich, jeden Tag kann sich ganz plötzlich etwas ändern, und nichts ist mehr wie vorher, und da ist dann vielleicht auch mal was richtig Gutes dabei für mich. Ein Hackbraten mit Stampf oder eine eigene Wohnung oder so. Eine schöne Frau, so eine richtig schöne, die bei mir übernachtet, weil sie das möchte. So was. Und du, Meister, was ist mit dir?«

Henry klappte das Notizbuch zu. »Genug für heute«, sagte er, »sehen wir zu, dass wir noch etwas von der Nachtruhe haben. Morgen wird wieder ein langer Tag.«

Der dürre Lukas setzte sich auf. »Das ist unfair, Meister, ehrlich. Ich zieh hier meine Seele aus, und du gehst einfach schlafen. So war das nicht abgemacht.«

Henry machte sich daran, mit der Fußpumpe seine Luftmatratze aufzublasen.

»Na schön«, sagte er. »Dass ich das aushalten kann, das tröstet mich. Dass ich stark genug bin, um das alles hier auszuhalten.« Er zeigte auf seine Tüten und die Matratze.

Der dürre Lukas sagte nichts. Er schaute ihn nur erschrocken an und drehte ihm dann im Schlafsack den Rücken zu. Es schien nicht die Antwort gewesen zu sein, die er erwartet hatte.

Felix

Monique war in der Küche, als er nach Hause kam. Sie saß in Unterhemd und Unterhose am Tisch, die roten Haare lose zusammengebunden, die Augen geschlossen, eine Hand auf dem gewölbten Bauch, mit der anderen trommelte sie den Takt des französischen Chansons auf die Tischplatte, das in dem kleinen Radio auf der Anrichte lief. Monique hatte die Fenster aufgemacht, es roch nach gebratenem Fisch und der Wäsche, die nebenan im Garten hing. Das Licht der Straßenlaternen färbte den Kachelboden stellenweise gelblich ein. Draußen hörte man die Autos vorbeifahren, die ungeduldigen Gangwechsel, wenn die Ampel auf Grün schaltete. Felix stellte seine Einsatztasche auf den Boden. Jetzt erst bemerkte Monique seine Anwesenheit und öffnete die Augen. »Er mag die Musik«, sagte sie leise und streichelte ihren Bauch. »Er bewegt sich dazu, zum ersten Mal bewegt er sich, hier, fühl mal.« Sie streckte die Hand nach ihm aus. Felix schluckte. Etwas schnürte ihm die Kehle zu. Er sah Monique an, wie sie dasaß und strahlte und ihren schönen runden Bauch streichelte, und rührte sich nicht. »Ich sollte mir zuerst die Hände waschen«, sagte er schließlich und ging hinüber zum Waschbecken.

»Da ist Blut auf deinem Hemd«, sagte Monique. »Hattest du einen schweren Einsatz?«

Felix winkte ab. »Passt schon«, sagte er. »Sieht schlimmer aus, als es war.«

Er machte Licht, ein Klick, ein Summen, die Neonröhre blinkte und ging an, kleines, reibungsloses Glück. Er ging zum Kühlschrank, nahm sich eine Dose Orangenlimonade, hielt sie in den Nacken und schloss die Augen. Nichts anderes wollte er die nächsten Stunden tun, als mit geschlossenen Augen dazustehen, am offenen Fenster, eine kühle Limonadendose im Nacken.

»Willst du mich jetzt nicht einmal mehr ansehen?«

Felix öffnete die Augen, die Dose kühlte kaum noch, seine Haut hatte sich an die Temperatur gewöhnt. Monique biss sich von innen in die Unterlippe, wie immer, wenn sie aufgewühlt war. Sie wartete auf eine Antwort von ihm, aber er konnte ihr keine geben.

»Dich bedrückt etwas, das kann ich sehen«, sagte Monique, »seit du diese Fortbildung besucht hast, diesen Psychologiekurs, seither bedrückt dich etwas.«

Felix öffnete die Dose mit einem Zischen und trank ein paar große Schlucke, er blickte an Monique vorbei in den Garten. »Die Pfingstrosen sollten längst blühen«, sagte er, »die sind viel zu spät dieses Jahr. Im Stadtpark blühen sie schon.«

Monique stand auf und kam auf ihn zu, sie strich ihm über den Hinterkopf, versuchte, seinen Blick einzufangen. »Oder ist es, weil ich schwanger bin? Hast du es dir anders überlegt?«

Felix schüttelte den Kopf. »Ich bin einfach nur müde«, sagte er. »Das ist alles.« Er wollte Monique an sich drücken, sie spüren, ihre helle, weiche Haut, die rauhen Locken.

Stattdessen bückte er sich und nahm eine Packung Staubmagnettücher aus der Schublade unter dem Kühlschrank. Er begann, das Fensterbrett abzuwischen, die Küchenablage, die abstehenden Oberkanten der Schubladen, die Chromstahlgriffe.

»Wusstest du, dass Hausstaub zu neunzig Prozent aus menschlichen Hautschuppen besteht«, sagte er.

Monique zurrte ihr Haargummi enger. »Komm erst mal an«, sagte sie. »Wir können auch später noch reden.«

Ihr Parfum blieb in der Küchenluft hängen, ein feinmaschiges Netz, in dem Felix' Gedanken sich verfingen, ob er wollte oder nicht. Moniques Bauch, das Kind, das sich darin bewegte. Ein altes Haus am Waldrand, Staub, der in der Sonne tanzte, ein gelbes Kissen, das durch die Luft flog, stimmbrüchiges Lachen, dann Husten, dieses laute Husten. Felix trank die Limonade leer und zerdrückte die Dose in der Hand. Die Neonröhre über der Spüle flackerte, Felix machte sie aus. Er öffnete den Kühlschrank und nahm sich eine neue Limonadendose. Wo er die zerdrückte hingelegt hatte, wusste er nicht mehr. Noch immer wummerte ihm der Schuss in den Ohren. Er stellte das Radio aus. Müde war er, aber im Bett wartete nur das Innere seines Kopfes auf ihn, das Haus, der Staub, das Husten, und um das alles zu ignorieren, war er nicht müde genug. Er trat ans Fenster und blickte die Straße hinunter, sein Blick streifte die Häuser. Viele, in die er schon hatte einrücken müssen, von denen er wusste, wie es hinter der Fassade aussah, wie es im Treppenhaus roch. Als abgründigen Setzkasten sah er Thalbach vor sich, ein Sammelsurium an Wut und angestauten Ressentiments, lauter hilflose Erwachsene, in deren Gerippe sich das verletzte Kind verwachsen hatte, das sie einmal gewesen waren und das sich Bahn brach, wann immer Müdigkeit oder Überforderung es möglich machte. Ein paar Minuten lang versilberte der Mond die Dächer und verniedlichte die Aussicht, machte es fast unvorstellbar, dass irgendwo gerade jemand zu einem Schlag oder einem Schimpfwort ausholte. Hinter immer mehr Fenstern gingen die Lichter aus. Felix fixierte die gläsernen Schiebetüren des kleinen Spätkaufs gegenüber. Wenn er die Augen zusammenkniff, konnte er die Sonderangebote neben der Tür sehen: Erdbeeren und fixfertige Tortenböden aus Mürbeteig, daneben Schlagsahne in Sprühdosen, auf alles zwanzig Prozent. Die Hände des Kassierers konnte er sehen, das Wechselgeld, das er herausgab. Ein kleines Mädchen, das seinen kleinen Einkaufswagen unbeobachtet mit Überraschungseiern füllte. Das, das fand er schön. Durchsichtige Türen, durchsichtige Wände. Räume, in die man hineinsehen konnte. Wenn jedes Haus durchsichtig wäre, dachte Felix, jede Wand, jede Tür, wenn also jeder und jede alle anderen bei allem beobachten könnte, Männer, die in ihren Garagen weinten, Mädchen, die mit frisch lackierten Fingernägeln in der Nase bohrten, Jungs, die selbstvergessen gameten, vor dem Badezimmerspiegel den Bizeps anspannten, Menschen, die stundenlang fernsahen, sich selbst befriedigten, mitten in der Nacht vor dem Kühlschrank in die Hocke gingen und in unangeschnittenen Käse bissen, schlecht über Freunde sprachen, Hornhaut von den Fersen rubbelten oder ihre Körper nach Makeln absuchten, wenn all das sichtbar wäre, dachte Felix, würden alle sich vielleicht ein klein bisschen weniger ungenügend vorkommen und ihre Unsicherheit ein klein bisschen weniger an anderen auslassen. Felix bückte sich, griff nach dem Werkzeugkasten unter der Spüle und stellte ihn auf den Küchentisch. Sein Hemd zog er aus und warf es über die Stuhllehne, einen Augenblick lang war ihm wohlig kühl. Seufzend ließ er den Blick durch die Küche schweifen. Der Entsafter kam nicht in Frage. Zu einfach. Die Kaffeemaschine würde er noch brauchen, auf den Staubsauger hatte er keine Lust, und die elektrische Zahnbürste hatte er neulich erst auseinandergenommen. In Gedanken ging er die Geräte im Badezimmer durch und nickte. Dass er da nicht früher drauf gekommen war. Moniques Föhn hing unübersehbar an der Handtuchstange neben dem Waschbecken, das Kabel umständlich ums Metall gewickelt. Morgen für Morgen stieß Felix sich das rechte Knie an dem Volumenaufsatz, der dann polternd auf die Fliesen fiel und sich nur mühsam wieder aufschrauben ließ. Er klemmte den Föhn unter den Arm, kurz vor der Kellertür fiel der Volumenaufsatz zu Boden und rollte unter den Putzschrank. Felix ließ ihn liegen. Unten im Keller war es angenehm kühl, selbst der Blechtisch war kalt, als er sein Werkzeug darauf ausbreitete. Er kramte im Werkzeugkasten und setzte die Stirnlampe auf, klaubte den richtigen Schraubenzieher heraus und begann, das Gehäuse des Föhns aufzuschrauben, unten an der Anschlusstülle. Ein paar wenige Umdrehungen, und die Föhnelektronik lag hässlich und schutzlos vor ihm. Er entfernte die Zugentlastung am Kabel, drehte die Platine um, an der die Kabeldrähte angelötet waren, griff nach dem Lötkolben und begann das Metall zu erwärmen, um die Kabel herauszutrennen. Vorsichtig löste er das erste Käbelchen aus der angewärmten Platine. Er musste sich konzentrieren, keines zu knicken. Eine heikle Angelegenheit. Eins ums andere, ansetzen, aufweichen, heraustrennen, alles hinlegen, der Reihe nach, eins ums andere, nichts durfte verlorengehen, alles hatte seine Logik, und wenn er sich richtig anstellte und es nicht verpatzte, würde man dem Föhn hinterher nicht das Geringste anmerken.

Er war schon wieder dabei, die Käbelchen zurück ins Gehäuse zu löten, als er Monique die Treppe herunterkommen hörte. Sie trug das Nachthemd mit der blauen Ananas, ihr großer Bauch zog die Frucht in die Länge.
»Wie viel Uhr ist es«, fragte Felix.
»Kurz nach Mitternacht«, sagte Monique.
Felix nickte und wandte sich wieder der Lötstelle zu. »Ich bin hier gleich so weit.« Das Metall der Platine war inzwischen abgekühlt, er musste den Lötkolben von neuem ansetzen.
»Du bist so weit weg«, sagte Monique.
Felix wusste nicht, was er sagen sollte, nahm die leere Limonadendose vom Tisch und drehte sie in den Händen, drehte sich dann zu Monique um.
»Kannst du vielleicht die Lampe da ausmachen«, sagte sie. »Du blendest.«
Verlegen löste Felix den Klettverschluss am Hinterkopf und nahm die Lampe ab.
»Dein Schweigen. Dein ständiges Schweigen«, sagte Monique, »es macht mir Angst.«
»Das muss es nicht«, sagte Felix und nahm ihre Hand.
Monique hielt seine Hand fest umschlossen. »Ich weiß,

dass du deine Arbeit nicht einfach zwischen Brot und Käse auf den Tisch packen kannst«, sagte sie. »Ich weiß, dass es schwer für dich ist umzuschalten, wenn du nach Hause kommst. Aber lass mich wenigstens versuchen, dich zu verstehen, lass mich versuchen, ein klein wenig für dich –«

Felix ließ sie nicht ausreden. Er hatte keine Kraft mehr, sich zusammenzureißen. Er war müde. Ihm war heiß. Und er wollte nicht reden. Mit einem Ruck zog er seine Hand zurück. »Bitte«, sagte er. »Du willst mich verstehen? Du lebst in einer Parallelwelt aus Hirsekissen und Lavendelöl, Monique. Aber es gibt Probleme, die kann man nicht einfach wegatmen oder wegmassieren.«

Moniques Kiefer bebte, ihre Augen füllten sich mit Tränen. »So siehst du mich?«

Felix begriff, dass er zu weit gegangen war. Er knipste die Stirnlampe in seiner Hand an und aus und wieder an und wieder aus, als könnte er mit dem kleinen Schalter die Geschehnisse regulieren, die ihn überforderten.

Mit den Handflächen glättete Monique das Nachthemd um ihre Hüften. »Das ist alles ein und dieselbe Welt«, sagte sie. »Aber du hast offenbar beschlossen, nur noch da herumzusitzen, wo es so düster ist, dass man eine Stirnlampe braucht.« Sie machte auf dem Absatz kehrt.

Felix packte sie am Arm und zog sie zurück. Es gab viel, das er ihr sagen wollte, aber die Worte verhedderten sich in seinem Mund zu genau jenem hilflosen Schweigen, jenem Nichtsprechen, das Monique von ihm wegtrieb.

Monique riss sich los. »Du tust mir weh«, sagte sie.

Es war das Startgeräusch von Moniques Auto, das ihn weckte. Er war am Kellertisch eingeschlafen, mit der leeren Limonadendose in der Hand. Vor ihm lagen die Eingeweide von Moniques Föhn, und dort, wo er den Lötkolben abgelegt hatte, bewies eine dunkle Verfärbung in der Tischoberfläche seine müde Unvorsichtigkeit. Es war kurz nach neun, verschlafen hatte er allemal, eigentlich hatte er noch Sport machen wollen, bevor seine Schicht um elf begann. Das würde zu knapp werden jetzt. Er ließ sich Zeit beim Duschen und beim Frühstück, er wollte Monique mit klarem Kopf anrufen, ihr sagen, dass es ihm leidtat. Er war gerade dabei, sich einen zweiten Kaffee zu machen, als das Hauptrevier anrief. Felix rieb sich die Augen, wurde mit jedem Wort des Einsatzleiters wacher, auch wenn nur die wichtigsten Bruchteile hängenblieben, Suizidgefahr, Polizeipsychologin auf Fortbildung am Bodensee, kein qualifiziertes Personal, Erstkontakt durch Streife, drohende Eskalation, sofort kommen. Felix schaltete die Kaffeemaschine aus, suchte das Nötigste zusammen und machte sich auf den Weg. Er würde Monique später anrufen, in einer Pause, wenn das Gröbste vorbei war. Ja, so würde er es machen.

✳

Irgendwo in ihrer Erinnerung kurz das Bild eines grünen Autos, aus dessen Fenster sie beim Fahren die Hand hält, sie weiß nicht, wer fährt und wohin, nur Luft zwischen den Fingern, die Ferne verspricht, eine Ahnung von Weite – ein bisschen so das Gefühl jetzt beim Fallen, ein bisschen so die Luft jetzt zwischen den Fingern, den Haaren, geruchlos die Luft und überall: unter den Lidern, unter der Zunge, um den Brustkorb. Und wann hört es auf, gegen die Rippen zu drücken? Und was kommt danach? Der Himmel ein Viereck, bevor sie die Augen schließt, ein Viereck, weit weg.

✳

Erster Tag

Theres

Das Licht war noch bläulich, es war gerade erst hell geworden, die Straßenlaternen gingen der Reihe nach aus, als Theres durch die Ladentür auf den Gehsteig trat. Die Sonnenschirme waren noch feucht von der kühlen Nachtluft, auf den Blachen, die das Gemüse und die Früchte bedeckten, hatten sich kleine Kondenswasserpfützen gebildet. Theres öffnete die beiden Schirme, brachte die Blachen in den Hinterhof zum Trocknen, holte Kreide für die Preisschilder aus dem Laden und einen Lappen, um die Früchte zu polieren, steckte dann das kleine Leuchtschild über der Tür ein, mit einem leisen Sirren gingen die Buchstaben an: Werner's Grocery. Ein paarmal blinkte das Schild, dann ging das o in Grocery aus. Theres wartete, aber es tat sich nichts. Sie steckte das Schild aus und ein und wieder aus und wieder ein. Sie seufzte. Das würde Werners Laune nicht verbessern. Wenn er es überhaupt bemerkte. Es war der zweihundertdreiundzwanzigste Tag, an dem er morgens nicht aufstand, der zweihundertdreiundzwanzigste Tag, an dem er erst gegen Mittag runter in den Laden kommen würde, schlechtgelaunt, mit Schmerzen im Rücken vom zu langen Liegen und wirrem Kopf vom Fernsehprogramm, um dann in nervöse Beflissenheit zu verfallen. Oben auf dem Küchentisch stand der Krug aus Emaille, dem der Deckel fehlte, eine Untertasse hielt den Tee darin warm, halb Kamille, halb Hagebutte, genau wie er es mochte. Wenn er bis Mittag nicht herunterkam, würde sie hochgehen und ihm Toast Hawaii machen, wie jeden Dienstag, mit Vorderschinken, Schmelzkäse und einer Scheibe Dosenananas, ein bisschen Senf auf den Buttertoast. »Hamburger für Arme«, würde er sagen und drei davon essen, im Bett, wenn es ein schlechter, am Küchentisch, wenn es ein guter Tag war. Seit zweihundertdreiundzwanzig Tagen wurde es nur schlimmer mit Werners Traurigkeit. Seit sie im Laden auf Selbstbedienung umgestellt und das Sortiment verkleinert hatten, weniger Frischwaren, dafür mehr Alkohol, seit der Discounter am Marktplatz eröffnet hatte und ein paar Monate später das Einkaufscenter am Westausgang des Parks, seit sie kaum noch regelmäßige Kundschaft hatten, die Leute nur noch kamen, wenn sie etwas vergessen hatten oder ihnen vor dem Fernseher die Zigaretten ausgingen, seit Werners Lebensprojekt begonnen hatte, langsam in sich zusammenzufallen wie die Weintrauben draußen in der Auslage. Die genauen Zahlen kannte Werner nicht. Von Anfang an hatte Theres sich um die Buchhaltung gekümmert, weil sie gut darin war und gewöhnt daran. Nach dem frühen Tod ihres Vaters hatte sie auf dem Hof nach dem Rechten gesehen, sich um die Mutter, sechs jüngere Geschwister und die Lieferverträge mit den Kunden gekümmert. Werner zu sagen, dass sie pleite waren, dass die Schließung des Geschäfts nur noch eine Frage der Zeit war, schob sie seit Monaten vor sich her. Immerhin hatte sie es geschafft, ihren hellblauen MG zu verkaufen, ohne dass er es mitbekommen hatte. Nun stand das gute Stück in Form von Flüssigseife, Puffreiskeksen und Fusselrollern hinten im Lager. Mit der entfallenen Garagenmiete hatte sie zumindest die ausstehenden Nebenkosten des letzten Halbjahres bezahlen können.

Theres setzte sich auf die Holzbank neben der Gemüseauslage und blickte hoch zum Leuchtschild. Sie konnte sich noch sehr genau daran erinnern, wie Werner es in Auftrag gegeben hatte, auf ihrer Hochzeitsreise vor zweiundvierzig Jahren, an einem Aprilnachmittag in New York, bei einem Lichtspezialisten hinter dem Washington Square Park. Sie waren mit Sonnenbrand auf den Nasen aus einem Taxi gestolpert und hatten alle paar Meter in gebrochenem Englisch nach dem Weg gefragt. Hinterher hatten sie in einem Lokal auf der anderen Seite des Parks frische Krabben gegessen und Grapefruitlimonade getrunken aus riesigen Plastikbechern. Euphorisch war Werner gewesen und hatte, zurück zu Hause, wochenlang morgens vor dem Laden auf die Post gewartet, auf den Moment, in dem er das Schild in Empfang nehmen konnte. Als der Laden dann brummte, konnte er nicht oft genug betonen, dass es am modernen amerikanischen Schild liegen musste. Über Jahre hatten sie das Schild morgens gemeinsam feierlich eingesteckt und sich dabei einen kurzen Moment lang an diese aufregende Reise ins Land der Moderne erinnert, an Schlaghosen, Autokino, Klimaanlagen, Karamellpopcorn und das Gefühl, ganz weit weg zu sein von der dörflichen Engstirnigkeit des Schwarzwälder Hinterlandes. Noch heute erinnerte sie sich an den Geruch der Ledersitze im gemieteten Chevrolet Bel Air Bubbletop, die gelbe Blütenstaubschicht, die sie jeden Morgen vorm Losfahren von der Windschutzscheibe wischen mussten, an das flachsfarbene Seidenkopftuch, das Werner ihr in einem Warenhaus an der Mulberry Street gekauft und mit dem sie sich wie eine waschechte New Yorkerin gefühlt hatte.

Theres stand auf und ging zurück in den Laden. Neben dem Limonadenkühlschrank stand die kleine Kartonbox, die sie bestellt hatte. Bei ihrem Anblick machte Theres' Herz einen Hüpfer. Die würde sie sich bis zum Schluss aufsparen. Sie öffnete die Kassenschublade und nahm das Teppichmesser heraus. Viel war nicht aufzufüllen heute, bis auf ein bisschen Eis am Stiel, ein paar Packungen Zigaretten, ein Päckchen Kondome und zwei Flaschen Tomatensoße hatten sie gestern so gut wie nichts verkauft. Trotzdem waren fünf Kartons gekommen. Centershock-Kaugummis, eine Ladung Glitzergummibälle, Erdbeer- und Schokoladenjoghurt, Puffreiskekse, Taschentücher mit Aloe-Vera-Zusatz, Kloduftsteine und haltbarer Kräuterfrischkäse. Lauter Dinge, auf denen sie sitzenbleiben würden. Dinge, die Werner bestellt hatte. Das hatte er schon immer am liebsten gemacht, abends, nach einem erfolgreichen Tag: all den Lieferanten aufs Band sprechen und dann die bestellten Waren auf dem Notizblock durchstreichen mit einem koketten Seufzer. Sie brachte es nicht übers Herz, ihm zu sagen, dass er damit aufhören musste. Er liebte nun mal alles, was in Plastik verpackt war und der Aufmachung nach von weit her kam, mit Engelsgeduld konnte er asiatische Fertignudelsuppen nach Farben sortieren, und auf seinem Nachttisch lag immer eine Packung dieser schwarzweißen amerikanischen Kekse, die sie selbst nicht herunterbekam.

Für Werner waren all diese künstlichen Aromen und überflüssigen Verpackungen ein Transportmittel, weg aus seiner Vergangenheit auf dem Bauernhof, wo nicht nur die Milch roh gewesen war, sondern auch der Umgang miteinander.

Es dauerte kaum eine halbe Stunde, die neuen Waren in die Regale zu räumen, die Schilder zu beschriften und das Obst zu polieren, auch wenn Theres sich absichtlich langsam bewegte. Gegen sieben zupfte sie bereits welke Blätter von den Salaten, sortierte weiche Radieschen und Karotten aus, die Tomaten, die alle wegmussten, weil sich unten in der Kiste Schimmel gebildet hatte. Drinnen im Laden füllte sie eine Sprühflasche mit Wasser und behandelte damit die Salate und Radieschen, damit sie wenigstens noch frisch blieben bis morgen, wenn sie Glück hatte und kein allzu heißer Tag bevorstand. Um drei nach sieben stand sie in der kleinen Küche hinter der Theke und brühte sich einen Kaffee auf, schwarz, mit einer Messerspitze Zimt, die kleine Küchenwaage, ein Stück Frischhaltefolie und das Teppichmesser bereits in der Schürzentasche. Draußen auf der Holzbank stellte sie den Kaffee ab, legte die Küchenwaage neben sich und die Kartonbox auf die Knie, fuhr klickend die Klinge des Teppichmessers aus und durchschnitt damit das braune Klebeband, hob erst die Pappdeckel hoch, dann die Styroporschutzschicht. Sie blickte um sich, aber niemand beobachtete sie. Nur ein paar Spaziergänger führten ihre Hunde aus, hin und wieder fuhr ein Auto vorbei oder ein Schulkind auf dem Rad. Theres nahm das erste Überraschungsei aus dem Karton und drehte es mit den Fingerspitzen einmal um die eigene Achse. Sie wog es in der Hand, zuerst in der rechten, dann in der linken, auf und ab, es fühlte sich gut an, vielversprechend schwer. Sie legte es auf die Küchenwaage: 32 Gramm. Sehr gut. Sie hob das Ei auf Ohrhöhe, schüttelte es, einmal, zweimal, hob es ans andere Ohr, schüttelte es abermals, vielversprechend dumpf klang es, machte kaum ein Schüttelgeräusch. Zur Sicherheit ließ sie es noch ein Stück über die Holzbank rollen, es bewegte sich vielversprechend schnell und gerade. Sie packte das Ei behutsam in die Schürzentasche und rückte die Waage zurecht, bevor sie sich daran machte, das nächste Ei zu prüfen. Es war zu leicht, klapperte mehrteilig und musste deshalb zurück in die Schachtel. Alle fünfundzwanzig Eier wog, schüttelte und befühlte Theres nacheinander, vier davon waren in der Schürzentasche gelandet, die restlichen einundzwanzig in der Pappbox. Schließlich nahm sie das erste Ei aus der Schürzentasche und begann, die Alufolie abzupellen, von oben nach unten. Mittlerweile gelang es ihr mühelos, das Ei aus der Folie zu befreien, ohne sie zu zerreißen. Im Gegensatz zu früher war die Folie zweigeteilt und glitt mit etwas Übung unversehrt von der Schokolade. Sie strich sie mit der Handfläche glatt und legte sie beiseite, nun ging es ans Teilen der Schokohälften. Hierfür benutzte sie den rechten Daumennagel, der mit Absicht etwas länger war als die anderen, vorne gerade angefeilt, um einen besseren Hebel zu haben und die Hälften möglichst glatt zu trennen, ohne sie dabei zu zerbrechen. Sie tunkte die beiden Hälften in den Kaffee. Herrlich süß, die angeschmolzene Schokolade, sie genoss jeden Bissen, nach wie vor. Erst jetzt öffnete sie das gelbe Plastikei, es ging fast zu widerstandslos, vor ein paar Jahren hatte man die beiden Eihälften noch mit geschicktem Druck voneinander lösen müssen, heutzutage war das keine Herausforderung mehr. Nicht einfacher geworden war es jedoch, den Eiern von außen anzumerken, ob im Innern eine der begehrenswerten Sammlerfiguren steckte oder nur zusammenbaubares Spielzeug. Theres irrte sich selten, ihre Trefferquote lag bei über neunzig Prozent. Beim Öffnen des Eis klopfte ihr Herz. Mehrere Einzelteile ragten über den gelben Rand. Keine Figur, sondern ein durch Zugkraft antreibbarer Propeller aus blauem Kunststoff. Sorgfältig setzte Theres ihn zusammen, ausgepackt war ausgepackt, und was ausgepackt war, kam in die Sammlung, basta. Wie es sich gehörte, glättete sie das Beipackzettelchen. Bei den anderen drei Eiern hatte sie sich nicht geirrt, aus jedem zog sie eine Happo-Figur, zuerst den Astro Happo, dann den Piraten, der ihr seit Wochen fehlte, als Letztes die Ballerina, davon hatte sie bereits vier, die hier jedoch hatte seltsamerweise ein grünes Kleid statt ein rosafarbenes, aber sie war so hübsch, dass sie sie deshalb nicht wegwerfen würde. Drei Schokoladenhälften aß sie noch, die restlichen packte sie in die mitgebrachte Frischhaltefolie, dann war der Kaffee leer und die Straße allmählich belebter. Theres packte die Figuren, die Schokolade und den Propeller in die Schürzentasche, brachte Messer, Kaffeetasse und Waage zurück in den Laden, danach legte sie neben der Kasse zwei der Eier aus dem Karton in die Auslagelücke. Die restlichen brachte sie ins Lager zu den anderen. Nächste Woche würde sie aus der gesammelten Schokolade wieder drei Kuchen machen, einen für sich und Werner, die anderen beiden für Roswitha, im Kaffeehaus stürzten sich die Leute geradezu darauf, und Roswitha bezahlte ihr immerhin elf Euro pro Stück. Mit klappernder Schürzentasche ging sie in das kleine Badezimmer hinter dem Laden und machte Licht. Über die Wände zogen sich vom Boden bis zur Decke nahtlos aneinandergereihte Setzkästen, in fast jedem Fach stand eine Figur oder ein Spielzeug, manchmal auch zwei, oben links bei der Tür die ältesten, das Ritterfest von Freudenburg, allen voran die gelbköpfige Sieglinde von 1974 mit spitzem Hut, kleinem dreiarmigem Kerzenständer und fliederfarbenem Kleid, etwas weiter weg die Happy Frogs, Pumuckl, Hunderte von Schlümpfen, Happy Hippos, Tapsi Törtels, Peppy Pingos, Funny Fanten, Sponge Bobs und Pink Piggys, alle Serien komplett, keine Lücken, keine Makel. Dazwischen immer wieder Kipplaster, Autos, Puzzles, Flugzeuge und Seltsamkeiten, bei denen Theres den Beipackzettel brauchte, um sie beim Namen zu nennen. Sie lächelte und hob die neuen Figuren aus der Schürzentasche. Eine nach der anderen stellte sie an den für sie vorgesehenen Platz in den Setzkasten rechts neben der Tür, die Doppelexemplare verstaute sie in einer großen Pappbox neben dem Waschbecken, das Figürchen mit dem Fehler kam in die Kiste mit der Aufschrift »Mängelexemplare«. Die Beipackzettel klebte sie in das linierte Notizbuch, das sie im Spiegelschränkchen aufbewahrte, dazu schrieb sie das Datum und die Namen der ausgepackten Figuren. Auf dem Klodeckel sitzend gab sie sich noch ein paar Minuten dem Anblick ihrer bunten Sammlung hin, nahm zuerst Po von den Kungfu Pandas aus einem der Fächer und strich ihm über den gewölbten Bauch, dann griff sie nach Catwoman, tippte ihr auf die geballte Faust und die spitzen kleinen Katzenöhrchen. »Das

Schild ist kaputt«, sagte Theres. »Stell dir vor, Werners Schild ist kaputt, das aus Amerika. So kann es nicht weitergehen. Superkräfte müsste man haben. Das wäre was.«

Winnie

Sie war fest entschlossen, sich beide Schultern auszurenken. Timo hatte vor zwei Wochen im Sportunterricht unfreiwillig demonstriert, dass das möglich war. Beim Vorwärtsdrehen hatte er sich die Schultern ausgerenkt, beim Rückwärtsdrehen wieder ein. Danach war er bewusstlos auf die Turnmatte gesunken. Die Lehrerin hatte ihm die Beine hochgehalten, bis er wieder zu sich gekommen war. In der Woche darauf hatte er nicht am Sport teilnehmen müssen. Der Rasen unter Winnies Füßen war noch feucht, der Garten lag am frühen Morgen im Schatten. Winnie griff nach den orangefarbenen Turnringen aus Plastik und drehte sich mit gestreckten Armen kopfüber einmal um die eigene Achse. Genau so, wie Timo es gemacht hatte. Nichts passierte. Winnie landete schmerzfrei wieder auf den Füßen. Noch mal. Sie holte Schwung und drehte, schwang mit gestreckten Armen, vor und zurück, kopfüber und rundherum. Nichts. So schwer konnte das doch nicht sein. Eine gute Viertelstunde lang rotierte sie an den Turnringen, ohne das gewünschte Ergebnis zu erzielen. Nur schwindelig wurde ihr. Und ein wenig schlecht.

»Bist du vom Affen gebissen?« Winnies Mutter war durch die Balkontüre in den Garten gekommen, um eine Zigarette zu rauchen. »Was machst du da?«

Winnie holte nochmals Anlauf. Umso besser, wenn die Mutter zusah, dann war es leichter, an eine Entschuldigung zu kommen.

»Trainieren«, sagte Winnie, »für heute Nachmittag. Wir haben einen Test in Sport.«

Winnies Mutter klopfte sich den Schleifstaub vom Overall und zog an der Zigarette. »Aha«, sagte sie. »Also drinnen steht eine Tupperdose mit deinem Pausenbrot, als Spitzensportlerin muss man sich ja gut versorgen.«

»Keine Zeit«, sagte Winnie außer Puste und drehte sich noch einmal. ›Winnie, Winnie, Winnie, sprengt jeden Bikini‹, dröhnte es ihr von letzter Woche noch in den Ohren. Niemand hatte hinter ihr stehen wollen, in der Schlange für die Wasserrutsche, weil ihr Hintern laut Timo so hässlich war, dass man von dem Anblick Alpträume bekam. »Igitt«, hatte Salome geflüstert, als sie Winnie am Beckenrand gestreift hatte. »Die Fettflecken krieg ich aus dem Badeanzug nie wieder raus.« Winnie sah sie deutlich vor sich, Salome mit ihrem hübschen Sommersprossengesicht. Wenn sie etwas Gemeines sagte, lächelte sie einfach weiter. Salome aß nur Cornflakes, morgens, mittags und abends, mit fettarmer Milch, und manchmal Salat ohne Soße. Ein paar Mädchen aus der Klasse folgten ihrem Beispiel, aber Winnie schaffte das nicht. Ein paarmal hatte sie versucht, sich auf dem Klo den Finger in den Hals zu stecken, aber etwas hatte sie wohl falsch gemacht dabei, es war ihr nie gelungen, sich zu übergeben. Salome klaute auch, fast in jeder Mittagspause, BHs und Schmuck und Kosmetikzeugs, mit dem sie dann auf dem Schulhof prahlte. Ein einziges Mal hatte Winnie versucht, auch etwas zu klauen, ein Armband bei

H&M. Aber kaum hatte sie einen Schritt aus dem Geschäft gemacht, tippte ihr der Ladendetektiv von hinten auf die Schulter. Ihre Mutter hatte kommen und irgendetwas unterschreiben müssen und Winnie hundert Euro Buße bezahlen, von ihrem eigenen Taschengeld. Winnie ließ die Turnringe los. Sie gab auf. Ihre Schultern würde sie heute nicht mehr ausgerenkt bekommen. Auch ihre Mutter war wieder in der Werkstatt verschwunden, sie musste bis zum Abend eine Kommode fertigkriegen. Winnie ging in die Küche und löffelte etwas Himbeermarmelade direkt aus dem Glas, danach machte sie sich ein Honigbrot mit viel Butter. Draußen auf der Gartentreppe setzte sie sich hin und überlegte, wie sie dem Nachmittag im Freibad entkommen könnte. Irgendeinen Weg musste es geben. Zwei Wespen schwirrten ihr um den Kopf, Winnie fuchtelte mit den Händen, die Wespen ließen nicht locker. Beide setzten sie sich aufs Honigbrot. »Verfluchte Schmarotzer«, murmelte Winnie. Dann kam ihr eine Idee. Sie zögerte nicht lange. Klatschte das Brot mit der beschmierten Seite aufs linke Handgelenk. Drückte zu, fest, bis es brannte und ihr ein stechender Schmerz bis in die Hand fuhr. Sie drückte lange genug, um sicherzugehen, dass beide Wespen zugestochen hatten, erst dann klaubte sie das Brot vom Arm. Ein bisschen bewegten sich die Fühler der Wespen noch, dann lagen sie still im Honig. Schon beim Händewaschen konnte Winnie den Stichen beim Anschwellen zusehen. Das würde reichen, zumindest für heute Nachmittag, niemand würde sie mit dieser Wulst am Handgelenk ins Schwimmbecken zwingen, das war den Schmerz allemal wert.

Finn

Vom Badezimmer aus sah er nur ihre braungebrannten Füße, sie schlief noch, ihre Atemzüge waren lang und gleichmäßig. Am liebsten hätte er sich wieder zu ihr gelegt, die Nase in ihr helles Nackenhaar gegraben und vor sich hin geträumt. Aber Dienstag war Schweineaugentag, einer der bestbezahlten Tage der Woche. Bis halb zehn musste er die Augen in der Großschlachterei hinter dem Kieswerk abholen und sie zur Augenklinik am nördlichen Stadtrand bringen, danach den ganzen Tag Material durch die Gegend radeln, Urin und Dokumente, Blut und Blumensträuße. Dienstag war nichts für schmächtige Waden. Dienstags drehte die ganze Stadt am Rad. Finn hielt den Rasierer mit der Klinge nach oben unters Wasser und drehte den Hahn bis zum Anschlag auf. Er hoffte, dass Manu aufwachte von dem Geräusch. Hingehen und sie wecken wollte er nicht, so egoistisch wollte er nicht wirken. Er ließ das haarige Wasser ab, wischte mit den Fingerrücken die dunklen Stoppeln vom Waschbeckenrand, lauschte: Manu war nicht aufgewacht. Finn klaubte den grünen Plastikzahnputzbecher aus der verkalkten Metallhalterung und ließ ihn fallen, wirklich laut war das Geräusch nicht, das er damit erzeugte, ein mickriges Kunststoffscheppern. Er hörte, wie Manu sich drüben drehte in seinem Bett, dann war es wieder still.

Wenn sie schlief, dann schlief sie. Kopfschüttelnd betrachtete Finn den Zahnputzbecher, der über die rissigen Fliesen rollte, gegen seinen Kurierrucksack stieß und liegen blieb. So recht konnte er nicht glauben, dass er das gerade gemacht hatte, zum Glück konnte niemand ihn sehen. Dass diese Stadt, die er doch eigentlich verlassen wollte, ihn noch überraschte mit einer Frau, die ihn dazu brachte, um acht in der Früh Plastikzahnputzbecher durch die Wohnung zu werfen, nur um ein paar wache Minuten mehr mit ihr zu haben, damit hatte er nicht gerechnet. Und er wusste nicht, ob er sich darüber freuen oder ärgern oder wundern sollte. Er ließ den Zahnbecher liegen und ging hinüber zur offenen Schlafzimmertür. Hinter Manus Schulter glänzte die schlanke Stahlsilhouette des Pinarello-Rennradrahmens, einwandfrei poliert, darauf der abgeblätterte Banesto-Schriftzug, das Logo der spanischen Aktiengesellschaft, die Miguel Indurain gesponsert hatte, als er in den Neunzigern wie ein Außerirdischer über den Asphalt gerast war. Big Mig, der wie Finn zu groß geraten war für diesen Sport und mit krummem Rücken, aber unübertroffener Eleganz fünfmal in Folge die Tour de France gewonnen hatte. Bis vor ein paar Monaten war dieses Prunkstück aus Metall das Einzige gewesen, was Finns Herz hatte höherschlagen lassen. Er hatte nur die Schweineaugentage gezählt, die ihn noch trennten von Campagnolo-Kettenblättern, -Kassette und -Schaltwerk, von einem Rennrad, das selbst Big Mig Tränen in die Augen getrieben hätte. Seine Reise nach Istanbul oder Neapel hatte er sich ausgemalt: hinter sich nichts als vergangene Langeweile und eine viereinhalb Kilo schwere Satteltasche mit dem Allernötigsten, vor sich eine herrlich ungewisse Zukunft aus zerfurchten Küstenstraßen, aufgeheiztem Asphalt und einsamen Passhöhen. Später im Jahr dann die Überfahrt mit dem Schiff nach New York zum berüchtigten Alleycat-Kurierrennen: diese heiße, schnelle Stadt und er, Big Finn, mitten im Siegesgetümmel. Das alles kam ihm jetzt sehr weit weg vor, wenn er Manu ansah, die in seinem Bett lag und seinen Puls und seine Pläne durcheinanderbrachte. Ihre großen Ohren waren rot vom Schlaf oder von der Hitze, ihre kurzen Haare auf dem Kissen kaum zu sehen, so hellblond waren sie, fast weiß. Ihre Haarfarbe erinnerte ihn an die fluoreszierenden Pigmente, mit denen in der Innenstadt die Fahrbahnmarkierung nachgezogen wurde. Sie leuchtet, dachte er. Sie zog ihre Augenbrauen zusammen, als würde ein Fernlicht sie von innen blenden, sie ballte die Fäuste, und fast schien es, als würde sie auch die Füße ballen, sie hielt sich fest, bremste, vielleicht fiel sie. Unter dem Laken zeichneten sich ihre kleinen Brüste ab, aber er traute sich nicht, Manu anzufassen und zu wecken, auch wenn er ihrem angespannten Körper ansah, dass sie nichts Schönes träumte. Manu hatte diesen seltenen magnetischen Ernst an sich, etwas anziehend Prekäres, das er nur von Menschen kannte, die eine schwere Krankheit durchgemacht hatten oder großes Leid; Menschen, die dem Absurden gegenübergestanden hatten wie einem tollwütigen Hund und denen jeder Unversehrte sich unbewusst anschließen wollte – nicht nur, weil sie mehr vom Leben wussten als andere, sondern auch mehr vom Sterben, das war es, was sie so besonders machte. Leo war auch so ein Mensch gewesen. Finn erinnerte sich an seinen bohrenden Blick und daran, dass er kaum je geblinzelt hatte. An seinen kahlen Kopf und später die blonden Stoppeln. Er erinnerte sich an den riesigen Garten vor dem Haus am Griebnitzsee, in dem sie endlose Nachmittage verbracht hatten, an das Floß, mit dem sie rausgepaddelt und oft erst in der Dunkelheit wieder zurückgekommen waren, an die alten Peugeot-Rennräder und ihre Touren über die Seenplatte. An die Zeit, als Leo seine Haare zum zweiten Mal verlor. Wie eine Lupe wirkte Leos Anwesenheit, alles war näher, größer, schärfer, wenn er dabei war. Jeder Tag ohne ihn kam Finn damals verpasst vor. Und an der Beerdigung, vier Tage vor Leos fünfzehntem Geburtstag, hatte er das Gefühl gehabt, von jetzt an sein ganzes Leben verpassen zu müssen.

Manu sprach ja kaum über das, was vorher war. Er wusste nur, dass sie ihm die Welt auf ähnliche Weise vergrößerte. Er wusste: So nah er ihr auch kam, ihr Ernst würde nie sein eigener sein, er konnte ihn sich nur ausleihen, wie eine Ausrüstung, die ihm nicht gehörte und die er irgendwann zurückgeben musste. Er wusste außerdem, dass er ihr sagen musste, was er vorhatte, Neapel, Istanbul, New York, er musste es ihr sagen, sie fragen, ob sie mitkommen wollte. Sich fragen, was ihr Nein bedeuten würde.

»Hast du den Wasserhahn offen gelassen?« Manu schaute ihn mit weit aufgerissenen Augen an, als hätte sie nicht eben noch tief geschlafen.

Ertappt griff Finn nach dem Trikotoberteil, das unter dem Bett lag, und zog es über. »Wie kommst du darauf?«

»Ich höre es doch«, sagte Manu. Sie rappelte sich aus dem Bett und ging ins Bad.

Finn ging hinter ihr her und hob dabei verstohlen den

Zahnputzbecher auf. »Du hast es nur wieder geträumt«, sagte er und strich ihr durchs Haar.

Manu umfasste den Drehgriff des Wasserhahns mit beiden Händen, mit zusammengebissenen Zähnen drehte sie daran, bis es knirschte. Finn friemelte den Zahnputzbecher zurück in die Halterung, er musste lachen.

»Was«, murmelte Manu.

»Du übertreibst.«

Manu rieb sich die roten Handflächen. »Das ist nicht gut, wenn er tropft«, sagte sie. Ihre Stimme war noch heiser und verschlafen. »Mit dem Wasser, das da so über die Stunden zusammentropft, könnte man eine Grünfläche wässern, so groß wie dein Schlafzimmer. Er soll einfach nicht tropfen, das ist alles.« Ihr Blick fiel auf den Teller mit dem angebissenen Honigbrot, der neben dem Seifenspender auf dem Wannenrand stand. »Heute ist Schweineaugentag«, sagte sie. »Du musst frühstücken, es wird ein langer Tag.«

»Ich finde, ich war ganz gut«, sagte Finn. »Zwei Bissen hab ich geschafft. Aber dann musste ich wieder an diese schleimigen, rotadrigen Augäpfel denken. Groß wie Pingpongbälle. Und da sind so lange, zähe Sehnen dran, grau wie Nabelschnüre, nur dünner, und die muss man ja irgendwie aus den Höhlen …«

Manu zog zuerst das Tour-de-France T-Shirt von 1992 aus, das sie zum Schlafen trug, dann die Boxershort. Sie lehnte sich gegen den Waschbeckenrand, zog Finn an sich und küsste ihn. Ihr Haar roch nach seinem frischgewaschenen Bettzeug und nach diesem Strohhut, den sie bei der Arbeit trug. Durch sein Polyesteroberteil hindurch konnte er die Wärme ihres Bauches spüren. Sie schob ihre Hand unter sein Oberteil, dann in seine Hose.

»Was hast du vor«, fragte er.

»Dich auf andere Gedanken bringen«, flüsterte Manu. »Und jetzt iss.« Sie löste sich von ihm und ging hinüber ins Schlafzimmer, Finn griff nach dem Honigbrot und aß, hastig und ohne etwas zu schmecken.

»Ich muss mich auch beeilen«, sagte sie. »Zuerst dieser seltsame Typ mit den chinesischen Kräutern, und dann muss ich vor Mittag den alten Saguarokaktus auf der Verkehrsinsel beim Einkaufszentrum in Sicherheit bringen. Da soll Ansprechenderes hin, haben sie mir gesagt, Zierkirschen oder so. Dabei steht der Kaktus da schon länger, als es mich gibt!« Manu schnaubte verächtlich. Finn kaute und beobachtete sie, wie sie zuerst in ihren weißen Slip schlüpfte mit dem Loch am Bund, dann in ihre kurze grüne Gärtnerlatzhose. Die helle Haut auf Manus Brüsten und zwischen ihren Beinen markierte die Zonen, zu denen nur seine Hände Zugang hatten, wenigstens hoffte er das. Auf einem Bein zu stehen bereitete ihr Mühe, sie war noch immer verschlafen, beim Versuch, in ihren zweiten Gummistiefel zu steigen, stolperte sie und warf dabei den alten Mayoeimer mit ihren Gartenwerkzeugen um. Er war froh, dass sie sich anzog, er musste bald los, und in dieser gepolsterten Fahrradhose war kein Platz für seine Erektion.

»Was denkst du«, fragte Manu und hob behutsam ihre Werkzeuge auf.

»Wie braun du bist«, sagte Finn nur.

»Das kommt vom Schwimmen bei jedem Wetter. Wenn du mal vom Sattel steigen und mit mir mitkommen würdest, wärst du auch nicht gestreift wie ein Schachtelhalm. Aber im Sommer«, sagte sie, »im Sommer kommst du doch mal mit zum Schwimmen?«

Finn nickte.

»Sommer ist bald«, sagte Manu.

Finn nickte noch einmal. »Ich weiß.«

Manu rieb etwas trockene Erde vom äußersten Zinken ihrer Handharke. »Was ist denn. Du schaust noch immer so.«

»Hattest du mal eine schwere Krankheit?« Finn war selbst überrascht, dass er das fragte, er hatte es eigentlich nur denken wollen.

Manu stellte die Handharke behutsam in den Eimer. »Seh ich so aus«, fragte sie, ohne ihn anzusehen. Stattdessen drapierte sie ihre Werkzeuge wie einen Blumenstrauß.

Ja zu sagen kam Finn unmöglich vor, sie würde es falsch verstehen und er müsste ihr zu viel erklären. »Vergiss es«, sagte er. »War nur so ein Gedanke.«

»Das mag ich nicht, wenn du mich so ansiehst«, sagte sie. »So in mich rein. Warum müssen mich nur ständig Leute so ansehen, so seltsam. Als wäre meine Biographie ein Dachboden, auf dem man herumwühlen und interessante Sachen finden kann.«

»Aber Biographien sind doch so was wie Dachböden. Ich will nur wissen, was du erlebt hast, bevor wir uns kennengelernt haben«, sagte Finn, »was deine Geschichte ist, was auf deinem Dachboden herumsteht.«

Manu ging an ihm vorbei und schnappte sich ihren Sonnenhut, der an der Garderobe hing. »Genau. Mein Dachboden. Meiner. Wenn du Geschichten willst, dann geh in die Bibliothek«, sagte sie wütend, »oder ins Kino. Was haben nur immer alle mit Geschichten und früher und damals, deswegen verliebt man sich doch, weil man sich dabei verwandelt, das ist das Schöne am Ganzen, die Verwandlung.«

Finn wollte ihr zustimmen und ihr sagen, dass auch er sich verwandelt hatte, dass er sogar ganz gründlich und oft über diese Verwandlung nachgedacht hatte, dass er sich nämlich jetzt wohler fühlte, wenn er mit den andern Fahrradkurieren in der Zentrale rumhing, dass er sich nicht mehr so mickrig vorkam neben Typen wie Silas oder Tom, die aussahen, als wären sie unterwegs zum Werbedreh für Davidoff Cool Water verlorengegangen, und die damit prahlten, dass sie schon mehr Brüste in den Händen gehabt hatten als Inbusschlüssel. Er wollte ihr sagen, wie gut sie ihm tat. Aber Manu war schon aus der Wohnung und auf halber Treppe, und er hatte kein Wort herausgebracht, nur sein Mund stand offen.

Vor dem Flurfenster auf dem Zwischenboden blieb Manu stehen, ganz abrupt, als hätte sie etwas vergessen. »Alles wie weggeräumt«, sagte sie. »Wo sind denn all die Wolken hin?« Sie öffnete das Fenster und beugte sich über den Sims. »Draußen ist alles schon ganz braun, und das im Mai, da stimmt was nicht. Hat es nicht eben noch geregnet?« Sie drehte sich um zu ihm, sie meinte die Frage ernst.

»Du mit deinem Regen«, sagte Finn. »Da waren keine Wolken, das bildest du dir ein, der wird schon noch kommen, dein Regen.« Seine Stimme klang wütend, und Manu konnte nicht wissen, dass er im Grunde wütend auf sich selbst war, darauf, wie unsouverän und hilflos ihn seine Zuneigung zu ihr machte.

»Ich geh weg von hier«, sagte er, »mit dem Fahrrad, nach Neapel oder Istanbul, je nach Wetter, und dann nach New York. Ende Mai. Spätestens.«

Manu schloss das Fenster, vorsichtig, als hätte sie Angst, jemanden aufzuwecken. Sie drehte sich um und sah ihn an. »Das ist in weniger als drei Wochen.«

»Komm doch mit«, sagte Finn. »Denk nur an all die Pflanzen auf dem Weg dorthin.«

»Etwas, das blüht, sollte man nicht umtopfen«, sagte Manu. »Die Wahrscheinlichkeit, dass es dabei eingeht, ist ziemlich groß.«

Sie klemmte den Mayoeimer unter den Arm und ging die Treppe hinunter. Wütend trat Finn gegen die Streben des Geländers. An Umtopfen war jetzt wohl nicht mehr zu denken, ohne es zu wollen, hatte er den Topf vom Fensterbrett gestoßen. Eine verdammt lange Weile war er gut allein zurechtgekommen, ohne den ganzen Herzkram, dieses Wachliegen, Bauchgrummeln, über eine Frisur nachdenken und Rezepte googeln. Sein ganzes Leben hatte Platz gehabt in einer Satteltasche. Hin und wieder hatte Silas ihn mit einem der Mädchen verkuppelt, an denen er selbst kein Interesse mehr hatte. Aber jede von denen wollte etwas aus ihm machen. Für die war er so eine Art Rahmen ohne Satz und Sattel, ein mittelmäßiges Gestell, das man erst neu lackieren und mühsam die passenden Einzelteile dafür zusammensuchen muss, bevor man sich damit auf die Straße traut. Weil Fahrradkurier angeblich kein Beruf war und Karohemden vollkommen out, seine Locken so süß, wenn er sie nur wachsen ließe, seine Wände geradezu gemacht für einen Anstrich in gebrochenem Mint und eine Zierleiste auf Hüfthöhe, weil Tanzen Träumen mit den Füßen war und ein Mann mit neunundzwanzig in einem Alter, in dem er sich Möbel anzuschaffen hatte. Weiche Knie hatte er also höchstens von einer steilen Abfahrt bekommen. Sicher hatte es während der Schulzeit die eine oder andere Woche gegeben, die er wegen eines Mädchens kiffend und masturbierend im Bett verbracht hatte, mit *Wicked Game* von Chris Isaak in Endlosschleife, weil mal wieder eine fand, er sei mehr so ein kuschliger Bruder-Typ. Und mit kuschligen Brüdern schlief nun mal keine, Sex gab es für die breitschultrigen Egoisten, die mit Brad-Pitt-Blick am Hinterausgang der Turnhalle standen und die Zigarette nur aus dem Mund nahmen, um nach und nach die Initialen ihrer neusten Eroberung auf den Asphalt zu spucken. Aber das war lange her, lange bevor er sich damit abgefunden hatte, sein Herz nur noch an Rennrahmen und die Verheißung gewundener Passstraßen zu verschenken. Es war sehr lange her, dass er mehr sein wollte, als er war. Und Manu mochte ihn auch ohne Beruf und Locken und Zierleisten in Mint. Sie mochte weiße Wände, weil man daran die Bilder im Kopf hängen konnte, wie sie sagte. Sie ließ ihn Ketchup mögen und Kartoffelpüree zum Anrühren, und dass seine Füße vom Tanzen Alpträume bekamen, darüber lachte sie höchstens ihr leises Lachen. Er musste das mit Manu in Ordnung bringen, irgendwie, er musste sich etwas einfallen lassen.

Edna

Edna tastete nach der Fernbedienung auf dem Nachttisch, ihre Zeigefingerkuppe fand den Einschaltknopf, Bildschirmlicht flackerte über ihre geschlossenen Lider, eine freundliche Frauenstimme gab Auskunft über das Paarungsverhalten weiblicher Stumpfkrokodile, mischte sich mit dem Lied aus dem Radiowecker, »Oh baby, baby, it's a wild world, it's hard to get by, just upon a –« Zielsicher erwischte sie die Standby-Taste mit der Faust, öffnete langsam die juckenden Augen, Morgensonne fiel zwischen den Vorhanglamellen hindurch an die Zimmerwand. Ein guter Tag für die Schildkröte, dachte Edna und hustete, ein Hitzetag für alte Frauen wie mich. Und Dienstag, Dienstag noch dazu. Sie griff nach dem vollen Zigarettenpäckchen auf dem Fenstersims, die Zellophanverpackung hatte sie vor dem Schlafengehen vorfreudig entfernt, sie liebte das, diesen Widerstand, gegen den man die erste Zigarette zwischen den anderen hervorziehen musste, den Ruck, der dann durch die Filter ging. Sie öffnete die Streichholzschachtel, nahm eines der Hölzchen heraus und zog den roten Kopf mit den Zähnen ab, herrlich, dieses Schwefelknirschen zwischen den Zähnen, dann ein zweites, ratsch, über den Sandpapierstreifen, der erste Zug auf Lunge, das Brennen im noch nachttrockenen Mund, jetzt, jetzt war sie wach. Eine Krähe draußen im Holunderbaum brachte die Schatten an der Zimmerwand durcheinander. Edna schlug die Decke zurück und aschte ab. Sie mochte das Licht nicht am Morgen, es ließ ihre Krampfadern dicker erscheinen und blauer, als sie waren. Sie platzierte die brennende Zigarette in der Vertiefung am Aschenbecherrand, den Fernseher schaltete sie lauter, damit er auch im Flur zu hören war. Im Badezimmer steckte sie sich eine neue Zigarette an und drehte das kleine Funkradio auf, während sie das Badewasser einließ. »Oh baby, baby, it's a wild world …« Auch in der Küche und im Wohnzimmer zündete sie je eine Zigarette an, schaltete auch dort die Radios ein, in jedem Zimmer derselbe Sender, so konnte sie herumgehen, hier den Toast bereitlegen und das Buttermesser, dort die Zimmerpflanzen gießen, den Lorbeer, die Agave, die Bananenstauden, sich für jede Kniebeuge vor dem Fernseher mit einem Mundvoll Nikotin belohnen, und das alles, ohne beim Hinundhergehen den Teppich im Flur mit Asche zu beschmutzen.

Mit noch nassen Haaren ging sie hinaus in den Garten, in der linken Hand einen Teller mit Toast, Butter und Quittenmarmelade, in der rechten ein Büschel Spitzwegerich, Sauerampfer und Klee, das sie am Waldrand gepflückt und über Nacht ins Wasser gestellt hatte. Edna raschelte mit dem Büschel und ging ein paar Schritte in den Garten hinein, nicht zu weit, um das kniehohe Gras nicht niederzutrampeln, das hier war Cosimas Revier. Edna wusste, dass Cosima die frischen Kräuter riechen konnte. Es dauerte nicht lange, bis sie den kleinen Schildkrötenkopf zwischen den Halmen hindurchstreckte und auf sie zugeruckelt kam.

Edna legte die Kräuter in den Kies neben dem Gartentisch, sie setzte sich und strich Butter auf den Toast. »Gestern hab ich Magali besucht«, sagte sie zu Cosima, die sich als Erstes über den Klee hermachte. »Ganz zahm sitzt sie da, die alte Wildsau, in ihrem geblümten Bettchen, und lässt sich vom Pfleger das Kissen aufschütteln. Dabei hat sie unterm Sofa die Flinte liegen, die gute alte Doppelschrotflinte. Im Büchsenschießen war ich gar nicht übel. Nur auf Tiere, das war nie meins. Hab ich nie verstanden, was sie daran gefunden hat.« Cosima schlang nun auch den Spitzwegerich hinunter. »Langsam«, sagte Edna, »sonst bekommst du wieder Schluckauf.« Sie klappte den Toast in der Mitte zusammen und biss hinein. »Sie erinnert sich kaum noch an etwas«, sagte Edna mit vollem Mund. »Nur die Abenteuer kommen hoch ab und zu, der erste Hirsch, den sie erlegt hat, zwei, drei Liebhaber, so was.« Edna legte den Toast zurück auf den Teller. »Dir kann ich das ja sagen. Manchmal beneide ich sie. Ich meine, wenn ich das irgendwie anstellen könnte. Dass alle Erinnerungen sich mit der Zeit auflösen in meinem Kopf. Wie eine Brausetablette, tschhhhhhh, und alles, was zurückbleibt, ist ein fader Geschmack. Das wäre was.« Sie stand auf und füllte Cosimas Schüssel mit frischem Wasser aus dem Gartenschlauch, sah zu, wie sich die Luftbläschen an der Oberfläche langsam auflösten, eins nach dem anderen. »Weißt du«, sagte sie, »wenn du gesund lebst, kannst du locker hundertzwanzig Jahre alt werden. Da kommt einiges zusammen. Lieber du als ich.«

In der Kaffeebüchse auf dem Kühlschrank waren noch 87 Euro, das musste reichen bis Ende Monat, sie wollte nicht noch einmal aufs Amt. Die neuen Türen da, die keinen Knauf mehr hatten, nur einen Summer. Und dann musste man eine Nummer ziehen, wurde in eine der Kabinen gerufen, musste Rechenschaft ablegen wie eine Verbrecherin. Dann lieber Toast mit Sirup, oder Reibekuchen, Hauptsache, es reichte für Zigaretten. Sie packte einen Zehner ein, lose in die Rocktasche, vergewisserte sich, dass sie das Feuerzeug eingesteckt hatte, sie wollte los, solange es noch kühl war. Ein Kaffee am Stadtpark, dann vielleicht kurz Magali besuchen, etwas abgreifen von ihrem Mittagessen, sie rührte ja kaum etwas an von dem guten Zeug, ein Spaziergang im Wald vielleicht, wenn es heißer wurde, Abendessen zu Hause im Garten mit Cosima, danach ein Abstecher ins Yellow, wo es herrlich laut und turbulent war, wo sie inmitten der dröhnenden Bässe an der Bar stehen konnte und sich mit niemandem unterhalten musste, denn nirgendwo war eine Frau in ihrem Alter unsichtbarer als in einem Club, und dort würde sie bleiben, bis kurz nach Mitternacht, bis dieser elende Dienstag überstanden war, genau so würde sie es machen, so machte sie es jeden Dienstag.

Edna sah die Frau, noch ehe sie die Tür hinter sich zugemacht hatte. Sie blieb stehen, den Türknauf mit der Hand umschlossen. Dort oben, auf dem Dach am anderen Ende des Platzes, auf dem Haus mit der hellgrünen Fassade, stand eine Frau, breitbeinig auf dem Giebel, ganz still. Entschlossen. Edna bewegte sich nicht. Spürte ihr Herz klopfen im Hals, im Zahnfleisch, in den Schläfen. Jetzt setzte sich die Frau in Bewegung, setzte langsam einen Fuß vor den anderen, abwärts, Richtung Dachrand. »Grundgütiger«, murmelte Edna, ihre Hand um den Türknauf begann zu schmerzen. Der Platz war fast leer, nur ein paar Schulkinder mit Sporttaschen überquerten ihn lärmend, keines von ihnen schaute nach oben. Edna ließ den Türknauf los und ging auf das Haus zu. Die Frau schien sie zu bemerken und kam schneller auf die Dachkante zu, rutschte auf einem der Ziegel aus, schlitterte, fing sich, kam an der Kante zum Stehen, ruderte sich mit den Armen zurück ins Gleichgewicht. Edna presste die Hand auf den Mund. »Ich muss hier runter«, rief die Frau und beugte sich über den Abgrund. »Ich muss hier runter, jetzt sofort.« Die Silhouette der Frau, der Platz, die Fassaden, alles verschwamm vor Ednas Augen, ihr war heiß, entsetzlich heiß, alles wieder da, der Schotter, das Blut, der aufgeplatzte Körper, die blinkende Digitalanzeige auf dem Dach der Seifenfabrik am Gleisrand. Sie würde das nicht mit ansehen. Nicht noch einmal. Nie wieder. Ednas ganzer Körper reagierte, setzte einen Zitteralarm in Gang, ein Ganzkörperzittern, das sie seit Jahren nicht mehr erfasst hatte. Sie drehte sich um, etwas klirrte, zersprang auf dem Asphalt, Edna blickte nicht über die Schulter, hielt sich die Ohren zu, wollte die Frau nicht rufen hören, wollte nichts hören, und sehen schon gar nicht, sie drückte die Tür auf, hastete in die Küche, griff nach dem Telefon an der Wand neben dem Kühlschrank, setzte den Finger ins Loch der Wählscheibe, schneller, warum ging das nicht schneller, 1 – 1 – 0, ihre Hand zitterte, ihre Stimme auch, als sich endlich einer meldete am anderen Ende, sie endlich sagen konnte, dass da oben eine stand, eine, die sich hinunterstürzen wollte, die ernst machte, dass das jetzt schnell gehen musste, ganz schnell.

Dreieinhalb Minuten. Dreieinhalb Minuten, bis Edna die Sirenen hörte und das Blaulicht ihre Küchenvorhänge streifte. Sie hatte die Sekunden der Wanduhr gezählt, den Rücken zum Fenster, die Schläfe am kühlen Gehäuse des Telefons. Endlich. Sie griff in die Rocktasche und zündete sich eine Zigarette an. Ihre linke Hand roch nach dem Metall des Türknaufs. So schnell es ging, zog Edna die Vorhänge im Wohnzimmer zu, schloss die Jalousien, das Fenster im Bad. Im Schlafzimmer schaltete sie den Fernseher ein, schaltete um auf den Kinderkanal, wo garantiert keine Nachrichten kamen. Die Dunkelheit beschwichtigte das Zittern in ihren Gliedern, reduzierte es auf ihre Hände, mit denen sie sich an den Metallstangen des Betts festhielt. Dass die Frau sie so erschreckt hatte, erschreckte sie. Es war doch alles Jahre her. Man hatte ihr diese Wohnung zur Verfügung gestellt, in der sie sich wohl fühlte. Man ließ sie in Ruhe und fragte nicht nach. Die wenigsten wussten etwas über ihre Vergangenheit, es ging sogar das Gerücht um, sie sei reich, weil sie an dieser Lage wohnte, die Erbin eines Schweizer Bankiers oder adelig gar. Edna genoss die Biographien, die man ihr andichtete und in die sie sich zurückziehen konnte, wenn die Realität überhandnahm.

Sie zog die Decke bis zum Kinn und stellte den Fernseher lauter. Die meisten machten es montags oder dienstags. Das war statistisch bewiesen. Bugs Bunny legte einen Jäger rein, duellierte sich mit einem Cowboy, überlistete einen Aasgeier. Edna rauchte Zigarette um Zigarette, den Aschenbecher auf dem Bauch, so musste sie sich kaum bewegen.

Theres

Sie hatte soeben alle geöffneten Kartons zusammengelegt und nach hinten ins Lager gebracht, als Werner den Laden durch die Seitentür betrat, um einiges früher, als sie ihn erwartet hatte, mit verschlafenen, wässrigen Augen, sauber zurückgekämmten Haaren, die grüne Ladenschürze über der Schulter. »Hast du die Ware schon eingeräumt«, fragte er. »Ist alles gekommen?«

Theres nickte. »Wie hast du geschlafen?«

Werner zuckte mit den Schultern. »Diese elende Hitze«, sagte er. »Gewälzt hab ich mich, wie eine schwangere Kuh.«

»Ich hatte heute das Piraten-Nilpferd im Ei«, sagte Theres. »So schnell hatte ich noch nie eine Serie komplett, eine richtige Glückssträhne.«

Aber Werner hörte nicht zu, er nahm einen roten Stift aus der Kassenschublade und begann, die Drogerieartikel neben der Tür herunterzuschreiben. Theres strich ihm übers Haar. »Hast du Hunger«, fragte sie.

»Das läuft hier bald alles ab«, sagte Werner. »Das muss mindestens fünfzig Prozent runter.« Mitten im Anschreiben hielt er inne und starrte stirnrunzelnd vor sich hin, als versuchte er, sich an einen Namen zu erinnern. Dass seine Gedanken eng zusammenstanden, dachte Theres, wie die

Balken des alten Bauernhauses, in dem er aufgewachsen war. Da war nicht viel Platz in seinem Kopf zwischen den schweren Gedanken, eng war es da, deshalb musste er ständig die Brauen zusammenziehen, wenn er nachdachte, wenn er hinter einzelne Gedanken schauen wollte, sie herumrücken musste, um Platz für ein Lächeln zu schaffen, anders ging es nicht. Schon als junger Mann hatte er so dreingeschaut, aber hin und wieder nur, nicht mehrmals am Tag, so wie jetzt. Sie hatte das gemocht, dass er nicht ständig Sprüche klopfte wie die anderen, dass er sich hin und wieder zurückzog in sich selbst. Er hatte eben immer seinen eigenen ernsten Kopf gehabt. Nie wäre es ihr in den Sinn gekommen, ihm einen Kosenamen zu geben, wie eine verzweifelte Zähmung wäre ihr das vorgekommen. Sie nannte ihren Mann Werner, nicht Werni oder Schatzi oder sonst was Abgewetztes. Und er, er nannte sie Theres, nicht wie seine Freunde von früher, die ihre Frauen verniedlichten, Hase, Lieschen, Engelchen, als könnte ihnen sonst bewusst werden, dass sie ihr Leben mit einer richtigen, einer ganzen anderen Person teilten. Nur war Werners moderne Haltung nicht mit der Zeit gegangen. Wie die Möbelstücke von damals, die alten Figuren aus den Überraschungseiern oder das lädierte Leuchtschild über der Tür war sie eine Antiquität geworden, die allmählich Staub ansetzte, vintage, wie Roswitha sagen würde. Heute wollte niemand mehr sein Essen aus einer bunten Gelatineschicht pulen, kaum jemand interessierte sich noch für Dosenfleisch, Marshmallows und Einminuten-Umrührgerichte. Werner aber hatte aufgehört, sich draußen umzusehen, wo die Leute bio kauften und coffee to go. Er hielt stur an seinem

Konzept aus den Siebzigern fest und erstickte jede Diskussion darüber in entschiedenem Schweigen.

Eine gute Stunde lang arbeiteten sie beide ohne zu sprechen vor sich hin, Theres putzte die Kühlschrankscheiben, den Tresen und die Kassenschublade, staubte die Rubbellosbehälter ab und die Neonröhren, Werner überprüfte erst die Milchprodukte, dann die Getränke auf ihr Ablaufdatum. »Diese Sirenen heute«, sagte Werner irgendwann in die Stille hinein, den Kopf über die Tiefkühltruhe gebeugt, »man könnte meinen, die Welt geht unter.«

Tatsächlich, jetzt fiel es auch Theres auf, vor zehn Minuten die Polizei, jetzt ein Krankenwagen und die Feuerwehr. »Vermutlich ein Unfall«, sagte sie und schob die Münzen in den Fächern hin und her, als würde sie sie zählen.

Bald schon achteten sie nicht mehr darauf, denn die Ladentür ging nun immer öfter, ungewohnt viele Leute kamen herein. Gegen Mittag hatten die Sirenen noch immer keine Ruhe gegeben. »Scheint ja ein richtiger Großeinsatz zu sein«, sagte Werner, »kein Wunder, bei all diesen Riesenkarren, die sich neuerdings durch die Gassen zwängen, die reißen doch alles mit mit ihren Panzern, wundern würd's mich nicht, wenn da jetzt ein Kind drunter gelandet ist oder ein Fahrradfahrer.« Das war eines von Werners Lieblingsthemen. Bestimmt hätte er sich noch die Wangen rot geschimpft, hätten unterdessen nicht fünf Jungs und ein Mädchen den Laden betreten. Die Körper der Jungs steckten in übergroßen T-Shirts und Hosen, zwei von ihnen waren noch mitten im Stimmbruch, nur einer, der mit der größten Klappe, hatte schon so etwas wie einen Schnurrbart über der Oberlippe, die er verächtlich verzog, als das Mädchen ein Video in die Runde hielt.

»Krasse Scheiße«, sagte er und deutete auf das Telefon. »Voll am Abspasten, die Alte. Das geht viral, Leute, wetten, das zerstört!«

Theres konnte nicht sehen, um was für ein Video es sich handelte, bestimmt ein Pornofilm oder sonst etwas Obszönes, sie hatte keine Ahnung, was abspasten hieß, sie fand nur, dass es anstößig klang. Die Jungs schlenderten die Regale entlang und trugen allerlei zusammen, fünf Dosen Redbull, drei Eistee, zwei Packungen Popcorn, eine Packung Erdnussflips und zwei Bananen. Das ausnehmend hübsche Mädchen gab lediglich Anweisungen, einen Apfel wollte sie haben und eine Cola light, der mit dem Oberlippenbart kümmerte sich darum. Am Tresen verlangte er von Werner eine Packung Lucky Strike und ein Feuerzeug. Mit einem Blick über die Schulter vergewisserte er sich, dass das Mädchen es mitbekam. Werner zögerte, der Junge war auf keinen Fall volljährig, das sah auch Theres sofort. Andererseits würde er sich die Zigaretten dann einfach woanders holen, und fünf Euro waren fünf Euro. Werner war bereits am Einkassieren, als Theres sich einmischte: »Könnte ich mal Ihren Ausweis sehen, junger Mann?«

Der Junge zog wieder verächtlich die Mundwinkel nach unten. »Immer schön geschmeidig bleiben«, sagte er, »ist ja gut. Dann halt nur die Plörre und das andere Zeugs.«

Er knallte einen Zwanziger auf den Tresen und zog die Nase hoch. Theres sagte nichts, sie drehte nur den Rotstift in den Händen, den Werner zwischen den Drogerieartikeln vergessen hatte.

»Du darfst dich von solchen Tölpeln nicht einschüchtern lassen«, sagte sie, nachdem die Jugendlichen den Laden verlassen hatten. »Das führt nirgendwohin.«

Werner räumte die Zigaretten schweigend zurück ins Regal. Die Türklingel ging erneut, eine blonde Frau betrat den Laden, sie schwitzte stark, wirkte aufgeregt und in Eile. Sie steuerte auf das Regal mit den Toilettenartikeln zu und brachte Deodorant, eine Zahnbürste, Zahnpasta, Duschgel, Einwegrasierer und eine Packung Kondome zur Kasse, dazu zwei Bananen und eine große Flasche stilles Wasser. Die Toilettenartikel stopfte sie in ihre Handtasche, den Rest in die Plastiktüte, die Werner ihr gab. Er hatte ihr noch nicht einmal die Summe genannt, da ging die Tür schon wieder, eine Mutter mit Kleinkind betrat den Laden, hinter ihr ein älterer Mann mit Hund, und durch die Scheibe sah Theres zwei junge Frauen auf den Laden zusteuern. Allmählich begann sie, das ungewöhnlich zu finden. Zehn Minuten später war sie sich sicher, dass es ungewöhnlich war.

»Siehst du, Theres«, sagte Werner vergnügt und band sich die locker gewordene Schürze enger. »Ich habe es immer gesagt, irgendwann rennen sie uns wieder die Bude ein.« Inzwischen hatte sich eine Schlange gebildet bis hinaus auf die Straße, lauter Menschen, die Eis, Wasser, Gebäck, Zigaretten, Obst und Süßigkeiten kaufen wollten. Auch Theres half jetzt beim Bedienen und Einpacken, von den durchsichtigen Einwegtüten waren kaum noch welche übrig, das Wechselgeld würde ebenfalls nicht mehr lange reichen.

»Wie früher«, murmelte Werner ihr zu, als sie eine Rolle mit Fünfzigcentstücken öffnete und in die Kasse rasseln ließ. Ihr war, als hätte er sie angelächelt dabei. Seine Stirn glänzte. Theres konnte sich nicht erinnern, wann sie Werner das letzte Mal hatte schwitzen sehen. Sie nahm ein paar Hunderter und Fünfziger aus der Kasse und steckte sie in einen Briefumschlag. Sie wollte endlich wissen, woher all diese Leute kamen.

»Ich geh mal kurz rüber zur Bank«, sagte sie. »Geld wechseln.«

»Mach schnell«, sagte Werner. Und diesmal lächelte er wirklich.

Als Theres vor die Tür getreten und ein paar Schritte um die Ecke über den Platz gegangen war, sah sie eine Menschenmenge, drüben vor dem hellgrünen Haus. Über hundert Personen mussten es sein, und alle paar Sekunden stellte sich jemand dazu, legte ebenfalls den Kopf in den Nacken, holte das Telefon aus der Hosentasche, um ein Bild zu machen oder ein Video. Auf den Mäuerchen vor den umliegenden Häusern saßen Mütter mit ihren Kindern und flößten ihnen Sirup ein, sie zerteilten Brötchen und putzten eisverschmierte Münder mit mitgebrachten Feuchttüchern. Rentner standen da und schüttelten die Köpfe, ein junges Mädchen hatte sein Badetuch ausgebreitet und versuchte sich zu bräunen, während ihr Freund sie mit etwas bewarf, Popcorn oder Erdnussflips. Popcorn oder Erdnussflips aus *ihrem* Laden! Theres folgte dem Blick der Menge. Oben auf dem Dach stand eine schmale Person, die Arme vor der Brust verschränkt. Theres ging ein paar Schritte näher und erkannte, dass es eine junge Frau war, die eine kurze, grüne Latzhose trug. Sie ging noch ein Stückchen näher, kniff die Augen zusammen. »Du meine Güte.« Sie presste die Hand vor den Mund. Kniff noch einmal die Augen zusammen, um sicher zu sein. Doch. Das war sie. Die großen Ohren, die spitze Nase, die aufrechte Haltung. Das war die Tochter von Leslie Kühne. Blond zwar und großgewachsen jetzt, aber das musste sie sein. An den Namen des Mädchens konnte sie sich nicht erinnern. Seit Jahren hatte sie weder Leslie noch ihre Töchter gesehen. Nur Tratsch hatte sie gehört, hier und da. Dass Leslie jetzt angeblich in Karlsruhe wohne, unter dem Namen Esmeralda_23 selbstgebastelten Schmuck über Ebay vertreibe und zum vierten Mal verheiratet sei. Und dann natürlich die ältere Tochter, Astrid, die als Politikerin Karriere machte und für das Bürgermeisteramt drüben in Freiburg kandidierte. Wenn man in die Stadt hineinfuhr, hingen die Plakate überall. Theres knetete den Umschlag mit den Banknoten zwischen den Fingern, suchte in ihrer Erinnerung nach dem Namen der Frau auf dem Dach. Nunu. Ihr fiel nur dieser Spitzname ein, das Mädchen war von seiner Schwester Nunu genannt worden. Die Kleine hatte es nicht leicht gehabt. Vor gut zwanzig Jahren, als sie noch hinten in der Siedlung am Waldrand gewohnt hatten, passte Theres manchmal auf sie auf, wenn die ältere Schwester das nicht übernehmen konnte. Leslie hatte schon damals gerne tief ins Sektglas geschaut, und der Vater hätte mit seiner Anwesenheit wohl mehr Schaden angerichtet als mit seiner Abwesenheit. Einmal hatte er Leslie im Pyjama mit dem Luftgewehr die Straße entlang gejagt, bis in den Wald hinein. Da konnte die Kleine nicht älter als zwölf gewesen sein. Drei Jahre später ging das Gerücht um, die kaum zwanzigjährige Astrid lebe jetzt allein mit ihrer kleinen Schwester in der Wohnung, die

Mutter habe sich aus dem Staub gemacht, um den Ehemann zu suchen. Theres erinnerte sich an ein Iglu, das die kleine Nunu in stundenlanger Arbeit vor dem Haus gebaut hatte, mit roten Wangen und kleinen gelben Fausthandschuhen. »Wenn ich groß bin, kann ich die Pinguine am Nordpol besuchen und mit ihnen wohnen«, hatte sie erklärt, und dass Astrid gesagt habe, Pinguine würden nie voneinander weggehen, sie blieben ein ganzes Leben lang zusammen.

Theres hielt den Atem an. Nunu setzte sich in Bewegung, näherte sich mit langsamen Schritten der Dachkante, blieb an der Dachrinne stehen und schaute nach unten. »Um Himmels willen«, murmelte Theres und ging rasch auf das Haus zu, irgendjemand musste doch etwas tun! Erst jetzt sah sie vorn die Polizisten und dann die Feuerwehr, die dabei war, ein Sprungkissen zu platzieren. Und oben, in einer der Dachfensterluken, konnte sie einen Polizisten ausmachen, der offenbar auf Nunu einredete. Die Sirenen der Polizei heulten auf, blaues Blinklicht blitzte über die Fassade, Nunu hielt sich die Arme vors Gesicht. »Spring doch, du Weichei!«, hörte Theres einen stimmbrüchigen Jungen aus der Menge rufen. »Na los, mach schon, du Memme!« Nunu nahm den Arm vom Gesicht, kraxelte zurück Richtung Giebel, zum Schornstein, wo ein weißer Eimer stand, sie wühlte darin herum, packte etwas, rannte zum Dachrand und warf den Gegenstand hinunter auf die Straße, eine Handharke oder eine kleine Schaufel, so genau konnte Theres das nicht erkennen. Abermals heulte die Sirene auf, Nunu ging in die Knie und riss einen Ziegel aus der Verankerung, warf ihn hinunter auf die Straße, in die Richtung, aus der der Junge gerufen hatte. Die Menge wich ein

Stückchen zurück. Eine junge Polizistin machte sich daran, mit Flatterband eine Absperrung zu markieren. »Lasst mich in Ruhe«, rief Nunu vom Dach. »Haut ab und lasst mich in Ruhe!« Ein Kastenwagen hielt vor der provisorischen Absperrung, sieben Polizisten mit Helmen und Schilden drückten sich durch die Schiebetür und bezogen Stellung neben den Feuerwehrleuten, diese begannen, mit den eben eingetroffenen Eisenelementen eine Absperrung aufzustellen. Nunu zog sich zurück, als sie die Polizisten sah, versteckte sich hinter dem Schornstein, nur ihre blonden Haare waren noch zu sehen und ihr linkes grünes Hosenbein. Theres drehte sich zum Laden um und sah, dass die Schlange schon bis zur nächsten Querstraße reichte. Die Banknoten in der Schürzentasche fielen ihr ein. Sie musste zurück und Werner helfen, ob es ihr passte oder nicht, hier konnte sie nichts tun.

Finn

Draußen flirrte schon die Hitze über dem Asphalt. Von links, vom Sportplatz her, roch es nach frischgeschnittenem Gras, nach Sommer. Finn schwang sich aufs Rad, und seine Laune verbesserte sich ein wenig. Eine alte Frau kam ihm sehr langsam mit ihrem Hündchen entgegen, aus der Alterssiedlung auf der anderen Straßenseite, einer ewigen Baustelle. Bleibt nur zu hoffen, dachte Finn, dass sie noch mitbekommt, wie aus der aufgerissenen Erde vor ihrem Fenster der Spazierpark und aus ihrem Zimmer die Residenz wird, die das Plakat am Bauzaun seit über einem Jahr verspricht. Er trat los. Als die Frau an ihm vorüberging, meinte er, an ihrer rechten Schulter ein umgehängtes Gewehr zu erkennen. Bestimmt hatte er sich getäuscht. Er nahm sich vor, nicht mehr so viele Krimis zu streamen, und ließ sich vom Fahrtwind die Nase und die Gedanken durchpusten. Schon nach wenigen Metern begann er unter dem Helm zu schwitzen, aber es war ein herrliches Schwitzen, eines, das er genoss. Er war schnell heute, voller Spannung, vielleicht wegen des Streits. Vorbei an der Seniorenresidenz, dem Sportplatz und der Drogenabgabestelle fuhr er Richtung Autobahneinfahrt. Es war verboten, mit dem Rad über die Autobahn zu fahren, aber am Schweineaugentag war ihm das egal, es war der schnellste Weg zur Schlachterei, und erwischt hatten sie ihn erst einmal, vergangenen Herbst. An Tagen wie diesen patrouillierte die Polizei im Schatten.

Seit er Berlin vor anderthalb Jahren verlassen hatte und auf einer Fahrradreise hier hängengeblieben war, hatte er jeden befahrbaren Zentimeter unter den Reifen gehabt. Er kannte hier jede Straße, jeden Schleichweg, alle Aussichtspünktchen, Sackgassen und Drogenumschlagplätze, er kannte die Menschen und ihre Langeweile, die schnell zu seiner eigenen geworden war. Die meisten waren wie er selbst nicht wegen der Atmosphäre hier, sie waren Hängengebliebene, Abwartende oder Festsitzende. Diese Stadt war ein Umsteigebahnhof, eine Durchgangsstation. Zwar gab es hier alles, was man brauchte, eine Handvoll Kneipen mit gutem Kaffee und günstigem Bier, ein paar sonnige Plätzchen, Badestellen für den Sommer, eine Kunsteisbahn für den Winter, eine hübsche Altstadt, zwei, drei kleine Parks mit knorrigen Bäumen und saisonaler Bepflanzung, einen Fußballplatz, ein bisschen Kunst und Schickeria, den einen Bäcker, der seinen Beruf noch ernst nahm. Im Grunde fehlte es dieser Stadt an nichts, außer an etwas, das die Leute vermissten, wenn sie wieder gingen. Finn zog den Halssaum des Trikots über die Nase und fuhr den Zubringer hinauf.

Schon als der Pförtner das Eisentor zum staubigen Vorplatz der Schlachterei aufschob, konnte Finn Moosbach durch den Seiteneingang in die Sonne treten sehen: in der einen Hand die Kühlbox mit den Schweineaugen und ein leeres Konfitüreglas, in der anderen die beiden Zigarillos, die sie gleich zusammen paffen würden. Moosbach war ihm von allen hier der Liebste. Ein kleiner, fahlhäutiger Mann mit ungewöhnlich tiefer Stimme. Moosbach war gelernter Hutmacher und eigentlich Vegetarier. Aber nach der Pleite seines Ladens war ihm in seinem Alter nichts anderes übriggeblieben, als den Job hier anzunehmen. Der Dienstagszigarillo mit Finn war eine der wenigen Ablenkungen von seiner Arbeit, einer Arbeit, über die er nicht gerne sprach. Er winkte Finn träge zu, im Gegensatz zu den meisten Kunden schien ihm nicht daran gelegen zu sein, dass es schnell ging.

»Zuerst die Arbeit, dann das Vergnügen«, sagte Moosbach schmallippig, als Finn bei ihm angelangt war. Mit dem leeren Konfitüreglas schöpfte er die Schweineaugen vom Boden der Kühlbox. Finn legte sein altes Peugeot behutsam in den Kies und behandelte mit etwas Spucke einen nicht vorhandenen Kratzer am Lenkrad. Er hörte nur das schmatzende Geräusch und dann das metallene Quietschen des Schraubdeckels.

»Ende der Vorstellung«, sagte Moosbach schließlich. »Die Glubscher sind verpackt. Sauberer wird dein Lenkrad nicht mehr. Sei froh, dass du so früh dran bist, gegen Mittag wird der Gestank hier unerträglich, wenn es heiß ist.«

Er zog eine Plastiktüte aus der Hosentasche und reichte sie Finn, damit er das Glas darin einwickeln konnte. Letzte Woche erst hatten ihm die Augen eine Geburtsurkunde vollgesuppt.

Moosbach schlug sich mit der flachen Hand auf die Stirn. »Jetzt hätt ich's fast vergessen. Bin gleich wieder da, halt mal«, sagte er, drückte ihm das Glas in die Hand und verschwand in der Schlachterei. Durch die Tür konnte Finn im Schlachtraum die Schweinekadaver an der Deckenschiene vorbeigleiten sehen. Er versuchte, möglichst nur durch den Mund zu atmen.

»Die Dinger sollten besser nicht zu lang in der Sonne bleiben«, sagte Moosbach, als er zurückkam. Finn wickelte das Glas ein und ließ es im Dunkel seines Rucksacks verschwinden, die Hand wischte er sich an der Radlerhose ab.

»Hier«, sagte Moosbach und hielt ihm einen Hut hin, grau meliert, aus dünnem Filz, geprägt mit dem alten Firmenstempel: Moosbach Hüte.

»Hab ich selbst gemacht, Eins-a-Ware, aus einem Stück gefertigt«, sagte Moosbach und lächelte. »Dachte, den könntest du vielleicht brauchen, in meiner Mansarde sind die guten Stücke nur Mottenfraß.«

»Willst du's nicht noch mal versuchen mit einem Hutgeschäft«, sagte Finn. »Ich bin bestimmt nicht der Einzige, der ab und zu einen Hut braucht. Vielleicht übers Internet, hast du das schon mal probiert?«

Moosbach hob den Kopf und schaute prüfend in den Himmel, als würde seine Antwort vom Wetter abhängen. »Die Zeiten haben sich geändert«, sagte er. »Die Leute wollen lieber Sachen kaufen, die sie nicht brauchen.« Er gab Finn einen Zigarillo und Feuer. Moosbach hatte eine Schwäche für diese parfümierten Glimmstengel mit dem süßen Filter, er rauchte sie auf Lunge und leckte sich dabei ab und zu die Lippen. »In meinem alten Laden verkaufen sie jetzt Hüllen für Telefone«, sagte er, »kleine Öhrchen aus Plastik und bunte Schweineschnäuzchen. Scheint ganz gut zu laufen.«

»Aber mal ehrlich«, sagte Finn, »du kannst doch nicht hier Tag für Tag in rohem Fleisch rumwursteln und einfach hinnehmen, dass alles verschwunden ist, was du dir aufgebaut hast.«

Moosbach lachte auf. »Glaub mir, mein Junge«, sagte er, »ich habe in meinem Leben schon vieles verschwinden sehen: Meinen Vater habe ich verschwinden sehen durchs Gartentor, anno 64, meine Mutter verschwindet zunehmend in sich selbst, ich habe Banken verschwinden sehen und Nachbarn, habe Türme verschwinden sehen, Mauern, Grünflächen, Währungen, Königinnen, Cafés, Stil und gute Manieren. Das Leuchten in den Augen habe ich verschwinden sehen, bei fast allen, die ich kenne.« Er trat mit seinem Absatz den Zigarillostummel aus. »Leben heißt bleiben und ertragen, dass alles irgendwann verschwindet. Lass dir das gesagt sein. Du kommst auf die Welt und verlierst von Anfang an: deine Zähne, deinen Speck, dein Herz, deine Haare, deine Zeit, deine Jobs, deine Lieben und irgendwann vielleicht sogar den Verstand. Leben heißt zurückbleiben hinter den Dingen, den Erwartungen, den Menschen. Besser du fängst früh genug damit an, gut darin zu werden. Wenn du gut leben willst, musst du ein verdammt guter Verlierer sein.«

Finn rauchte jetzt fast schon den süßen Filter. So viel hatte Moosbach noch nie am Stück gesagt. Er schnippte den Stummel weit weg in den Kies und war froh, dass sein Telefon klingelte. Holger war dran aus der Zentrale, das pure Gegenteil von Moosbach. Er sprach fast schneller, als seine Zunge erlaubte, mit hoher, nasaler Stimme: Ne Bestellung ausm Plaza, da brauche jemand eine malvenfarbene Bluse,

Größe 36, und khakifarbene Socken, Größe 40, klinge für ihn ja ein bisschen wie Fruchtsalat, aber gut, er traue ihm zu, das zu wuppen, Konferenzraum 223, eine Frau Guhl, einkaufen müsse er bei Grunders am Rathaus, Anweisung der Kundin, danach noch Muschigelöt von der Gynäkologischen an der Schillerstraße zum Labor. Husch, husch die Waldfee, hörte Finn Holger noch sagen und lachen, bevor er auflegte.

»Ich muss«, sagte Finn zu Moosbach, der in die leere Kühlbox blickte und nickte. »Danke für den schicken Filz. Ich hoffe, ich habe ein bisschen was davon, bevor ich ihn verliere.«

Es wurde von Minute zu Minute heißer. Als Finn im Plaza ankam, wünschte er sich, das klimatisierte Foyer für den Rest des Tages nicht mehr verlassen zu müssen. Vier Schweißperlen tropften hintereinander von seinem Kinn auf den Empfangstresen aus Marmor, neben den kleinen Plexiglasständer mit der Menüempfehlung des Tages. Die Dame an der Rezeption verzog keine Miene. Sie wurde dafür bezahlt, solche Dinge lächelnd zu ignorieren und ihrem Gegenüber das Gefühl zu geben, alles habe genau so zu sein, wie es war, und nicht anders. Mit einer übertrieben ausgestalteten Bewegung griff sie zum Telefon und meldete Finns Ankunft im Konferenzraum. Ihre Sätze waren von derselben sterilen Höflichkeit wie die Verspätungsdurchsagen an Bahnhöfen.

Noch bevor er ans Konferenzzimmer mit der Nummer 223 klopfen konnte, ging die Tür von innen auf. Eine große blonde Frau in malvenfarbenem Hemd und einer grauen Anzughose stand vor ihm, in der einen Hand hielt sie ein Smartphone, mit der anderen schob sie ein Flipchart auf Rollen in die Ecke. Oberhalb ihrer rechten Brust prangte ein großer Kaffeefleck.

»Hannes, es ist ganz egal, wie du es anstellst«, sagte die Frau leise in ihr Smartphone. »Geh mit ihm Minigolf spielen, krieg raus, wie du ihn glücklich machst, nur krieg ihn bitte irgendwie dazu, mich in die engere Auswahl zu nehmen, du weißt, wie viel davon abhängt. Moment«, unterbrach sie sich und nahm Finn das Paket ab, das Telefon klemmte sie zwischen Ohr und Schulter ein. Sie riss einhändig das dünne Seidenpapier auf. »Tag«, sagte sie zu Finn, ohne ihn anzuschauen. Erst als sie den Inhalt des Pakets sah, hob sie den Blick und schaute Finn an. »Sind Sie farbenblind? Nein, nicht du, Hannes.« Sie wandte sich wieder Finn zu. »Ich hab's doch extra buchstabiert: M-A-L-V-E.«

»Malve ist total letzte Saison«, erwiderte Finn ruhig. »Die Verkäuferin bei Grunders sagt, niemand trage mehr malvenfarbene Blusen heute, deshalb sind sie nicht an Lager. Mit Pistazie liegen Sie jetzt anscheinend voll im Trend. Tut mir leid.«

Die Frau seufzte noch einmal. »Herrje, ich werde aussehen wie ein Eisbecher.« Sie zog eine Geldklammer aus der Hosentasche und kriegte zwei Hunderter zu greifen. »Pistazie, das ist Grün, und Grün ist nicht gut, Grün bringt die Gedanken durcheinander, das haben mehrere Studien bewiesen. Malve beruhigt, und ich muss heute eine Menge Menschen beruhigen, verstehen Sie. Farbpsychologie schert sich nicht um Trends, sagen Sie das dieser Frau.« Sie drückte Finn das Geld in die Hand. »Schönen Tag«, sagte sie noch und schlug ihm die Tür vor der Nase zu. Finn blickte auf die zwei Hunderter. Dreißig Euro Trinkgeld, ihm sollte es recht sein. Das Handy in der Klettverschlusshalterung um seinen Arm vibrierte. »Fütterung der Raubtiere«, stand auf dem Display. Die Aussicht, mit Silas Fischbrötchen am Marktbrunnen zu essen, ließ ihn beim Hinuntergehen pfeifen.

Die Fahrt von der gynäkologischen Praxis zum Untersuchungslabor verlief schnell und reibungslos, alle Ampeln standen auf Grün, die Hitze brachte Ruhe in die Stadt, sie glich die Menschen einander an, alle wurden ein wenig langsamer, uneitler und nachlässiger, sie wurden höflicher zueinander, vielleicht, weil ihnen auf einmal bewusst wurde, was für hilflose Tierchen sie trotz allem waren gegenüber den Launen der Natur.

Schon von weitem konnte er Silas am Brunnen stehen sehen, er hatte Fischbrötchen und Melone bestellt und zwinkerte gerade der sommersprossigen Aushilfe im Imbisswagen zu, als Finn vom Rad stieg. Die junge Frau errötete und senkte den Blick auf die Fritteuse. Typen, die aussahen wie Silas, brauchten keine Möbel, keine Zierleisten und keine Tanzkurse. Eine Matratze, Zahnpasta und frische Unterhosen genügten vollauf, den Rest träumten die Frauen sich zusammen, bis die Realität sich nicht mehr ausblenden ließ. Finn konnte es ihnen nicht verdenken, Silas war ein wirklich feiner Kerl, auch wenn er zu Übertreibungen jeglicher Art neigte, ständig verliebt war in mehrere Frauen gleichzeitig und andauernd Geldprobleme hatte. Finn konnte sich nicht daran erinnern, ihn jemals mit schlechter Laune gesehen zu haben. Sogar diese Stadt hatte er Finn schmackhaft machen können, er war es gewesen, der ihm den Job als Kurier verschafft hatte, und immerhin hatte Finn es erstaunlich lange hier ausgehalten.

»Na, du strahlst ja wie frisch poliert«, sagte Silas, »man könnte meinen, du hättest die Nacht mit einer Frau verbracht.«

Finn zog den Helm aus und schnappte sich eines der Fischbrötchen, sein karges Frühstück hatte sich schon auf der Hinfahrt knurrend bemerkbar gemacht. »Du solltest nicht von dir auf andere schließen«, sagte er. Irgendwann würde er Silas von Manu erzählen, morgen vielleicht oder übermorgen, im Augenblick gefiel es ihm, Manu für sich allein zu haben. Wenn davon überhaupt noch die Rede sein konnte. Der Gedanke an den Streit versetzte ihm einen Stich.

»Also«, sagte Silas, »ich war gestern im Einhorn, wollte mir gerade gepflegt ein bisschen die Nase pudern, da treff ich in der Schlange vor der Toilette so eine Rothaarige, ein Fahrgestell vom Allerfeinsten. Die hat nicht lange gefackelt, hat mich gleich mit ins Kabäuschen genommen. Halleluja, ich kann dir sagen, die wusste, was sie tut. Hat nicht mal ein Höschen getragen. Von außen haben sie gegen die Toilettentür gehämmert und uns beschimpft.«

Finn griff sich noch ein Brötchen. »Aha«, sagte er mit vollem Mund, »und dann?«

Silas grinste und nahm sich das letzte Stück Melone. »Tja, danach hab ich sie irgendwie aus den Augen verloren. Außerdem war mein Portemonnaie weg. Aber was soll's.«

»Schon gut«, sagte Finn. »Gib dir keine Mühe, ich bezahl die Brötchen.«

Silas zwinkerte ihm zu, wie er vorhin der Aushilfe zugezwinkert hatte. »Hast was gut bei mir«, sagte er.

Finns Telefon klingelte, gerade als er sich ein weiteres Brötchen in den Mund stopfen wollte. Holger war dran, er klang ernster als sonst. »Wo bist denn du gerade«, fragte er.

»Marktplatz«, sagte Finn, er zog schon mal den Helm auf und drückte Silas das Geld für die Fischbrötchen in die Hand.

»Bist du da mit dem Fixie«, fragte Holger.

»Ja«, sagte Finn, obwohl er wusste, dass Holger es nicht mochte, wenn er ohne Bremsen durch die Gegend fuhr, weil es jederzeit passieren konnte, dass die Polizei ihn deswegen anhielt oder sein Fixie gleich beschlagnahmte. Aber er war nun mal mit keinem anderen Rad schneller. Außerdem hatte er sich eine Bremsattrappe an den Lenker geschraubt.

»Hör mal«, sagte Holger, »da wird so'n Dreikäsehoch am Kopf operiert, hinten in der Kinderklinik, da muss ganz dringend ne Gewebeprobe ins Labor, ist wohl ziemlich heikel, die Sache, die klangen gar nicht euphorisch. Der Junge ist vier, und da zählt grad jede Sekunde, mir wär's am liebsten, wenn du das machst, bist halt der Schnellste.«

»Bin schon dabei«, sagte Finn, der bereits im Sattel saß. »Kannst dich auf mich verlassen.«

Als er die Stufen hinaufstürmte, sah er, wie die Schiebetür zum OP aufging und die Assistenzärztin mit der Probe auf ihn zurannte. Die Tür schloss sich nicht schnell genug, und Finn sah drinnen den kleinen Jungen auf dem Operationstisch liegen, seine kleinen Füße und seine kleine linke Hand, über seinen Kopf waren zum Glück die Ärzte gebeugt. Finn nahm die Probe entgegen und steckte sie beim Hinunterrennen in den Rucksack, er war unerträglich durstig, aber er durfte sich jetzt keine Verzögerung erlauben.

Der schnellste Weg zum Labor führte zurück über den Marktplatz, am neuen Einkaufscenter vorbei und dann durch die Altstadt.

Schon als er nach dem Einkaufscenter in die gepflasterte Altstadt abbog, sah er in den Gesichtern der Menschen, die ihm entgegenkamen, dass irgendetwas Seltsames sich ereignet haben musste, sie tuschelten, blickten zurück und hielten die Hände vor den Mund. Vielleicht ein Unfall, dachte Finn, bestimmt wieder einer dieser verfluchten SUVs, die mit achtzig durch die engen Gässchen brausen und mitreißen, was ihnen vor die Haube kommt. Aber mit dem Fahrrad war er wendig, er würde an der Unfallstelle vorbeikommen. Am Ausgang der Altstadt sah er ein paar hundert Meter weiter vorne die Absperrung, vor den Schranken standen an die hundert Schaulustige, die Feuerwehr war da, Krankenwagen, Polizei, Autos hupten, von den Hausmauern reflektierten blaue und orange Blinklichter. Finn fuhr weiter, er musste da durch, wenn er umkehrte und den Weg durch die Innenstadt nahm, verlor er mehr als zehn Minuten.

»Was ist denn da los«, fragte er einen der Passanten, die ihm entgegenkamen, einen älteren Herrn, der im Gehen versuchte, sich eine Zigarette anzuzünden.

»Ach«, sagte der Mann und schüttelte sein Feuerzeug, das nicht angehen wollte. »Selbstmordversuch, irgend so ein Verrückter, dem gerade die Sicherungen durchbrennen, steht da vorne auf dem Dach.« Er deutete auf ein Stadthaus mit hellgrüner Fassade, drüben am Parkrand, auf der anderen Seite der Straße. Der Mann schüttelte nochmals sein Feuerzeug und ging fluchend weiter. Finn fluchte jetzt auch. »So ein dämliches Arschloch«, murmelte er, während er weiterhin mit voller Kraft in die Pedale trat, warum musste der sich ausgerechnet hier umbringen, verdammt noch mal, warum ausgerechnet jetzt? Er fuhr unbeirrt weiter, bis kurz vor die Absperrung, als ihm einfiel, dass die Polizei womöglich noch auf die Idee kam, sein Fixie zu beschlagnahmen. Er dachte an die kleinen Füße des Jungen und beschloss, das Risiko einzugehen, er hoffte, dass die Polizisten gerade andere Sorgen hatten. Die Straße war von beiden Seiten abgesperrt, irgendwie musste er an diesem Haus vorbeikommen, er hat keine andere Wahl, als vom Fahrrad zu steigen und zu Fuß weiterzugehen. Die Leute standen eng zusammen, es roch nach Schweiß, Döner und Zigarettenrauch. Vielleicht lag es an dem Kuriertrikot, dass die Leute ihm Platz machten, so gut es ging, bevor sie wieder ihre Handys über die Köpfe hoben und weiter Fotos oder Videos machten. Finn kam besser voran, als er erwartet hatte. Erst als er hundert Meter weiter schweißnass die letzte Absperrschranke sah und zwischen zwei Bäumen eine Lücke, durch die er in den Park und dann zurück auf die Straße gelangen würde, hob er zum ersten Mal den Kopf und schaute da hin, wo alle anderen hinschauten. Er legte den Kopf in den Nacken und mit der flachen Hand Schatten über die Augen. Als sein Blick scharfstellte auf die Person dort oben, wurden seine Gelenke heiß und nachgiebig, das Herz rutschte ihm in den Magen und pochte dort alles durcheinander, er umklammerte den Griff des Lenkers, fand keinen Halt, das ganze Adrenalin, das beim Fahren gerade noch seinen Körper geflutet hatte, schien den Aggregatzustand zu wechseln und schmerzhaft in seinem Bauch zu verklumpen. Dort oben stand Manu, barfuß auf den Ziegeln am Ende des Ostgiebels, und wippte in den Knien, sie raufte sich die Haare, wippte vor und zurück. Manu. Er wollte ihren Namen rufen, aber seine Lippen lagen trocken und kraftlos aufeinander, die Zunge schwer im Mund, sein Kiefer zitterte, das Trikot klebte schweißnass in den Achselhöhlen, klebte ihm die Arme an den Körper, und als er ein paar Schritte vorwärts ging, kam es ihm vor, als würden selbst seine Füße am Asphalt kleben. Schöne, stolze Manu. Das war alles, was er im Augenblick denken konnte, ansonsten war sein Kopf heiß und leer. Von Manu gelang ihm kein Standbild, nur zusammenhanglose Nahaufnahmen: ihre Zahnlücke, die Hornhaut auf ihren Fingerkuppen, die kleine Narbe unter der rechten Augenbraue. Wenn nur die Fassade nicht so blenden würde. Er wollte das Licht ausmachen im Kopf und hier auf dem Platz, alles anhalten, abschalten, mit Manu schwimmen gehen.

Maren

Ihr Blick glitt den schmalen Rücken der Frau entlang, streifte jedes der feinen Härchen auf der glatten Haut, blieb am Muttermal unterhalb der Taille haften, dieser unglaublich schmalen Taille, rutschte weiter auf den kleinen runden Hintern, das bisschen schwarze Spitze zwischen den makellosen Pobacken, auch dort wieder diese feinen blonden Härchen, eine Unverschämtheit, zum Draufhauen, Reintreten, Aufkratzen. Die Frau drehte sich um, hielt ihr den Busen direkt vor die Nase, darauf das Negativ eines Bikinioberteils, kleine rosa Brustwarzen auf der hellen Haut. Wie eine herausgestreckte Zunge stand sie da, die Frau, ätsch, spottete ihre in die Hüfte gestützte Hand und ihr flacher Bauch, der sich nicht einmal beim Einatmen wölbte. Und gut roch sie, so frisch und dezent, war es Minze? Melisse?

Maren schrieb mechanisch die genommenen Maße auf, drückte den Bleistift fest aufs Papier, zu fest, die Spitze brach ab. Sie griff nach dem Kugelschreiber, der auf dem Bügelbrett lag, und notierte die unverschämten Ziffern, schnell, klein und eckig.

»Und?«, fragte die Frau. Maren hatte ihren Namen vergessen, egal, sie würde später in der Kundenkartei nachsehen.

»Freitag«, sagte Maren. »Bis Freitag kann ich den Anzug fertig machen. Wenn Sie den Kurzmantel auch wollen, dauert es fünf Tage länger. Sind Sie sicher, dass sie keine Bluse dazu möchten?«

Die Frau zog ihr graues ärmelloses Seidentop an, einen BH trug sie nicht. »So viel Zeit hab ich nicht«, sagte sie. »Aber ich finde, das hat was, nur einen Blazer und nichts drunter, meine Brüste sind so klein, da geht das. Wenigstens ein Vorteil.«

»Sicher«, sagte Maren und rupfte das Blatt mit den Maßen vom Block. »Freitag also.«

Sie schaute der Frau hinterher, die in die Sonne hinaustrat und sich eine Zigarette anzündete, genüsslich den Rauch auspustete und dann um die Ecke verschwand. Maren seufzte. Der Schrittzähler an ihrem Rockbund zeigte 1024 Schritte, nicht gerade viel dafür, dass es bereits Mittag war. Sie durchquerte den Laden, rückte ein paar Kleiderbügel an der Stange zurecht, schaltete die Dampfstation ein: 1097. Maren seufzte, mehrmals und lautstark, dann trat sie in die Umkleidekabine und zog den Vorhang. Sie öffnete den Reißverschluss ihres Rocks und zog ihn hoch bis unter die Achseln. Sie betrachtete die bleiche Haut, die sie einst so gemocht hatte. Jetzt schimmerte sie grau durch die schwarze Strumpfhose, über dem Elastanbund bildete sich eine Wulst, zwei, wenn sie den Bauch nicht einzog und ihre schweren Brüste von oben auf das schlaffe Gewebe drückten. Sie zog den Bauch so fest ein, wie sie konnte, und zwang sich ins Hohlkreuz, ihre Taille wurde schmaler, ein ganz kleines bisschen, immerhin. Dass sie sich so betrachtete, war neu. Jahrelang hatte sie sich kaum Gedanken gemacht, sich nicht einmal von hinten angeschaut beim Kauf einer Hose. Sie war stolz gewesen auf ihre Sommersprossen und die großen Brüste. Maren zog den Rock runter, rückte den Zähler wieder zurecht. 2003 Schritte, als sie aus der Kabine trat. Die 10 000, die Hannes ihr pro Tag empfohlen hatte, würde sie heute nicht mehr erreichen. Sie ging in die Teeküche, öffnete eine Packung Haribos, stopfte sich eine Handvoll in den Mund, spürte, wie die Süße ihren Gaumen flutete. Bevor sie schluckte, hörte sie auf zu kauen, beugte sich übers Waschbecken, spuckte die glibberige Masse aus, nahm ein Stück Haushaltspapier, klaubte den Klumpen damit zusammen und warf ihn in den Abfall unter der Spüle, die Packung mit den Gummibärchen gleich hinterher.

»Alles in Ordnung?«

Maren fuhr herum, vor Schreck stieß sie sich den Ellbogen an der Mikrowelle. Im Türrahmen stand Jaris, größer und vollbärtiger, als sie ihn in Erinnerung hatte.

»Überraschung«, sagte er und grinste.

Maren spürte, wie ihr die Röte ins Gesicht schoss. »Was machst du denn hier«, sagte sie und wischte sich die klebrigen Finger am Rock ab. »Ich dachte, du wolltest erst nächste Woche kommen.«

»Jetzt bin ich da und will dich zum Mittagessen einladen«, sagte Jaris. Er stellte seinen Instrumentenkasten auf den Boden: »Lass dich umarmen.«

Jaris roch gut, wie immer, nach Sandelholz und der Lederjacke, die er trug, ein bisschen nach Tabak, dem guten aus Frankreich, an dessen Namen sich Maren nie erinnerte.

»Schön siehst du aus«, sagte er und nahm ihr Gesicht

zwischen seine Hände. »Irgendwann will ich alle deine Sommersprossen zählen. Alle. Aber du rennst ja immer weg vor mir.«

Maren wand sich aus seiner Umarmung, unauffällig entfernte sie den Schrittzähler von ihrem Rockbund und schob ihn hinter die Mikrowelle. »Ich kann uns was kochen«, sagte sie. »Risotto zum Beispiel, dafür hätte ich alles zu Hause.«

Jaris war Barockmusiker, er spielte Zink, ein seltsames, gebogenes Holzinstrument, das ein bisschen klang wie eine Oboe, nur tiefer und wärmer. Damit reiste er durch die Weltgeschichte, Rom, New York, Paris, Odessa, und hin und wieder verschlug es ihn hierher, wo er an der Hochschule für alte Musik Konzerte gab oder Vorträge hielt. Vor fünf Jahren hatte er zum ersten Mal bei ihr im Laden gestanden, einen Frack mit zerschlissenem Futter auf dem Arm. Bezahlen konnte er nicht, aber eine Zuckerwatte spendierte er ihr, später auf dem Marktplatz. Seine Flirterei nahm Maren nie wirklich ernst, zum einen wegen Hannes, zum anderen, weil sie Jaris immer als eine Nummer zu groß für sich empfunden hatte, zu gutaussehend, zu weitgereist, zu unstet. Sie genoss seine Komplimente, doch eher, als würde sie einen Film schauen, wohlwissend, dass sie sich einer Illusion hingab.

Jaris hob den Instrumentenkasten hoch. »Wie könnte ich deinem Risotto widerstehen«, sagte er.

Maren suchte ihre Sachen zusammen, Handtasche, Schlüssel, sie schaltete die Dampfstation aus und dann die Lichter. Jaris lehnte an der Ladentür und drehte sich eine Zigarette, flink. Dann noch eine, die er sich hinters Ohr klemmte. Schon dafür mochte sie ihn, sie kannte niemanden sonst, der sich mit Ende dreißig noch Vorratszigaretten hinters Ohr klemmte.

Draußen schnellte ihnen Hitze entgegen, beide zogen sie nach wenigen Schritten die Jacken aus. Jaris wollte zu Fuß gehen, da er den ganzen Tag in der abgedunkelten Aula verbracht hatte. Missmutig dachte Maren an den Schrittzähler, der im Laden hinter der Mikrowelle lag, und versuchte eine Weile im Kopf mitzuzählen, gab es aber nach der zweiten Querstraße auf.

»Was ist denn da vorne los«, sagte Jaris, als sie in Marens Straße einbogen. »Findet vor deinem Haus ein Open Air statt, von dem ich nichts weiß?«

»Du meine Güte«, sagte Maren. Tatsächlich, direkt vor ihrem Haus standen an die hundert Leute, zwei Polizisten sperrten den Zugang zum Park mit Flatterband ab, hinter ihnen heulten Sirenen auf, zwei Polizeiwagen brausten die enge Gasse entlang und hielten vor der Garage. Maren beschleunigte ihre Schritte. »Meinst du, es ist etwas mit Hannes?«

»Ach was«, sagte Jaris, ohne schneller zu gehen. »Bestimmt hockt nur eine Katze auf dem Baum. Du kennst doch die Leute, die rufen wegen jedem Kinkerlitzchen die Polizei.«

»Quatsch«, sagte Maren. »Da, schau, da steht jemand auf dem Dach, ich glaub's nicht, auf meinem Dach. Das darf doch nicht wahr sein!«

Sogar das Fernsehen war da, das Blaulicht der Polizei blinkte über die Fassade, Handykameras spiegelten die

Szene zigfach wider, und auf jedem der Filme würde später Marens blauweiß gestreifter Schlafzimmervorhang zu sehen sein und der kleine Kaktus auf dem Fensterbrett, der in diesem Jahr zum ersten Mal blühte. »Das ist ein Alptraum«, sagte sie zu Jaris. »Es ist alles abgesperrt. Was soll ich denn jetzt bloß machen?«

»Mit mir nach Paris kommen, zum Beispiel«, sagte Jaris und grinste. »Da kannst du jedenfalls nicht rein. Ich hab ein Doppelzimmer mit Blick auf den Kanal für zwei Tage, danach geht es weiter nach Florenz. Überleg's dir. Vielleicht ist das ein Zeichen.«

Maren war jetzt nah genug am Haus, um die Frau zu sehen, die oben über die Ziegel huschte wie ein drahtiges, aufgeschrecktes Tier. Sie lief hin und her, raufte sich die Haare, ging in die Hocke und hielt sich die Ohren zu, wippte vor und zurück, schnellte dann wieder hoch, ruderte mit den Armen, packte einen Ziegel und warf ihn runter auf die Straße. Wenn ich so schlank wäre, dachte Maren, würde ich mich auf keinen Fall umbringen.

»Die muss da weg«, sagte sie, »sofort muss die da weg. Ich kann doch nicht unter einem Dach leben, von dem sich jemand runtergestürzt hat, das ist ja wohl ein schlechter Witz, die werden die doch wohl einfangen können.« Sie kämpfte sich vor zu den Polizisten an der Absperrung.

Jaris ging dicht hinter ihr, auch er hatte inzwischen seine Handykamera gezückt. »Irre«, sagte er nur. »Absolut irre.«

»Entschuldigung«, sagte Maren, als sie eine Polizistin am Jackenärmel zu fassen kriegte. »Entschuldigung, ich wohne hier im Haus und würde gerne in meine Wohnung.«

Die Polizistin drehte sich um, ihr Gesicht war sehr rot,

ihre Stirnfransen unter der Mütze schweißverklebt. »Name«, sagte sie nur.

»Fritsche«, sagte Maren. »Maren Fritsche, vierter Stock, sehen Sie, da oben, die blauweiß gestreiften Vorhänge, das ist mein Schlafzimmer.«

Die Polizistin zuckte mit den Schultern. »Im Moment können wir niemanden ins Haus lassen. Sie sehen ja, was da oben los ist. Wenden Sie sich an die Polizeistelle in der Innenstadt, falls es Dinge gibt, die sie dringend benötigen, Medikamente beispielsweise. Dort kann man Ihnen weiterhelfen.«

Die Polizistin drehte ihr wieder den Rücken zu, die Unterhaltung war für sie offenbar beendet. Maren ballte die Fäuste. Was für eine Frechheit. Und überhaupt, was veranlasste diese unverschämte Person zu der Annahme, sie hätte Medikamente nötig? Jetzt erst entdeckte sie oben im Dachfenster den Kopf eines Mannes, wahrscheinlich ein Polizist. Er schien auf die Frau einzureden, aber sie beachtete ihn nicht, sie wühlte in einem Eimer mit Werkzeugen, klaubte etwas mit rotem Griff heraus, eine Gartenschere, wie sich herausstellte, als der Gegenstand auf den Asphalt knallte.

Maren schüttelte den Kopf. »Das darf alles nicht wahr sein«, sagte sie zu Jaris. »Das ist unser Badezimmerfenster, wahrscheinlich steht der Polizist gerade auf dem Klodeckel, der steht da oben auf meinem verdammten Klodeckel! Ich begreif das nicht! Gummischrot, ein Fangnetz, und aus die Maus, die müssen doch fertig werden mit so einer halben Portion!« Sie sagte es absichtlich laut, aber die Polizistin ging nicht darauf ein.

Jaris kicherte. Maren fuhr herum, am liebsten hätte sie ihm eine reingehauen. Stattdessen wühlte sie in der Handtasche nach ihrem Telefon und versuchte, Hannes zu erreichen. »Das dauert hier wohl noch länger«, sagte Jaris. »Ich geh rüber ins Café und esse was. Bin am Verhungern. Vielleicht sehen wir uns ja noch, ich fahre so in anderthalb Stunden, okay?« Es war keine Frage, sondern eine Abfertigung. Jaris drückte ihr einen Kuss auf die Wange und machte sich davon.

Hannes ging nicht ran. Sie drückte die Wahlwiederholung, versuchte es noch einmal, ein drittes und viertes Mal, dann gab sie auf. Sie zupfte noch einmal am Arm der Polizistin, sagte: »Entschuldigung. Hallo.« Keine Reaktion. Jetzt hatte sie genug. Zuerst dieser Hungerhaken in ihrem Laden, jetzt diese dürre Irre dort oben auf ihrem Dach, am anderen Ende des Platzes der schöne Jaris, der sich über alles lustig machte, weil es ihn nichts anging und weil er morgen schon in einer Brasserie am Canal Saint-Martin sitzen und selbstgedrehte Zigaretten rauchen würde. Und Hannes? Dieser verfluchte Verräter? Der saß vermutlich gerade in der Kantine seiner Bank und aß Sashimi mit Algensalat, oder noch schlimmer, er vernaschte irgendeine fettarme Assistentin auf der veganen Kunstledercouch im Kundenempfangsbereich. Und selbst wenn er zurückrufen sollte, würde er sie spüren lassen, dass sie seinen optimierten Tagesablauf störte und auch ihn das alles nichts anging. Denn sie, Maren, ging ihn schon lange nicht mehr an. Plötzlich fühlte sie sich eingezwängt zwischen all den schnatternden, schwitzenden, filmenden Menschen, sie verspürte den Drang, um sich zu schlagen, gegen Schienbeine und

Knöchel zu treten. Es war ihr eng in dieser spießigen, miefigen Stadt, die nichts anderes zu bieten hatte, als Mittelmaß. Sie hatte es satt, Hannes' neue Askese, seine verdammte Lieblosigkeit. So satt hatte sie es, brav und beherrscht und anständig zu sein, so dermaßen satt, dass ihre Fäuste sich ganz von allein ballten, ihre Lippen sich zu einem dünnen Strich verhärteten. Schluss mit Kopfeinziehen, Nicken und Lächeln, Schluss damit, auf der Stelle. Zuallererst: die Strumpfhose. Sollten sie sie alle sehen, ihre delligen, knubbeligen, bleichen Beine, jawoll. Maren bückte sich, zerrte an dem elastischen Gewebe, spürte, wie ihre Nägel eine Laufmasche hineinrissen, ratsch, was für ein herrlich kühles Gefühl um die Knie, sie zog die Schuhe aus, stopfte die feuchte Strumpfhose in die Handtasche, zog die Schuhe barfuß wieder an. Sie schwitzte, mehrere Schweißtropfen rannen ihr gleichzeitig vom Haaransatz ins Gesicht. Scheiß drauf. Nicht ihr Problem. Sie suchte Jaris' Nummer in ihrem Handy und rief ihn an. Erst nach dem fünften Klingeln ging er ran.

»Weißt du was«, sagte sie zu Jaris und genoss jedes Wort, als wäre es salziges Karamell. »Ich hab's mir überlegt. Ich komme mit. Zeig mir dein Paris. Zähl von mir aus meine Sommersprossen. Wo steht dein Auto?«

»Äh, okay, also, wow, das nenn ich spontan«, druckste Jaris herum. Er stand drüben auf dem Parkplatz neben Roswithas Kaffeehaus, sie konnte ihn sehen, verunsichert fuhr er sich durch die Haare.

»Lass uns fahren«, sagte Maren.

»Jetzt gleich?«, fragte er.

»Wann denn sonst«, sagte Maren. »Ich will hier weg. Essen können wir auch unterwegs. Ich seh dich. Gib mir fünf Minuten, ich kauf noch etwas ein.«

Ehe Jaris antworten konnte, legte sie auf. Sie steuerte auf den kleinen Laden an der anderen Ecke des Platzes zu, rempelte sich mit angewinkelten Ellbogen den Weg frei, überholte breitschultrig die Wartenden in der Schlange, niemand sagte etwas, man sah ihr an, dass nicht gut Kirschen essen war mit ihr, man ließ sie durch, machte ihr Platz.

Und Maren fackelte nicht lange, zielstrebig griff sie in die Regale, erst mal nur das Nötigste: Deo, Rasierer, Zahnbürste, Bananen, Wasser, Kondome.

Finn

»Nun spring doch endlich, du Pussy«, rief einer dicht hinter Finn, einer von denen, die ihre Bäuche gegen die Polizeiabsperrung drückten und darauf warteten, dass das Herumstehen in der Sonne sich endlich lohnte, ein Teenager mit spärlichem Bartwuchs über der Oberlippe. Vor den Füßen der behelmten Feuerwehrmänner zerschellte ein Dachziegel, Finn zuckte zusammen. Jetzt ein zweiter, ein dritter. Er sah zu, wie die Männer ihre Schutzschilde über die Helme hoben, wie Manus Gummistiefel durch die Mittagshitze segelte und mit plumpem Knall auf einem der erhobenen Schilde landete. Diese Männer müssen entsetzlich schwitzen, dachte Finn, und: Manu holt sich einen Sonnenbrand.

»Ihr Anfänger«, schrie Manu. »Ihr erbärmlichen Anfänger, verpisst euch, packt euer beschissenes Luftkissen ein, und geht nach Hause, ich komme erst runter, wenn ihr weg seid.«

Sie löste Dachziegel um Dachziegel aus der Halterung und stapelte sie neben dem Schornstein, sorgfältig rückte sie mit den Handflächen ihren Stapel zurecht. Finn wusste, dass sie ein ernstes Gesicht dabei machte, auch wenn er jetzt nur ihren Hinterkopf sah. Dieser stolze Ernst in jeder ihrer Bewegungen. Er hob die Hand und rief ihren Namen, winkte, rief noch einmal, aber Manu hörte ihn nicht, sie kehrte ihm den Rücken zu und deckte weiter das Dach ab. Hin und wieder fuhr sie herum und warf etwas hinunter auf die Straße, einen Ziegel oder eines ihrer Gartenwerkzeuge.

»Entschuldigen Sie.« Jemand tippte ihm von links auf die Schulter. »Kennen Sie die Frau?«

Finn riss seinen Blick von Manu los und schaute in das Gesicht des Polizisten, der sich vor ihm aufgebaut hatte, ein Funkgerät in der Hand. Neben ihm stand eine junge Polizistin mit rotem Kopf. Sie wiederholte die Frage. »Sie haben die Frau mit Namen gerufen, kennen Sie sie?«

Finns Mund war trocken, es kostete ihn Mühe, zu sprechen. »Was ist hier los«, sagte er. »Was ist mit Manu, warum steht sie dort oben?«

Der Polizist nahm seine Mütze ab und fächerte sich damit Luft zu. »Das versuchen wir gerade herauszufinden«, sagte er. »Es ist deshalb wichtig, dass Sie uns alles über die Frau sagen, was Sie wissen. Carola, übernehmen Sie«, er drückte der jungen Polizistin das Funkgerät in die Hand, »und geben Sie Felix da oben Bescheid, sobald Sie mehr wissen.«

»Also«, sagte die Polizistin, »was können Sie uns über die Frau sagen?«

Finn schaute in das verschwitzte Gesicht der Polizistin und dann auf den Notizblock in ihrer Hand, den Bleistift, den sie zwischen den Fingern drehte. Er wusste, wie Manu in der Kuhle zwischen Hals und Schlüsselbein roch, dass sie gerne am Wasser war und sich immer Sorgen um die Flora des Landes machte, wenn es länger als drei Tage nicht regnete, dass sie Biologie studiert hatte und nebenbei im Botanischen Garten gearbeitet, dass sie mit einer Arbeit über Noctiluca hatte abschließen wollen, diesen winzigen Einzeller, der das blaue Meeresleuchten verursacht, dass die Tierchen sogenannte Dinoflagellaten waren und dieses Wort Manus Augen zum Strahlen brachte, dass aber irgendetwas schiefgelaufen war an der Uni, irgendetwas, worüber Manu nicht sprach, und selbst wenn sie darüber schwieg, erlosch das Leuchten in ihren Augen. Deswegen ging sie jetzt als Gärtnerin auf Stör, so nannte sie das, auf Stör gehen, ein alter Begriff, wie sie ihm erklärt hatte, für Handwerker, die ihre Kundschaft auf Abruf zu Hause besuchten. Sie kümmerte sich um Verkehrsinseln und Gräber, um Hinterhofgärten und Vorstadtrabatten, und es gab kaum ein Gewächs in dieser Stadt, das sie nicht beim Namen kannte. Das alles wusste er. Aber was sie da oben wollte, das wusste er nicht. Ob es etwas mit ihrem morgendlichen Streit zu tun hatte?

»Das ist Manu«, sagte Finn, »eine … meine Freundin. Das muss alles ein Missverständnis sein, ich kann mir nicht vorstellen, dass sie da runterspringen will.«

»Manuela also?«, notierte die Beamtin. »Nachname?« Der Bleistift in ihrer Hand zuckte ungeduldig.

Finn schluckte. »Keine Ahnung«, sagte er. »Den hat sie mir nie gesagt.«

»Scheint ja eine sehr enge Beziehung zu sein, die Sie da führen«, sagte die Polizistin und notierte einen langen Satz auf ihrem Block.

»Hören Sie mal«, sagte Finn, »das muss ich mir von Ihnen nicht sagen lassen, Sie können …« Er kam nicht dazu, zu antworten, da das Telefon im Klettband um seinen Arm klingelte. Zentrale, blinkte es auf dem Display.

»Verdammt«, fluchte Finn, als ihm die Gewebeprobe in seinem Rucksack einfiel, der kleine Junge auf dem Operationstisch.

»Wo zum Teufel steckst du«, brüllte Holger ihn durchs Telefon an. »Was ist los verdammt? Machst du 'n Picknick oder was? Warum ist die scheiß Probe noch nicht im Labor?«

Finn nahm das Handy vom Ohr, in seinem Kopf drehte sich alles. Er atmete ein paarmal tief durch und begann, sich den Weg Richtung Park freizurempeln. »Ich wollte dich gerade anrufen«, sagte er schließlich zu Holger. »Die Bullen haben mein Fixie eingesackt, ich bin beim Park in eine Absperrung reingefahren, nix zu machen, tut mir leid.«

»Du Pfeife«, sagte Holger. »Stell dich vor ne Haustür und gib mir deine Adresse durch, Silas ist schon fast beim Park, ich schick ihn vorbei. Wir sprechen uns noch.«

Finn rieb sich die Augen und merkte, dass er weinte, ohne Ton, nur sein Zwerchfell zog sich zusammen. »Scheiße«, murmelte er. »Scheiße, Scheiße, Scheiße.« Er sah hinüber zum Park und entdeckte davor eine Glasrückgabestelle. Er rannte hin und versteckte sein Fixie dahinter. Zwischen den Bäumen sah er bereits Silas' silbernen Helm aufblitzen, keine Zeit mehr, um das Fahrrad abzuschließen. Finn rannte über die Straße, stellte sich vor das Haus mit der Nummer 15 und gab Holger seinen Standort durch, obwohl Silas ihn schon erspäht hatte.

»Alter«, sagte dieser keuchend, als er vom Rad stieg.

»Was machst du? Ich hab Holger noch nie so wütend gesehen, der hat die halbe Zentrale zusammengefaltet, sogar sein Sparschwein hat er an die Wand geknallt.«

»Was kann ich denn dafür, wenn sich hier die gesamte Belegschaft der Bullerei versammelt«, entgegnete Finn gereizt.

Silas sah sich um. »Krasse Scheiße«, sagte er. »Voll die Sozialapokalypse.« Er klopfte Finn beschwichtigend auf die Schulter. »Holger kriegt sich schon wieder ein«, sagte er, »ich rede mit ihm. Bloß schade um das Rad, das siehst du nie wieder. Hast du die Probe?«

Finn kramte im Rucksack, seine Hände zitterten dabei, überhaupt zitterte sein ganzer Körper, und er hoffte, dass Silas es nicht bemerkte. »Hier«, sagte er und reichte ihm die vakuumierte Plastiktüte.

Silas steckte sie ein und deutete dann in Manus Richtung. »Die kommt mir irgendwie bekannt vor. Ist das nicht die, die da neulich auf der Verkehrsinsel vor der Zentrale rumgegärtnert hat? Hat mich abblitzen lassen. Echt toughe Lady. Wie's aussieht, hab ich Glück gehabt. Stell dir mal vor, du fängst was mit so ner Psychobraut an. Das gibt nur Ärger, am Ende –«

»Ach, halt doch die Klappe, du scheiß Angeber«, rief Finn aus und versetze Silas einen Stoß, der so heftig ausfiel, dass er selbst erschrak. Silas schwankte auf seinem Rad und fiel seitlich auf die Straße, mit den Rippen auf die Mittelstange. Er starrte Finn an, mehr ungläubig als wütend. Flink rappelte er sich auf, wischte sich mit dem Handrücken über den Mund.

»Okay«, sagte er und rückte seinen Helm gerade. »Dein

Glück, dass das mit dieser Probe hier eilig ist. Auf eine Erklärung hierfür bin ich echt gespannt.«

Finn hatte noch nicht einmal den Mund öffnen können für eine Entschuldigung, da war Silas schon weggefahren. Er wusste nicht, ob er ihn aus Wut auf Manu gestoßen hatte oder aus Zuneigung zu ihr. Er hörte jetzt wieder die Geräusche um sich herum, Menschen, die durcheinanderredeten, die Sirene der Feuerwehr, den Jungen, der schrie, dass Manu endlich springen solle, das Klirren eines Ziegels, der auf der Straße zerschellte. Er bemerkte, dass er schwer atmete, als wäre er gerannt. Und als er den Kopf hob, sah er zwei Typen, die ihn mit ihren Telefonen filmten. Ihr Anblick löste in ihm eine seltsame Gleichgültigkeit aus, die seine Glieder von innen beschwerte. Er drehte sich einfach nur weg und hob seinen Rucksack auf. Oben auf dem Dach tobte Manu noch immer. Hell und langsam flog ihr Mayoeimer durch die Luft, der jungen Polizistin vor die Füße. Die schob ihn mit der Schuhspitze zur Seite, wie etwas, das sie nichts anging. Finn schulterte den Rucksack und drängelte sich erneut in die Menge hinein. Er würde jetzt da raufgehen, zu Manu. Komm, würde er sagen, vergiss die Idioten da unten, lass uns deinen Kaktus retten.

Felix

»Wenn ich das gewusst hätte«, murmelte Felix in seine Armbeuge. Wie ein sengender Scheinwerfer stand die Sonne am Himmel. Er kam sich ausgeleuchtet vor, ausgestellt, wie auf einer Bühne ohne Vorhang. Erneut versuchte er, den Blick der Frau einzufangen, wenigstens das. Wo er sie nicht einmal beim vollen Namen rufen konnte. Wie zur Hölle war es möglich, dass sie noch immer nicht wussten, wie die Frau mit Nachnamen hieß! Die halbe verdammte Stadt stand sich da unten die Beine in den Bauch, aber einen Namen hatten sie nicht. Manuela. Das war alles. Und darauf hörte sie offensichtlich nicht. Ihre Ausdauer und ihre eckigen, vogelartigen Bewegungen erinnerten ihn an die Tänzerinnen in diesen zeitgenössischen Performances, zu denen Monique ihn eine Weile lang mitgenommen hatte. Und mit demselben Widerwillen, mit dem er damals auf Plastikgartenstühlen in irgendeiner Scheune oder umfunktionierten Tankstelle gesessen hatte, stand er jetzt hier, auf diesem Klodeckel. Wie ein unfreiwilliger Schauspieler in der Inszenierung von einem dieser Hornbrillenträger, auf die Monique so abfuhr, einem dieser Weltversteher, bei denen die Farbe der Schnürsenkel zum Hemd passte und die vom Herumsitzen, Cappuccinotrinken und Weltverstehen mit 35 den zweiten Bandscheibenvorfall hinter sich hatten. Eine Inszenierung jedenfalls, die er nicht verstand und gerne frühzeitig verlassen hätte. Monique, Monique, Monique, dachte Felix, lass mich meine Arbeit machen! Die Frau keuchte, er konnte die Muskeln in ihren dünnen Beinen zittern sehen, die aufgeplatzte Haut an ihren Händen, mit denen sie die Ziegel aus den Verankerungen riss. Ihre Schultern waren von der Sonne gerötet, ihre Knie aufgeschürft. Lange würde sie nicht mehr durchhalten. Selbst ihm gingen die Kräfte aus, und er bewegte sich kaum, rief sich nur immer und immer wieder mit Manuelas Namen heiser. Da. Da waren sie wieder, ihre wütenden Augen. Sie fixierten ihn, stellten scharf auf seine Ungeduld.

»Manuela«, sagte Felix ruhig. »Wenn Sie jetzt hier runterkommen, ich versichere Ihnen, sie müssen mit niemandem sprechen. Ich sorge dafür. Man wird Sie in Ruhe lassen, das verspreche ich Ihnen. Das ist es doch, was Sie wollen, nicht wahr, in Ruhe gelassen werden.«

Jetzt kam sie näher. So nah, dass er die Wut in ihrer Halsschlagader pochen sah. Sie ging in die Hocke, ohne den Blick von ihm zu wenden. Sie ließ sich Zeit. Sie hatte genug davon. Seine Zeit hatte sie und die Zeit der Leute unten auf der Straße, sie hatte alle Zeit der Welt.

»Was ist los, Bulle«, sagte sie. »Musst du nach Hause, die Katzen füttern? Geh doch. Hau ab. Ich brauch dich hier nicht. Niemand braucht dich hier.«

Das war's. Sie machte sich wieder an einem Ziegel zu schaffen, den sie vor einer Weile aus dem Dachgerippe hatte lösen wollen, der aber zu fest verkeilt war. Sie zog den linken Gummistiefel aus und begann, damit auf den Ziegel einzuschlagen. Felix schaute auf die Uhr, es war kurz nach eins. Seit drei Stunden stand er jetzt hier oben, so lange hatte ein Einsatz bei Suizidgefahr noch nie gedauert. Felix hatte alles versucht, um die Frau in ein Gespräch zu verwickeln. Alles, was er im Kurs gelernt hatte. Nichts hatte es gebracht. Und immer, wenn die Frau sich abwandte und die Situation sich für ein paar Minuten entschärfte, spürte Felix, wie dringend er pinkeln musste. Seit über einer Stunde schon. Langsam wurde der Schmerz in seiner Blase unerträglich. Dass er ausgerechnet auf einem Klodeckel stand, machte die Sache nicht besser. Sich in Anwesenheit seiner Kollegin Erleichterung zu verschaffen, kam jedoch nicht in Frage, sie aus dem Raum zu schicken noch weniger, denn was, wenn die Frau auf dem Dach in seiner Pinkelpause etwas anstellte? Zu ihr aufs Dach zu steigen, um die Sache zu beschleunigen, war zu gefährlich, das Risiko, dass sie Ernst machte, zu groß. Hauptkommissar Blaser hatte es ausdrücklich verboten. Am Anfang, als Felix Blaser abgelöst hatte, war sie noch ruhig gewesen, hatte einfach nur am Dachrand gestanden und runtergeschaut, sich manchmal hinter den Schornstein zurückgezogen. Sie hatte den Kopf gedreht, wenn er nach ihr gerufen hatte, und eher eingeschüchtert gewirkt als wütend. Aber seit Blaser die ganze Kavallerie herbeigepfiffen hatte, die Feuerwehr, den Krankenwagen, vier weitere Streifenwagen zur Verstärkung, das Sprungkissen, das Einsatzteam in seiner Schutzausrüstung, seither war sie nervös und reizbar, fast panisch. Kein Wunder. Blaser, diese Pfeife. Stand da unten und genoss den Auflauf, die Absperrung, an die sich alle drückten. Sogar die Presse hatte er herzitiert, diese verdammten Aasgeier, nur um sich wichtig zu machen, um seine speckige Visage aus der Titelseite des örtlichen Käseblatts ausschneiden zu können. Vor einer Stunde hatte er versprochen, ihm eine Leiter zu organisieren und eine Ablösung, aber stattdessen ließ er sich unten vor dem Rettungswagen fotografieren und dekorierte das Quartier mit Flatterband wie einen beschissenen Partykeller. Den Platz räumen, das wäre eine Maßnahme gewesen, anstatt das Ganze mit Spezialeffekten noch attraktiver zu machen für die Gaffer. Hatten die heute alle frei? Musste niemand von denen irgendwohin? Eine Weile lang hatte er den Lärm ausgeblendet, den die Menschenmenge da unten machte, aber jetzt hörte er sie wieder rufen: »Spring doch, du Pussy«, »Looooooser!« Oder: »Auszieh, auszieh, auszieh …«

Felix biss die Zähne aufeinander. Von irgendwoher begann es nach gegrillten Würstchen zu riechen. Er hatte Hunger. Und er musste pinkeln. Die volle Blase pochte in seinem Unterleib. Noch einmal rief er nach der Frau, rief ihren Namen.

»Wovor haben Sie Angst, Manuela«, sagte er. »Was macht Sie so wütend?«

Er wusste, dass das nicht die richtigen Fragen waren. Eigentlich sollte er sie in ein Gespräch verwickeln, das sie an etwas Schönes denken ließ, an etwas, das sie mochte. Und auch wenn er darin selbst eine Niete war, gelang es ihm meistens, andere auf Gedanken zu bringen, die ihnen guttaten, auf Bilder, Erinnerungen oder Vorhaben, die sie positiv stimmten. Aber nach drei Stunden waren ihm die Fragen ausgegangen. Er versuchte, sich an die Karteikärtchen aus dem Kurs zu erinnern. Manuela hörte ihn ohnehin nicht, sie war in ihrer eigenen Welt, und es schien, als hätte sie den Schlüssel von innen stecken lassen. Je länger er sie beobachtete, desto mehr hatte er das Gefühl, dass sie sich gar nicht umbringen wollte. Dass das nie ihre Absicht gewesen war. Vielleicht dachte sie inzwischen darüber nach, aber nur, weil diese Vollidioten da unten sie auf die Idee gebracht hatten.

»Blaser«, murrte Felix ins Funkgerät, »verflucht, wo bleibt meine Ablösung. Und haben Sie den Namen der Frau? Wissen wir irgendetwas über sie? Mir geht hier langsam der Gesprächsstoff aus.«

»Ablösung ist unterwegs«, meldete sich Blaser. »Bruno ist noch auf nem Einsatz auf der Autobahn. Einen andern kann ich da nicht ranlassen. Musst wohl noch ne Weile durchhalten. Aber den Freund der Frau haben wir hier unten. Den schick ich dir jetzt mal rauf, vielleicht bringt's ja was, der kann dir sicher mehr erzählen.«

»Verstanden«, sagte Felix, »und bitte, tu mir einen Gefallen, und schick endlich die Leute weg, die machen alles nur schlimmer, die verwirren sie total.«

»Willst du mir jetzt meine Arbeit erklären«, entgegnete Blaser. »Im Moment haben wir ganz andere Probleme. Mach du mal da oben deinen Job, ich mach hier unten meinen.«

»Arschloch«, murmelte Felix.

Ein Räuspern. Er fuhr herum. Helen stand bei der Tür, das hatte er vergessen, die ganze Zeit über hatte sie dort gestanden, in voller Montur, sie schwitzte und sah müde aus. Felix hoffte, dass er keinen seiner Gedanken laut ausgesprochen hatte.

»Kannst du hier kurz übernehmen?«, sagte er, obwohl er wusste, dass das gegen die Vorschriften war. Aber er musste so dringend pinkeln, dass er keinen klaren Gedanken mehr fassen konnte. »Ich will mich nach einer Leiter umsehen«, sagte er.

Helen war die Sache nicht geheuer, das sah er ihr an, aber da musste sie jetzt durch. Ihm zu widersprechen, wagte sie nicht.

Die Wohnung war blitzblank, die Küchenablage komplett leer, kein Krümel, kein Wasserglas, nichts. Putzfrau, dachte er. Auswärtsesser. Fünf Zimmer an dieser Lage, da machte man keinen Dreck. Man hatte schlicht keine Zeit dazu. Man kam nur zum Schlafen und Streiten nach Hause, wenn überhaupt. Felix öffnete jede Tür, hinter manchen verbargen sich nur riesige Wandschränke, voll mit den immer selben weißen Kunststoffboxen. In jedem Zimmer moderne Riesenmöbel in Grau oder Beige auf Chromstahlfüßen, an den Wänden ein bisschen Dekokram. Zitate in goldenen Rahmen: Choose happy. Carpe diem. Ein Klo konnte Felix nicht finden, wie es schien, war jenes, auf dem er eben noch gestanden hatte, das einzige in der ganzen Wohnung. In der Küche drehte er den Wasserhahn auf und spülte sich mit großen Schlucken die Trockenheit aus dem Mund. Er hob den Kopf und betrachtete das Wasser, das den Abfluss hinuntergurgelte. Seine Blase fühlte sich mittlerweile an wie ein riesiger geschwollener Insektenstich. Er lauschte. Nichts zu hören. Nur die Schritte der Frau auf dem Dach und vereinzelte Rufe aus der Menge der Gaffenden. Felix drehte den Hahn bis zum Anschlag auf und öffnete seinen Hosenstall. Dann stellte er sich auf die Zehenspitzen. Was für eine Erleichterung. Das ganze Brennen und Drücken schoss aus ihm heraus. Er konnte sich in diesem Moment nicht erinnern, jemals dankbarer für etwas gewesen zu sein als für dieses Edelstahlbecken. Schnell den Hahn ab und die Hose zu. Alles gut. Er stützte sich auf dem Waschbeckenrand ab und atmete tief durch. Jetzt ging es ihm besser. Als er sich umdrehte, blickte er in Carolas rotes Gesicht. Sie stand im Türrahmen und schaute ihn entgeistert an. Hatte sie das mitbekommen? Hatte sie tatsächlich gesehen, wie er während seiner Dienstzeit auf Zehenspitzen in das piekfeine Küchenwaschbecken einer fremden Wohnung gepinkelt hatte?

»Der Freund, also der Freund von der Frau«, sagte Carola. »Er ist jetzt da. Wollt ich nur sagen.« Schon im Gehen, und über die Schulter hinweg, fügte sie hinzu: »Ach ja, und Bruno steckt fest. Die müssen den Unfallhergang klären, scheint eine ziemliche Sauerei zu sein. Blaser telefoniert gerade rum, um eine qualifizierte Ablösung für dich zu finden. Ist schwierig, wegen der Fortbildung.«

Im Badezimmer stand Helen auf einer Klappleiter, die Carola mitgebracht haben musste. Steif und reglos stand sie da, wie jemand, der in der Kälte auf den Bus wartet. Auf dem Wannenrand saß ein großer, schlaksiger Kerl in Fahrradmontur, der sofort aufsprang, als er Felix sah. Die Hand, die er ihm gab, war kalt und zittrig, seine Augen rot, als hätte er geweint.

»Finn«, sagte er. »Finn Holzer, ich bin ihr Freund, also Manus Freund. Kann ich zu ihr, kann ich mit ihr sprechen? Das ist alles ein Missverständnis, da bin ich mir sicher.«

Felix entschied, den Jungen nicht auch noch mit Formalitäten zu quälen. Dafür war nachher noch Zeit genug.

»Steigen Sie da hoch«, sagte er und zeigte auf die Klappleiter. »Aber gehen Sie auf keinen Fall raus aufs Dach, das wäre viel zu riskant. Haben Sie mich verstanden? Auf keinen Fall gehen Sie da raus! Versuchen Sie, ein positives Thema anzusprechen, etwas, das sie mag.«

Finn nickte. Felix stellte sich hinter ihn auf die Leiter, so, dass er sehen konnte, was auf dem Dach vor sich ging. Die Frau saß zusammengekauert vor einem Stapel Ziegelsteine, den Kopf in den Händen.

»Manu«, rief der junge Mann ihr zu. »Hey, Manu, ich bin's.«

Sie hob den Kopf, blieb, wo sie war, biss auf ihrer Unterlippe herum, hastig und konzentriert, als wäre es etwas, was sie unbedingt erledigen musste, bevor sie antworten konnte.

»Manu, was machst du hier«, sagte Finn, seine Stimme klang gepresst. Ohne aufzustehen, ruckelte sie auf den Fußsohlen um die eigene Achse, bis sie ihnen frontal gegenüberkauerte.

»Ich hab Durst«, sagte sie schließlich. »Kannst du mir was zu trinken bringen, bitte, kannst du das machen für mich. Und Zigaretten. Zigaretten brauch ich auch.«

»Sicher«, sagte Finn. »Natürlich, das mach ich. Hast du Hunger? Soll ich dir was zu essen besorgen? Tomaten vielleicht, die magst du doch so gern.«

Aber die Frau ruckelte wieder zurück und legte den Kopf zwischen die Hände. Immerhin, sie hatte Kontakt aufgenommen, ruhig ein Bedürfnis geäußert, zum ersten Mal.

»Manu«, rief Finn noch einmal. »Schau mich doch an, Manu.« Keine Reaktion. Finn drehte sich zu Felix um, er kämpfte mit den Tränen. »Sie reagiert nicht mehr.« Er versuchte zu lächeln, es gelang ihm nicht.

»Wir kriegen das hin«, sagte Felix. »Machen Sie sich keine Sorgen. Gehen Sie jetzt erst mal die Sachen besorgen. Das ist eine gute Idee, damit bekommen wir sie vielleicht näher ans Fenster. Drüben in der Schneidergasse ist ein kleiner Laden, da sollten sie alles haben. Dann sehen wir weiter.«

Finn rieb sich das Gesicht wie jemand, der wach werden möchte. »Können Sie nicht einfach gehen, alle verschwinden, ich bin sicher, dann kommt sie runter. So würde ich auch nicht runterkommen. Auf gar keinen Fall. So doch nicht.«

Finn tat Felix leid. »Ich verstehe, was Sie meinen«, sagte er. »Aber wenn wir einmal gerufen wurden, müssen wir bleiben, bis die Dinge im Lot sind. Wir können nicht einfach auf halber Strecke zusammenpacken.« Er trat zurück, ließ den jungen Mann von der Leiter steigen und klopfte ihm auf die Schulter. »Wird schon«, rief er ihm hinterher. »Sie werden sehen.«

Durch den Flur hörte Felix Blasers Stimme schallen, offenbar war er im Anmarsch. Auch das noch.

»Alle mal mitkommen«, sagte Blaser, als er die Badezimmertür erreicht hatte. »Außer Sie, Helen, Sie halten bitte die Stellung, ja?«

Helen nickte. Viel zu breitbeinig stand Blaser da und hielt mit den Händen seinen Gürtel umfasst, eine Pose, die einstudiert aussah, abgeschaut von einer schlechten amerikanischen Krimiserie. »Wir haben die Tür zum Dachboden da hinten aufbekommen, Bolzenschneider sei Dank«, sagte Blaser, die Hände noch immer um den Gürtel, nur mit dem Kopf deutete er in Manuelas Richtung. »Das Fenster dort ist jetzt zugänglich, so kommst du viel besser an sie ran, Felix, liegt mittiger, und du kannst dich weiter rauslehnen.«

»In Ordnung«, sagte Felix. »Worauf warten wir?« Er war froh um jegliche Abwechslung. Auf dem Weg zum Dachboden schnitt er Blasers verschwitztem Rücken eine Grimasse, vorstehende Trottelzähne, das tat gut, den ganzen Morgen hatte er schon Lust dazu gehabt.

»Bitte schön.« Blaser stieß die Holztür zum Estrich auf, ging voraus und fuchtelte mit dem aufgetrennten Kettenschloss vor Felix' Nase herum. »Hereinspaziert.« Er begann, eine Kommode unter dem Fenster wegzurücken, die mit einem weißen Laken abgedeckt war. Felix machte einen Schritt in den niedrigen, mit Möbeln vollgestellten Raum hinein und blieb abrupt stehen. Staub tanzte in der Sonne, die durchs Dachfenster fiel, wie feiner Stoff hing er in der Luft, war überall, füllte den ganzen Raum. Felix wich zurück. Trat dabei Carola auf den Fuß, die hinter ihm stand. »Aua«, sagte sie. Felix sagte nichts. Bewegte sich nicht, starrte nur in den staubigen Raum. Bekam plötzlich keine Luft mehr. Musste schneller atmen. Hörte jemanden husten, laut, immer lauter, musste sich die Ohren zuhalten, musste die Augen schließen. Wollte den Staub nicht sehen, die zugedeckten Möbel, das vergessene Gerümpel. Er stützte sich mit der Hand am Türrahmen ab, spürte dabei, dass sein Arm zitterte, seine Hand, seine Beine. Er presste die Lider fest aufeinander, drückte die geschlossenen Augen gegen die Armbeuge, um es noch dunkler zu haben. Der

Dachboden drehte sich, wollte ihn umwerfen, in den Staub, der überall war, überall, wollte ihm den Mund aufreißen, den Staub hineinstopfen, hinunter in die Lunge, bis kein Atemzug mehr möglich war. Er musste einatmen, tief und schnell, er bekam keine Luft.

»Sakrament, Felix, wir haben nicht den ganzen Tag Zeit«, hörte er Blaser feixen. »Zu viel Sonne abgekriegt oder was? Was ist denn los?« Er spürte, wie ihm auf die Schulter geklopft wurde. Hörte Carola seinen Namen sagen, hörte sie sagen: »Ich glaube, es geht ihm wirklich nicht gut, Chef. Sehen Sie nur, wie bleich er ist.«

Felix schlang die Arme um den Oberkörper, wollte, dass das Zittern aufhörte, wollte atmen können, wollte allein sein, woanders und allein.

»Du meine Güte, dann mach, dass du rauskommst, Felix«, sagte Blaser. »Los, mach ne Pause. So kann ich dich hier nicht gebrauchen. Hab ja gleich gesagt, dass du mehr der Verkehrsinseltyp bist. Sich hier wichtig machen, mir meinen Job erklären wollen und dann von dem bisschen Aufregung gleich kollabieren. Los, Carola, bringen Sie ihn raus, besorgen Sie ihm was für den labilen Blutzucker.«

Felix hörte Blaser weiterreden, konnte aber nicht verstehen, was er sagte, das Husten war zu laut, füllte seinen ganzen Kopf. Er spürte, wie er am Ellbogen mitgezogen wurde, weg vom Dach, weg vom Staub, spürte, wie der Boden unter seinen Füßen glatter wurde, dass er jetzt auf Kacheln ging, hörte eine Lifttüre auf- und wieder zugehen, spürte, wie er abwärts fuhr, wie das Licht auf den geschlossenen Lidern sich veränderte, wie der Lift zum Stehen kam.

»Komm«, hörte er Carola sagen. »Gleich sind wir draußen, gleich sind wir an der frischen Luft.« Felix schaffte es nicht, die Augen zu öffnen.

Carola führte ihn vorbei an der Menschenmenge, an den Rufern und Gaffern. Schritt für Schritt. Bis es leiser wurde. Bis sie in der Kühle eines Treppenhauses standen, dessen Geruch er kannte. Mit Carolas Hilfe setzte er sich auf eine der Treppenstufen. Legte sich die Hände über die Augen. Versuchte ruhig zu atmen. Hier war es gut. Hier, im Hintereingang zu Roswithas Café, fühlte er sich sicher.

»Ich hole dir eine Limo«, sagte Carola. »Okay?« Felix nickte, ohne die Hände vom Gesicht zu nehmen. Erst als sie ging, öffnete er die Augen. Durch die Ritzen zwischen seinen Fingern sah er die Tür zum Hinterhof und Carolas Hosenbeine, die Richtung Terrasse verschwanden. Seine Knie zitterten. Seine Zähne klapperten. Nur das Husten in seinem Kopf war ein bisschen leiser geworden.

Ernesto

Über dem Naviglio Grande kreisten die Möwen, ihr Gekreische war kaum zu hören, so laut waren die Touristen, die sich in den Trattorias und Cafés am Kanal tummelten. Ernesto schloss das Fenster. »Parassiti«, murmelte er, elendes Ungeziefer. Eigentlich hatte er schon zu Beginn der Woche weg sein wollen, in seinem Sommerhaus am Comersee, wo es vor jedem Fenster ruhig war. Unerträglich fand er Mailand im Mai. Aber der Kollektionsentwurf war nicht fertig, und er hatte das Studio seit vier Tagen nicht verlassen. Selbst im Morgenmantel war ihm heute zu warm, er zog ihn aus und warf ihn auf die Couch, ein Luftzug fuhr durch die Zeichnungen an der Wand, hundertachtundzwanzig Zeichnungen, fein säuberlich mit goldenen Stecknadeln in die blassgrüne Stofftapete geheftet. Ernesto mochte nicht hinschauen. Nicht schon wieder. Blind hätte er die Entwürfe nachzeichnen können, jedes Detail hatte er im Kopf. Etwas fehlte, das wusste er, etwas, das die Kollektion außergewöhnlich machte, etwas, das sie zusammenhielt, nur was, das wusste er nicht. Er ging über den kühlen Marmorboden, quer durch den Raum, auf die andere Seite des Studios, wo das große Fenster zum Hof offen stand. Hier war es besser. Für den Hof brauchte man einen Schlüssel. Einen Schlüssel bekam nur, wer hier wohnte, und wer hier wohnte, wusste die Stille als seltenes Luxusgut zu schätzen. Ernesto nahm den Flakon mit australischer Buschblütenessenz vom Sims. Kreativität versprach die Flüssigkeit, und Inspiration. Er streckte die Zunge heraus und träufelte sich mit der Pipette elf Tröpfchen in den Mund, schluckte und suchte dann den Hof nach einem Detail ab, das ihn auf eine Idee bringen würde, langsam, Zentimeter für Zentimeter: die hohen Jugendstilfenster, die blind waren vom hellen Licht um diese Zeit, fast metallisch wirkten sie. Dann die Petunien, die aus den Kästen quollen wie Karnevalsperücken. Hummeln, die sich um die Akazie tummelten in ihren Ganzjahrespelzen. Fuß- und Fahrradspuren im neu aufgeschütteten Kies. Das von Wind und Regen schuppig gewordene Blau der drei Bänke in der Mitte des Hofes. Das junge Pärchen aus dem dritten Stock, das sich immer identisch kleidete, heute in zwei scheußlich gelbe Rundhals-Shirts, deren Polyesterstoff er förmlich knistern hörte. Die Antennen auf den Dächern. Signora Rosettis Leinenservietten, mit Holzklammern an die blaue Wäscheleine geheftet. Die Kondenswasserspuren unter der Lüftung der Trattoria. Eine Katze, die halbherzig mit einer liegengebliebenen Sandwichverpackung spielte. All das sah Ernesto, und nichts davon half ihm weiter. Überhaupt, wo blieb der Kellner mit dem Spremuta, es war sicher eine halbe Stunde her, dass er unten in der Trattoria angerufen hatte. Hinunter würde er nicht gehen, auf gar keinen Fall. Er rief Tommaso an, seinen Assistenten, Spremuta solle er ihm besorgen und Schokoladensorbet aus der Manufaktur an der Porta Ticinese, gleich einen halben Liter, und nein, er sei nicht weitergekommen, nicht im Geringsten, eine Tragödie sei es, schlimmer als je zuvor.

Nackt, wie er war, setzte er sich auf die Rudermaschine und ruderte. Ruderte schonungslos vor und zurück, bis Tommaso klingelte, er sich mit dem Geschirrtuch schnell noch das Gesicht abtrocknete und missmutig wieder in den Morgenmantel schlüpfte. Tommaso gab sich alle Mühe, ihn aufzuheitern. »Bis jetzt haben Sie noch immer eine Lösung gefunden, Signore«, sagte er. »Sie werden auch diesmal nicht ohne Einfall bleiben.«

Ernesto leerte die Plastiktüte mit den Einkäufen, knüllte sie zusammen und warf sie gegen die Zeichnungen. Der gute Tommaso. Kein Unglück ließ er gelten. Munter sah er aus mit seinem gelben Hemd und den dunklen Locken, die um die Schläfen allmählich grau wurden. Selbst wenn er nicht lachte, schien es, als würde ihn etwas amüsieren. Die Kunden liebten ihn, keinen Termin nahm Ernesto wahr, ohne Tommaso mitzunehmen. Er hatte eine Zuversicht, die ansteckend war. Aber nicht einmal das funktionierte heute.

»Schicken Sie alle nach Hause«, sagte er. »Ich will niemandem begegnen, wenn ich gleich runtergehe, ich ertrage heute keine Frage mehr, keine einzige.«

Tommaso nickte. »Mit Verlaub, Signore«, sagte er, schon halb in der Tür. »Die begehrtesten Dinge findet man selten da, wo man sie sucht, nicht wahr? Vielleicht müssen Sie etwas tun, das Sie sonst nie tun würden. Möglicherweise sogar etwas, das Ihnen zuwider ist.«

Ernesto öffnete den Deckel der Sorbetverpackung. »Und was soll das sein?«

»Das wissen Sie mit Sicherheit besser als ich, Signore«, sagte Tommaso und zog die Tür hinter sich zu.

Ernesto ließ den Morgenmantel wieder auf den Boden fallen, nahm sich einen Löffel und stocherte im Sorbet herum. Er überlegte. Etwas, das ihm zuwider war. Sicher, er könnte hinuntergehen und sich zwischen die Touristen zwängen, eine schlechte Pizza essen, sich erkennen und fotografieren lassen, aber das war nichts, was nie vorkam, nichts, was er nicht schon erlebt hätte. »Che miseria«, murmelte er vor sich hin. Ihm war heiß und unwohl, er brauchte eine Aufheiterung. Er griff nach seinem Telefon, rief die Blumenexpress-Seite auf, scrollte durch die Angebote und entschied sich für den »Bacio di primavera«, einen Strauß aus Hortensien, Kornblumen, Pfingstrosen und irgendeinem Gras, das er nicht kannte. Und warum nicht gleich zwei, »Buona ventura« sah auch nicht übel aus, den bestellte er noch dazu. Ein paar Minuten lang fühlte er sich besser, im Wissen darum, dass die Blumen unterwegs waren zu ihm. Er leerte den Spremuta, aß die halbe Packung Sorbet, suchte sich Hemd und Hose heraus, zog sich an, kämmte die Haare nass hinter die Ohren, trug ein wenig Gesichtsöl auf, schluckte noch ein paar Tröpfchen Buschblütenessenz. Er nahm sein Telefon und ging die Wendeltreppe hinunter in den Arbeitsbereich. Tatsächlich, Tommaso hatte alle weggeschickt. Nur die große Standuhr tickte mahnend, und am Ende des Raumes zischte ein Bügeleisen alle paar Sekunden Dampf vor sich hin, jemand hatte vergessen, es auszustecken. Die Büsten mit den Roben und Mänteln standen kopflos und still zwischen den Arbeitstischen, eine Armee, die den Kampf um Aufmerksamkeit verlieren würde, wenn er nicht bald einen Einfall hatte. Seine Trübsal kam zurück, kurz nachdem die Blumen geliefert worden waren. Wie ein Fleck, den man ausgewaschen glaubt, der aber wieder zum Vorschein kommt, sobald der Stoff nachtrocknet. Ernesto füllte zwei Vasen mit Wasser, nahm die Sträuße aus dem Zellophan, stellte sie ein, platzierte die Vasen auf zwei verschiedenen Arbeitstischen, dann einen davon auf der Anrichte, beide auf dem Fenstersims, einen auf der Anrichte in der Kaffeeküche, beide wieder zurück auf dem Sims. »Che diavolo«, rief er aus und setzte sich auf die Pausencouch. Tief rutschte er in die Kissen hinein, alle Glieder streckte er von sich. Vielleicht sollte er noch einen Strauß bestellen. Ja, vielleicht war das eine gute Idee. Sein Blick fiel auf die Fernbedienung, die auf dem Beistelltisch aus Teakholz lag. Das Lämpchen unten am Flachbildschirm blinkte, blinkte ihn an. Seit über zwanzig Jahren hatte er nicht mehr ferngesehen, das Gerät hatte er eigens für seine Mitarbeitenden angeschafft, für jene, die bis spät in die Nacht blieben. Fernsehen, das war ihm zuwider. Ganz und gar. Er zögerte. »Perché no«, sagte er dann und nahm die Fernbedienung in die Hand, einen Versuch war es wert, elend fühlte er sich ohnehin. Es dauerte eine Weile, bis er dahinterkam, wie er von Programm zu Programm schalten konnte.

Winnie

Tolle Freistunde. Winnie hatte keine Lust mehr, das Handy über den Kopf zu halten. Sie hätte längst zu Hause sein können, den Wespen sei Dank. Stattdessen stand sie nun seit über zwanzig Minuten in dieser Menschenmenge und filmte. Ihr war flau von der Hitze, und die Wespenstiche neben ihrem linken Handgelenk pochten schmerzhaft. Den letzten Schluck Wasser hatte sie in der Chemiestunde getrunken. Sie drehte sich, so gut es ging, um Ausschau nach den anderen zu halten. Vor dem kleinen Laden hatte sich eine Schlange gebildet, aber Salome und die Jungs waren nicht zu sehen, offenbar hatten sie sich vorgedrängelt, Timo vermutlich allen voran. Chips und was zu trinken werde er besorgen, Zigaretten auch, hatte er geprahlt und Winnie beauftragt, mit seinem iPhone zu filmen, was in der Zwischenzeit passierte. Dafür hatte er ihr ein Eis versprochen, ein Winnetou-Eis, ihre Lieblingssorte. Also biss Winnie die Zähne zusammen und filmte. Auch wenn ihre Arme schmerzten, der Pony auf ihrer Stirn vom Schwitzen verklebt war und sie Hunger hatte. Sie stand ganz vorne an der Absperrung, immer wieder trat ihr jemand auf den Fuß oder rempelte sie an und verwackelte so das Bild. Manche sahen sie missbilligend an, andere filmten selbst, aber niemand hielt so lange durch wie Winnie. Nicht, dass sie stolz darauf gewesen wäre. Ihr war nicht wohl dabei. Die Frau auf dem Dach tat ihr leid, sie sah verzweifelt aus, raufte sich die Haare, vergrub manchmal den Kopf zwischen den Knien, bevor sie wieder aufbrauste und etwas vom Dach warf, einen Ziegel, ein Kleidungsstück oder ein Werkzeug. Winnie wusste, wie es war, wenn alle einen anstarrten, sich über einen lustig machten oder fieses Zeug brüllten, wenn man nur noch in Ruhe gelassen werden wollte. Winnie wusste auch, wie es war, auf einem Dach zu stehen, ganz vorne an der Kante, und hinunterzuschauen, sich vorzustellen, wie man flog, wie die Kleidung im Fallen flatterte, die Luft in den Ohren sauste, wie man unten aufprallte und alles vorbei war. Alles. Aber genau deshalb durfte sie nicht aufhören zu filmen. Ein Winnetou-Eis. Von Timo. Wenn sie seinen Auftrag gewissenhaft erfüllte, würde das vielleicht alles ändern. Vielleicht würde sie dann nie wieder auf ein Dach steigen wollen oder sich während der großen Pause im Klo einschließen. Ob die Frau auch Angst vor jemandem hatte? Ob sie sich ausgeschlossen fühlte? Eigentlich sah sie sehr hübsch aus, nicht wie jemand, den man hänselt, nicht wie jemand, mit dem man sich anlegt.

»Na, was haben wir verpasst?« Timo boxte sie von der Seite in den Oberarm, das Telefon glitt ihr aus der Hand. Nils, der hinter ihr stand, konnte es gerade noch auffangen.

»Ein paar fliegende Ziegel und eine Heckenschere«, sagte Winnie. »Wo sind die anderen?«

»Salome war's zu heiß hier vorne«, sagte Timo. »Wir haben hinten im Park was gegessen.« Seine Hände waren leer. Keine Tüte, nichts.

»Was ist mit meinem Winnetou-Eis«, fragte Winnie.

Timo schnappte sich sein Handy, hielt eine Hand vor den Mund und machte Indianergeräusche. »Gab's nicht mehr«, sagte er dann und grinste.

»Du hast es versprochen«, sagte Winnie.

Timo verdrehte die Augen. »Buhuu. Sei doch froh, ich hab dir voll den Gefallen getan, die Bikinisaison hat angefangen. Und heute ist Sport im Freibad. Bääääm.« Er hielt Nils die Hand hin für ein High five, der schlug verzögert ein und schaute dabei auf den Boden.

»Wir hatten eine Abmachung«, sagte Winnie.

»Winnie, Winnie, Winnie, sprengt jeden Bikini«, sang Timo und drehte sich von ihr weg.

Nils rempelte ihn an. »Alter, echt, mach mal die Kamera jetzt wieder an.« Timo zog die Nase hoch und hob sein Handy über den Kopf. Breitbeinig und überlegen stand er da, als hätte ihn jemand zum alleinigen Berichterstatter erkoren. Winnie spürte, wie ihr die Tränen in die Augen schossen. Wie hatte sie so dumm sein können.

»Hey, Speckie«, sagte Timo über die Schulter, ohne sie anzusehen. »Ruf doch mal was. Ruf mal, sie soll runterspringen oder so was, sonst geht das hier nie viral.«

Winnie presste die Lippen aufeinander. Die Zähne. Die Finger in den Fäusten.

»Alles muss man selber machen«, sagte Timo. »Spring doch endlich, du Pussy!«, rief er der Frau auf dem Dach zu. »Na los, spring runter!«

Zack. Mit einer gezielten Bewegung schlug Winnie Timo das Handy aus der Hand. Erschrocken über sich selbst wich sie noch in der Bewegung zurück. Zu spät. Das Telefon prallte auf den Asphalt. Knirschte. Ein Teil der Plastikschutzhülle sprang ab. Timo hob es auf, das Display war gesprungen. Es reagierte nicht mehr auf Berührung, Timo versuchte es mehrere Male, erfolglos. »Du blöde Schlampe, bist du bescheuert«, zischte er zwischen den Zähnen hindurch. Er zog seine Mundwinkel verächtlich nach unten, vermutlich hätte er ihr eine reingehauen, wenn nicht so viele Menschen um sie herum gestanden hätten. Winnie ging ein paar Schritte rückwärts und drehte sich dann ab. Sie wollte nicht, dass die beiden Jungs sie weinen sahen.

»Das wirst du bereuen, Speckratte«, rief Timo ihr hinterher. »Das wird dir noch leidtun, ich schwör's! Ich ersäuf dich eigenhändig, du Presswurst! Da hilft dir dein peinliches Superman-T-Shirt rein gar nichts!«

Winnies Herz pochte, als wäre sie einen Hügel hinaufgerannt. Sie hatte sich gegen Timo zur Wehr gesetzt. Gegen Timo! Sie stellte sich in die Schlange vor dem kleinen Laden und war umso froher, dass sie für heute vom Sportunterricht freigestellt war. In der Schlange ging es nur langsam voran, alle wollten sich verpflegen. Manche hatten sich auf dem Platz gemütlich eingerichtet, die Liegestühle von den Balkonen heruntergetragen, Badetücher und Picknickdecken ausgebreitet. Winnie schauderte beim Gedanken daran, dass jemand genüsslich an einem Eis schleckte, während sie sich vom Dach stürzte. Oder es sich zumindest überlegte. Das sind alles Leute, die in der Schule beliebt sind oder es mal waren, dachte Winnie. Leute, die nie allein sind. Oder solche, die sich durchs Zuschauen überlegen fühlen, ihre Kraft aus der Schwäche anderer heraus entwickeln, so wie Timo. Endlich war Winnie an der Reihe. Es überraschte sie nicht, dass in der Kühltruhe ein fast voller Karton mit Winnetou-Eis stand. Als sie das Wechselgeld entgegennahm, sah sie durch die Ladenscheibe, wie Timo, Nils und die anderen am Park vorbei Richtung Freibad gingen. Insgeheim hoffte sie, dass etwas geschehen würde, was die anderen verpassten, dass die Frau vom Dach kam oder es zu regnen begann und alle zusammenpackten, jedenfalls etwas, wofür sie die einzige Zeugin der Klasse wäre. Die Vorstellung, Timo ein pikantes oder grausiges Detail vorzuenthalten, erhöhte ihren Puls.

Unter einer der Platanen setzte sie sich auf eine Parkbank und öffnete ihr Eis. Bevor sie hineinbiss, hielt sie es an die Wespenstiche, das tat gut, das Pochen ließ nach. Die Frau lief noch immer auf dem Dach hin und her, das konnte Winnie zwischen den Zweigen hindurch sehen, Autos hupten, Hunde bellten, und ab und zu heulte die Sirene der Polizei auf. Winnie rieb die klebrigen Finger an der Hose ab und schaute sich nach einem Abfalleimer um. Da entdeckte sie hinter sich im Schatten eines Lorbeerbuschs Salome, die auf ihrem hellgelben Badetuch saß und den Kopf in den Armen vergraben hatte. Salome, die sich neuerdings mit Akzent auf dem e schrieb, einem langen, schwungvollen Strich, der wie eine Antenne an ihrem Namen befestigt war, um noch mehr Aufmerksamkeit zu empfangen. Wahrscheinlich hatte sie wieder Zoff mit Timo. Alle paar Tage trennten die beiden sich mit großem Tamtam und kamen dann ein paar Stunden später mit großem Tamtam wieder zusammen. Nicht mein Problem, dachte Winnie, soll sie doch heulen. Sie nahm den Zeichenblock aus dem Rucksack und begann, am neusten Comicstrip weiterzuarbeiten, in dem Lady xs und Captain Prolo mit vergifteten Hashtags aus ihren Handys auf Wonderwinnie schießen, die fast alle Ziffern des berüchtigten Whitepage-Codes zusammenhat, um das Internet endgültig abzuschalten. Winnie war so vertieft, dass sie kaum merkte, wie die Zeit verging.

Inzwischen brannte ihr die Sonne ins Gesicht und blendete, Winnie legte den Zeichenblock weg und schaute hoch. Die Frau hatte sich neben den Schornstein gesetzt, so viel konnte sie erkennen. Noch mehr Leute standen jetzt vor der Absperrung, und auf der Terrasse von Roswithas Café hatten alle ihre Stühle zum Spektakel hin ausgerichtet. Winnie schaute auf ihre Armbanduhr. Seit ein paar Tagen trug sie sie wieder, das Handy lag zu Hause in der Schreibtischschublade, sie wollte nicht mehr mitbekommen, was die anderen auf Facebook oder Instagram über sie schrieben, welche fiesen Fotomontagen sie verbreiteten. Über eine Stunde hatte sie am Comicstrip gearbeitet, sie war beinahe fertig. Sie rutschte ein Stück nach außen auf der Bank und setzte sich umgekehrt hin, um die Sonne nur noch im Nacken zu haben. Besser. In ihrem Rucksack kramte sie nach dem Braun für Lady xs' Sommersprossen. Sie hatte den Stift soeben aufs Blatt gesetzt, als sie sah, dass Salome noch immer auf ihrem Badetuch kauerte. Zumindest sah sie ihre Füße und den gelben Rand ihres Badetuchs. Winnie beugte sich etwas zur Seite, um sie besser in den Blick zu kriegen. Salome verzog das Gesicht, es sah aus, als hätte sie Schmerzen. Winnie zögerte, drehte den Sommersprossenstift in der Hand. Und wenn sie wirklich etwas hatte? Schließlich war sie von den Mädchen die Beste in Sport, das Freibad ließ sie sich bestimmt nicht freiwillig entgehen. Winnie beugte sich nochmals zur Seite. Atmete Salome seltsam, oder bildete sie sich das nur ein? Winnie legte den Zeichenblock ab und stand auf. Langsam ging sie hinüber, näherte sich Salome vorsichtig, wie man sich einem verletzten Tier nähert, von dem man nicht weiß, ob es plötzlich doch aufspringt und zubeißt.

»Alles okay bei dir?«

Salome blickte erschrocken zu ihr hoch, sie hatte sie nicht kommen hören. Ihre Wimperntusche war verschmiert und in schwarzen Schlieren auf ihren Wangen getrocknet. Sie wischte sich mit dem Handrücken über die Nase. »Kümmer dich um deinen eigenen Scheiß«, sagte sie.

Winnie zuckte mit den Schultern und machte kehrt. Sie hätte es sich ja denken können. Liebeskummer.

»Warte«, sagte Salome, »hast du vielleicht eine Schmerztablette? Ein Aspirin oder so was?«

Winnie blieb stehen. »Seit wann hilft Aspirin gegen Liebeskummer.«

»Was laberst du da. Wer sagt, dass ich Liebeskummer habe? Timo, der Arsch?«

»Also doch«, sagte Winnie.

»Quatsch.« Salome versuchte, sich die schwarzen Schlieren von den Wangen zu wischen. Es klappte nicht sehr gut. »Deswegen würde ich doch nicht stundenlang hier rumsitzen und heulen.«

Winnie verdrehte die Augen. »Natürlich nicht.«

»Also hast du jetzt oder hast du nicht?«

»Was?«

»Na, Schmerztabletten.«

Winnie machte ein paar Schritte auf Salome zu. »Nicht, wenn du mir nicht sagst, wofür.«

Hastig raffte Salome das Badetuch unter sich zusammen und wickelte sich darin ein, als hielte sie darunter etwas versteckt.

Winnie kauerte sich neben sie ins Gras. »Was hast du denn da?«

Salome umfasste das Badetuch noch ein wenig fester. »Das geht dich nichts an.«

»Bist du angegriffen worden, hat dich jemand verletzt?« Winnie gingen sofort alle möglichen Bilder durch den Kopf. Ein Mädchen, allein, im Park.

»Bullshit«, sagte Salome. »Doch nicht am helllichten Tag.«

»Was hast du denn dann?« Winnie begann an Salomes Badetuch zu zerren. »Jetzt lass los, ich will dir doch nur helfen, verdammt!«

Salome gab nach und ließ Winnie das Badetuch zurückschlagen. Ein großer, unförmiger Blutfleck hatte sich unter Salomes Hintern ins Badetuch gesogen.

»Meine ganzen Shorts sind voll«, schluchzte Salome. »Überall dieses Scheißblut, das war auf einmal da, einfach so. Und dann kamen diese Krämpfe dazu. Was soll denn das? Ich kann doch so hier nicht weg.«

Winnie ließ sich rückwärts ins Gras plumpsen.

»Du hast deine Tage bekommen«, sagte sie. »Na bravo, sag das doch gleich.«

Salome schaute sie ungläubig an. »Gibt das jetzt jedes Mal so eine Schweinerei? Und diese Krämpfe, ist das normal, dass man solche Krämpfe davon bekommt?«

Winnie beugte sich ungläubig vor. »Willst du mir sagen, dass du zum ersten Mal deine Tage hast?«

Salome nickte. Es war ihr sichtlich unangenehm. Alle anderen Mädchen in der Klasse hatten ihre Periode längst bekommen, und Salome war die Freundin von Timo, die einzige, die angeblich nicht mehr Jungfrau war. »Du sagst das doch nicht den anderen, oder? Ich meine, dass ich jetzt erst ...«

»Erst mal haben wir andere Probleme«, sagte Winnie. »Erst mal brauchst du einen Tampon und eine Schmerztablette, und dafür musst du aufstehen.«

Salome schüttelte den Kopf. »Niemals. Ich will nicht, dass mich so jemand sieht.«

»Ich geb dir mein Badetuch, darin kannst du dich einwickeln.«

»Lieber bleib ich hier«, sagte Salome. »Bevor ich mich in so einem peinlichen Superman-Badetuch blicken lasse.«

Winnie stand auf. »Deine Entscheidung«, sagte sie. »Nachts wird's hier recht kühl, und die Mücken sind auch ziemlich aggressiv.«

»Ist ja gut«, sagte Salome, »ist ja gut, ich nehm dein doofes Badetuch.«

Winnie ging zurück zur Bank, versteckte den Zeichenblock im Rucksack zwischen den Schulheften, nahm das Badetuch heraus und legte den Sommersprossenstift zurück ins Mäppchen. Die Frau auf dem Dach saß noch immer auf dem Schornstein. Fast sah es aus, als würde sie den Kopf schütteln über Winnies unbedachte Hilfsbereitschaft.

Theres

So hatte sie Werner seit Monaten nicht mehr gesehen. Seine Stimme war laut und vergnügt, wenn er mit der Kundschaft sprach, stolz stand er hinter der Kasse, zog nicht die Schultern ein wie sonst. Und jetzt, hinten im Lager, als sie gemeinsam eine Kiste Eistee aus dem Regal hoben, drückte er ihr einen Kuss auf die Wange, einfach so, aus dem Nichts. »Siehst du, Theres«, sagte er. »Ich habe es gewusst, irgendwann kommen die Leute zur Vernunft, das ist unsere Chance, wenn wir das heute gut machen, Theres, dann kommen sie auch morgen und übermorgen wieder.«

Theres nickte nur. Sie wollte ihm die Freude nicht nehmen. Zwar hatte sie ihm erzählt von der armen Nunu auf dem Dach, von dem Menschenauflauf, und dass die Leute auf der Straße hockten wie im Kino, dass das Fernsehen da war und Zeitungsreporter. Und dass das mit Sicherheit nicht lange so weitergehen werde. Aber Werner hatte nur abgewinkt. »Es wird sich herumsprechen, dass man bei uns gut bedient wird. Du wirst sehen.«

Als sie zurück in den Verkaufsraum kamen, stand ein Fernsehjournalist zwischen den Leuten, er ging mit einem Mikrophon herum und stellte Fragen, dicht gefolgt von einem Kameramann. Der Laden war brechend voll, in einem

Kinderwagen schrie ein Säugling, Telefone klingelten, Kunden rempelten sich gegenseitig an. Die Lücken in den Regalen wurden immer größer, die Limonade war fast ausgegangen, die Obstauslage hatte sich erfreulich geleert, und in der Kühltruhe war kaum noch ein Eis übrig. Ein junger Mann in Fahrradmontur trat an die Kasse, er sah blass aus, seine Hände zitterten, als er ein Päckchen Datteltomaten und eine Flasche Wasser auf dem Tresen abstellte. Vielleicht war ihm die Hitze nicht gut bekommen, oder er hatte eine zu lange Strecke auf dem Rad zurückgelegt.

»Alles in Ordnung mit Ihnen«, fragte Theres.

Der junge Mann suchte mit den Augen das Gestell hinter ihr ab. »Drehtabak, irgendeinen, und Filter noch, bitte«, sagte er. »Und haben Sie diese ganz dünnen Zigarettenblättchen? Die brauche ich auch, sie sind so dünn, dass man fast hindurchsehen kann.«

Theres drehte sich nach den gewünschten Artikeln um, dabei sah sie aus dem Augenwinkel, wie der Fernsehjournalist die grimmige Edna befragte, die neben der Tür stand und in dem Korb mit den heruntergesetzten Kosmetikartikeln wühlte, obwohl sie bestimmt nur zum Zigarettenkaufen hier war. Und zum Stänkern. »Mit so jemandem sollte man kurzen Prozess machen«, schimpfte sie ins Mikrophon. »Zum Glück habe ich heute Morgen die Polizei gerufen. Ziegel wirft sie vom Dach, haben Sie das gesehen? Das ist gemeingefährlich. In so einen Schlamassel zieht man nicht die halbe Stadt mit rein, das erledigt man wenn schon still und heimlich zu Hause. Erschießen sollte man so jemanden, jawoll, die will ja sowieso nicht mehr. Unsereins hätte sich geschämt, sich dermaßen aufzuführen, das kann ich Ihnen sagen. Als ich noch jung war, hatte ich keine Zeit für solchen Unsinn. Ich war dermaßen mit Überleben beschäftigt, dass Sterben nicht in Frage kam, verstehen Sie?« Sie sprach so laut, dass jeder im Laden sie hören konnte, und suchte in den Gesichtern der anderen nach Zustimmung. Die alte Edna. Wann immer sie in den Laden kam, schimpfte sie, über »die da oben« oder über die Nachbarn, selbst vom Wetter fühlte sie sich ungerecht behandelt.

Inzwischen hatte Theres die dünnen Blättchen gefunden, sie legte sie dem jungen Mann hin. Der Journalist steuerte nun die Kasse an und hielt auch Werner das Mikrophon unter die Nase. »Ihre Geschäfte scheinen ja ganz gut zu laufen«, sagte er.

Werner stützte die Hände in die Seiten. »Na ja, angeblich steht da ja eine, wie soll ich sagen, eine Verrückte auf dem Dach, und das ist natürlich tragisch«, sagte er. »Aber was soll man machen, ich versuche, das positiv zu sehen, so einen Umsatz hab ich mein Lebtag nicht gesehen, nicht mal bei der Fußballeuropameisterschaft.« Er lachte, wie man lacht, wenn man einen unverbindlichen Scherz gemacht hat, der niemandem weh tut.

Der Mann in Fahrradmontur hatte innegehalten, als Werner gesprochen hatte, und auch jetzt bewegte er sich nur sehr langsam. Die Frau hinter ihm klimperte bereits ungeduldig mit dem Kleingeld, das sie in der Hand hielt. Der junge Mann öffnete seinen Kurierrucksack, nahm einen Filzhut heraus und legte ihn auf die Theke, packte dann die Tomaten ein, den Tabak, die Blättchen, das Wasser, eins nach dem anderen, wie in Zeitlupe. Dann stützte er sich beidhändig auf dem Tresen auf, mit der einen Hand umklammerte er einen Zwanzig-Euro-Schein, mit der anderen die Krempe des Hutes, der nun offenbar keinen Platz mehr im Rucksack hatte. Er schnaufte und hielt den Kopf gesenkt, als wäre er eben eine Treppe hinaufgerannt. Er schaute Theres an, dann Werner, er hatte Tränen in den Augen. »Die Verrückten sind immer die anderen, nicht wahr«, murmelte er und drehte sich den Leuten zu, die hinter ihm in der Schlange standen. »Die Verrückten sind immer die anderen, oder?«, rief er, so laut, dass die Frau hinter ihm zurückwich. »Findet ihr das geil«, rief er, »findet ihr das geil, da draußen zu hocken und Sandwiches zu fressen und Eis und Kekse und euch überlegen zu fühlen und die Ärmel hochzukrempeln, damit ihr beim Gaffen schön braun werdet, he? Findet ihr das geil? Gibt euch das ein gutes Gefühl? Erbärmlich seid ihr, einfach nur erbärmlich!«

Die Kamera war ganz nah an ihm dran, der Journalist hielt ihm aufgeregt das Mikrophon hin. »Kennen Sie die Frau«, sagte er, »können Sie uns etwas über sie erzählen?«

Der junge Mann legte den Zwanziger hin, wischte sich mit dem Handrücken über die Augen, bückte sich nach seinem Rucksack und rempelte sich den Weg durch die Menge frei.

»Warten Sie«, rief der Journalist und hastete hinterher. »Warten Sie, erzählen Sie uns etwas über die Frau, he! Halt!«

Der junge Mann hob den Hut vors Gesicht und dann vor die Linse der Kamera. »Verschwindet«, sagte er, »haut ab, lasst mich in Ruhe.«

Er stolperte rückwärts über den Tretroller eines kleinen Jungen, entwischte dann aber nach draußen, den Hut ließ er am Objektiv der Kamera hängen. Jetzt rannten auch der Kameramann und der Journalist hinaus. Im Laden herrschte betretene Stille.

»Das wird man ja wohl noch sagen dürfen«, murmelte die grimmige Edna irgendwann. »Jetzt wollen sie einem schon den Mund verbieten, so weit ist es schon gekommen.«

Die Mutter mit dem Säugling hob die Schultern und nickte zustimmend, ein paar andere taten dasselbe.

»Der Nächste, bitte«, sagte Werner. »Der Nächste, bitte.«

Zwei Mädchen kamen zur Kasse, das eine war etwas kleiner und hatte ein Superman-T-Shirt an, das um den Bauch zu eng war, das andere erkannte Theres sofort, sein hübsches Gesicht war ihr in Erinnerung geblieben, nur trug es nun ein Superman-Badetuch um die Hüften. Ohne Theres oder Werner in die Augen zu schauen, legte das Mädchen mit den Sommersprossen eine Packung Tampons auf den Tresen.

»Drei neunundneunzig«, sagte Werner.

»Du meine Güte, ganz schön teuer.« Das Mädchen kramte einen Fünf-Euro-Schein hervor.

»Haben Sie vielleicht eine Toilette, die wir benutzen dürften«, fragte die Kleinere mit dem Superman-T-Shirt fast flüsternd. »Im Kaffeehaus müssten wir stundenlang anstehen.«

Theres verstand sofort. »Da durch die Tür und dann hinter dem Lager rechts«, sagte sie.

Die beiden bedankten sich und verschwanden nach hinten. Draußen schrie der Journalist seinen Kameramann an und versuchte vergeblich, den Filzhut in den Abfalleimer vor dem Ladeneingang zu stopfen. Schließlich drückte er ihn dem Kameramann in die Hand und machte eine ausladende Handbewegung, bevor er in der Menge verschwand. Auch der Kameramann versuchte daraufhin, den Hut in den Abfalleimer zu stopfen, ebenfalls erfolglos, da der Eimer zu voll und die Öffnung zu eng war. Verstohlen sah er sich um, ging zu einem Fahrrad, das an der Hausmauer lehnte, und legte den Hut in den Korb, dann rannte er dem Journalisten hinterher.

»Jetzt sind wir sogar im Fernsehen«, flüsterte Werner ihr ins Ohr. »Stell dir vor, was das für eine Werbung ist!«

Theres strich ihm über den Rücken. Allmählich begann sie sich zu fürchten vor dem Moment, in dem Nunu vom Dach kam und die Menge sich auflöste.

»Entschuldigung!« Jemand zupfte sie am Ärmel. Theres drehte sich um, das Mädchen mit dem Superman-T-Shirt stand hinter ihr. »Das ist ja krass«, sagte es. »Sie haben sie alle, die kompletten Serien, die Happy Hippos, die Tapsy Turtles und sogar die richtig alten Sachen, dieses Burgzeugs, Wahnsinn!« Die Kleine strahlte und bedeutete ihr mit der Hand, sich ein wenig zu ihr runterzubeugen. »Wenn ich Sie wäre«, flüsterte sie, »würde ich die Figuren nicht so offen herumstehen lassen, manche von denen sind ein Vermögen wert!«

Theres runzelte die Stirn. »Das ist doch nur Plastik«, sagte sie. »Spielzeug, sonst nichts.«

Das Mädchen schüttelte den Kopf. »Ich schwör's, manche dieser Figürchen werden für über tausend Euro gehandelt! Schauen Sie mal im Internet, da können Sie das alles nachlesen. Schade, dass Sie keine mit Fehlern haben, die sind am meisten wert.«

»Winnie, kommst du?« Das Mädchen mit dem Badetuch um die Hüften stand ungeduldig in der Tür.

»Schauen Sie nach«, sagte ihre Freundin im Umdrehen, »und schließen Sie die Tür ab!«

Theres nickte und winkte ihr hinterher. Sie dachte an die Box mit den Mängelexemplaren und daran, dass es irgendwo mal einen Schlüssel zum Klo gegeben hatte, nur wo sie den hingelegt hatte, wusste sie nicht mehr.

»Theres, bitte, das Bier, wir müssen dringend den Kühlschrank nachfüllen!« Werner stand bei einer Frau am Kinderwagen und half ihr, die Einkäufe in der Tasche zu verstauen.

»Ja«, sagte Theres. »Ja doch, ich komme.« Jetzt fiel es ihr wieder ein. Der Schlüssel war im Klo selbst, im Spiegelschrank.

Egon

Schon von weitem konnte er die Betonmischer hören. Die steifen Krangenicke bewegten sich noch immer über dem halbfertigen Grundstück. Elendes Maschinenorchester. Eine Zumutung war das für die alten Leute, von wegen friedliches Wohnen. Eine Schwade Mischgeruch aus Backfisch und Glasreiniger wehte Egon entgegen, als er die Altersresidenz über den Westflügel betrat. Durch die Fensterfront, auf der noch die Aufkleber der Herstellerfirma prangten, sah er ein halbes Dutzend Geschäftsleute über den frisch gesprossenen Rasen gehen. Vorsichtig setzten sie einen Fuß vor den andern, als hätten sie Angst, in etwas Ekliges zu treten. Manche drückten ein Klemmbrett gegen die Brust, andere fotografierten mit ihren Smartphones die Fassade, einer schoss ein Selfie von sich vor der Teppichstange, über der ein Fußabtreter aus grünem Plastik hing, ein Beweisfoto vom Besuch im Stadtranddschungel. Das war schon immer der Stadtrand hier, dachte Egon, die letzte Altbauzeile vor der Autobahn, aber erst seit ein paar Monaten fühlte es sich auch so an, wie ein Rand, an den man gedrängt wurde. Zuerst hatten die Geräusche sich verändert. Wenn ein Ort sich veränderte, veränderten sich zuerst die Geräusche. Wie die meisten Dinge, dachte Egon, kann man Veränderung hören, bevor man sie sieht.

Ein junger Pfleger kam den Flur entlang, seine Lippen rappten lautlos nach, was seine Kopfhörer abspielten. Als er Egon sah, nahm er die Kopfhörer ab und lächelte: »Gut, dass ich Sie treffe, Herr Moosbach«, sagte er. »Wir müssen über Ihre Mutter sprechen.«

»Was ist mit ihr«, sagte Egon, ohne die Geschäftsleute aus den Augen zu lassen.

»Das Gewehr«, sagte der Pfleger. »Sie kann es unmöglich behalten, sie erschreckt damit alle, es ist einfach zu gefährlich.«

Egon drehte sich zum Pfleger um. »Ich dachte, Sie hätten ihr die Patronen weggenommen. Was soll denn schon groß passieren?«

»Ich sage Ihnen, was passiert. Sie zieht damit um die Häuser. Heute Morgen erst hat sie Herrn Ribowskis Hund geklaut, unter dem Frühstückstisch weg, sie hat sich die Flinte umgeschnallt und ist mit dem armen Tier durchs Quartier gestiefelt.«

»Sie sind wieder nicht mit ihr in den Wald gefahren, nicht wahr«, sagte Egon. »Ich habe Ihnen doch gesagt, dass Sie mit ihr in den Wald fahren müssen, wenigstens zweimal die Woche, das ist wichtig für sie.«

Der Pfleger stopfte das Handy samt Kopfhörern in die Tasche seines Kittels. »Das steht doch hier überhaupt nicht zur Diskussion. Sie wissen genau, wie eingeschränkt unsere Kapazitäten zurzeit sind. Eine Anwohnerin hat vor ein paar Stunden die Polizei gerufen, weil Ihre Frau Mutter bei ihr im Garten hinter der Thujahecke gekauert hat, die Flinte im Anschlag. Sie können froh sein, dass man sie nicht in Untersuchungshaft genommen hat. So sieht es aus.«

»Wo ist sie jetzt«, fragte Egon.

»Auf ihrem Zimmer«, sagte der Pfleger. »Sie hat sich nicht vom Fleck gerührt, seit wir ihr das Gewehr abgenommen haben.«

Zusammengekauert saß Egons Mutter in der linken Ecke ihres gestreiften Biedermeiersofas, fertig angezogen für die Jagd, in Rock und Stiefeln, das weiße Haar streng im Nacken zusammengenommen, den grünen Wollhut auf den Knien, den er ihr zum Vierzigsten gemacht hatte.

»Walter, da bist du ja endlich«, sagte sie, als er das Zimmer betrat. »Glaubst du, die Wildschweine warten auf uns? Wir können froh sein, wenn wir noch einen mickrigen Hasen zu Gesicht bekommen. Du willst doch nicht etwa so in den Wald?« Sie deutete missbilligend auf Egons Kordhose und die Segeltuchschuhe.

»Mutter, ich bin's«, sagte Egon und setzte sich neben sie. »Walter wird nicht kommen, das weißt du doch.«

Seine Mutter schaute auf, ihre Fingerspitzen krallten sich in die Krempe des Huts auf ihren Knien, ihre kleinen wässrigen Augen fixierten ihn voller Wut.

»So ein Feigling«, sagte sie. »Lässt sie ihn mal wieder nicht gehen, diese spießige Schabracke. Steht er mal wieder zu Hause und spült Geschirr. Wie ein verfluchtes Zirkusäffchen lässt er sich halten von ihr. Es wird wirklich Zeit, dass ich ihn in den Wind schieße.«

»Mutter«, sagte Egon und legte eine Hand auf ihre knochige Schulter. »Walter ist tot. Er hatte einen Herzinfarkt, oben auf dem Hochsitz, weißt du noch?«

Sie zog ihre Schulter unter seiner Hand hervor. »Natürlich weiß ich das, mein Junge. Ich war ja dabei.« Sie ließ die Hutkrempe los und strich die Knitterfältchen darin glatt. »Du musst hungrig sein«, sagte sie. »Nimm dir die belegten Brote dort drüben, ich bin satt.«

Egon schaute hinüber zum Tisch, auf dem ein Teller mit Leberwurstbroten stand. Er wusste nicht, ob es an ihrer Demenz lag oder an ihrer unerschöpflich sadistischen Lust daran, ihm Fleischiges unter die Nase zu halten, dass sie ihm diese Brote anbot. »Mutter, du weißt doch, ich bin Vegetarier«, sagte er nur. »Wollen wir spazieren gehen?«

Seine Mutter legte den Hut auf den Beistelltisch und zog die Lippen kraus. »Das hast du nicht von mir, diese Zimperlichkeit«, sagte sie. »Du kommst ganz nach deinem Vater, dem hat auch der Feinsinn fürs Brachiale gefehlt. Von mir hast du nur die strammen Waden. Wenigstens das.«

Wie sehr er nach seinem Vater kam, konnte Egon nicht beurteilen, richtig kennengelernt hatte er ihn nie. Er kannte ihn nur von dem Familienfoto, das nun im Spiegelrahmen über dem Beistelltisch klemmte, schwarzweiß und an den Rändern eingerollt. Darauf sein Vater, gutaussehend zwar und mit verwegenem Blick, aber dennoch unsanft in der Bildmitte gehalten vom muskulösen Arm der Mutter, den sie um seine Schulter legte, als müsste sie verhindern, dass er seitlich aus dem Bild flüchtete. Im linken Arm hielt sie eine doppelläufige Schrotflinte, die in seltsamem Kontrast stand zu dem hellen Sommerkleid, das sie trug. Sein Vater hielt ihn, Egon, offenbar vom Fotografen dazu aufgefordert, mit beiden Händen zur Kamera hin, steif, als wäre ihm das Kind nicht geheuer. Die Eltern standen im kniehohen Herbstgras vor der alten Gartenlaube und rissen sich sichtlich zusammen. Lange gehalten hatte es zwischen den beiden nicht. Zögerlich und ungeschickt war der Vater beim Jagen wohl von Anfang an gewesen, aber dann hatte er in den Vogesen versehentlich eine trächtige Wildsau angeschossen. Daraufhin hatte er den Jagdschein verloren und mit dem Jagdschein die Frau. Bis heute bestand Egons Mutter darauf, Fräulein genannt zu werden, Fräulein Moosbach. Für andere Anreden stellte sie sich taub. Ihre späteren Liebhaber behandelte sie wie Beute. Vom neuen Aushilfsbäcker hatte sie gesprochen wie von einem besonders prächtigen Keiler, mit demselben lodernden Blick. Egon sah sie noch sehr genau vor sich, in Kleid und Stiefeln auf demselben grünen Biedermeiersofa, wie sie dasaß, in ihrer zum Jagdzimmer umfunktionierten Waschküche, inmitten ihrer ausgestopften Trophäen, und einen Eberkopf entfluste, für den kein Platz mehr war an der Wand, während die Wäsche in der Maschine schleuderte. Seine Mutter mochte in mancherlei Hinsicht an Grobheit schwer zu überbieten sein, aber er hatte sie stets für ihre Modernität und Stärke bewundert, für die Selbstverständlichkeit, mit der sie ihren Weg ging.

»Sie haben mir das Gewehr weggenommen«, sagte sie auf einmal. »Stell dir vor, sie denken, ich bin eine Gefährdung, so haben sie es gesagt, eine Gefährdung.«

Egon stand auf und rieb sich die Knie. »Ich werde zusehen, dass du es wiederbekommst. Nun komm, lass uns ein wenig rausgehen.«

Seine Mutter schlang die Arme um den Oberkörper und schüttelte den Kopf.

»Die eine Schwester hier, Angelika, sie gibt mir immer

einen Gutenachtkuss, wenn sie Dienst hat, das ist nett von ihr. Bei den anderen fühle ich mich immer wie ein unartiges Kind.«

Egon begann die Garderobe zu durchsuchen. »Wo ist dein Gehstock, Mutter«, sagte er. »Hast du ihn unten gelassen?« Inzwischen hatte seine Mutter den Fernseher angemacht, ohne Ton zappte sie durch die Programme. Egon setzte sich wieder zu ihr aufs Sofa. Sie beachtete ihn nicht mehr, stellte den Ton lauter. Von der Tochter irgendeines berühmten Sängers war die Rede, deren Schönheits-OP schiefgelaufen und deren Brustwarzen dabei abgestorben waren, die einzige Hoffnung, so die Einschätzung eines anderen Arztes, sei nun Eigengewebe vom Innenschenkel. Die Moderatorin bekundete nochmals ihr Mitgefühl, bevor live zu einer weiteren Tragödie geschaltet wurde. Erst nach ein paar Sekunden begriff Egon, dass die Kamera den Platz am Stadtpark zeigte, den Platz vor Roswithas Café. »Seit heute Morgen steht die offenbar suizidgefährdete Frau auf dem Dach, jegliche Versuche der Polizei, die gefährliche Ziegelwerferin zur Vernunft zu bringen, blieben bisher ohne Erfolg. Seit Stunden ist den Bewohnerinnen und Bewohnern der Zugang zum Haus verwehrt, die Altstadt versinkt zunehmend im Chaos. Die Identität der Frau ist bislang ungeklärt, die Polizei bittet um Hinweise«, sagte der Mann vor der Kamera mit dramatischer Stimme. »Die Bevölkerung vor Ort beobachtet die Überforderung der Behörden mit Fassungslosigkeit.«

Egon stupste seine Mutter an. »Das ist hier, das ist hier bei uns, am Stadtpark, direkt gegenüber von Roswitha.«

»Das weiß ich«, sagte seine Mutter, »ich habe schließlich

Augen im Kopf. Die Frau da, die ist nicht verrückt, ganz bestimmt nicht, die kenne ich. Die hat hier den Garten gemacht hinterm Haus. Alles hat sie gewusst, über die Aufzucht der Pflanzen und die Beschaffenheit der Böden, da kannst du weit suchen nach einem jungen Menschen, der so viel weiß über die Natur. Eine ganz nette Person ist das, und zäh, nicht so ein Stiletto-Frauchen, die kann anpacken, das hab ich sofort gesehen. In Neuseeland hat sie eigenhändig einen Luchs zur Strecke gebracht, darüber haben wir uns lange unterhalten.«

Inzwischen wurden alle möglichen Stadtbewohner ins Bild geschnitten, eine alte Frau, die der Meinung war, dass man so jemanden erschießen sollte, Werner, der Ladenbesitzer an der Ecke, den hatte Egon schon lange nicht mehr gesehen. Und dann erkannte er Finn, der nichts mit der Kamera zu tun haben wollte. Egon rutsche nach vorne auf die Sofakante. »Schau, Mutter«, sagte er. »Das ist einer meiner Hüte, da, den hab ich gemacht!« Er deutete auf den Hut, den Finn schützend vor die Kamera hielt, bevor das Bild schwarz wurde. Wenigstens war er ihm so für etwas nützlich. »Armer Kerl«, sagte Egon, »wahrscheinlich kennt er die Frau. Ist ein guter Junge, holt jeden Dienstag die Schweineaugen bei mir ab.«

»Die Leute sollten mehr rausgehen in die Natur«, sagte seine Mutter, »dann wären sie ausgeglichener, weil sie regelmäßig etwas erleben würden, dann müssten sie sich nicht zu solchen Mobs da zusammenrotten. Unerträglich.« Sie schaltete den Fernseher aus und legte die Fernbedienung weg. »Manuela Kühne heißt sie. Sag das der Polizei, vielleicht hilft es ihr ja.« Auf den Knien formte sie die Hände zu Fäusten. Angespannt, fast eingeschüchtert betrachtete sie das Doppelbett mit der geblümten Tagesdecke und den gelben Zierkissen, als wäre es ein wildes Tier, bereit zum Angriff.

»Ich will nicht in diesem verfluchten Bett sterben, Egon«, sagte sie, »oder vor dem Fernseher. Wir Moosbachs sterben nicht im Bett; zwar reden wir nicht viel, aber unsere Tode machen von sich reden, das war schon immer so und soll auch so bleiben; wir schlafen nicht einfach ein, uns muss man schon gewaltsam aus dem Leben reißen. Weißt du noch, Tante Sophia, die wurde von ihrem Dackel Siegfried erschossen. Nach einer erfolgreichen Treibjagd ist er auf ihre Winchester getreten, die sie am Boden hat rumliegen lassen. Der Schuss hat sie in den Bauch getroffen. Zack. Direkt neben dem Wild ist sie verblutet. Das ist ein Tod, verstehst du.«

Egon seufzte, dunkel erinnerte er sich, zumindest an die Beerdigung, an den Pfarrer, der erkältet gewesen war und nach jedem zweiten Satz hatte husten müssen, und an das Buffet hinterher, das fast ausschließlich aus Wildschwein in verschiedenen Variationen bestanden hatte. Inzwischen hatte er den Gehstock mit dem goldenen Eberkopf hinter dem Stuhl am Fenster entdeckt.

»Ein Grund mehr, spazieren zu gehen«, sagte er. »Wenn wir Glück haben, treffen wir im Wäldchen vor dem Autobahntunnel einen tollwütigen Fuchs.«

Seine Mutter erhob sich vom Sofa und setzte den Hut auf. »Mach du nur Witze über deine alte Mutter. Glaub mir, wenn du eines Tages in so einem Loch hockst und man mit dir spricht, als hättest du gerade eben gelernt, die Schnürsenkel zu binden, wirst du dir auch wünschen, es hätte dich früher erwischt.« Sie griff nach dem Stock und nahm sich eines der Leberwurstbrote vom Teller. »Nimm dir ruhig das andere«, sagte sie. »Du siehst hungrig aus.«

Beim Hinaustreten in den Flur packte sie ihn am Arm. »Wir müssen die Hasen gleich vor Ort ausnehmen«, sagte sie, »hast du das Messer?«

Finn

In Finns Schläfen pochte noch immer die Wut. Er presste den Kurierrucksack an die Brust und zwängte sich zwischen den Menschen hindurch zum Haus. Die junge rotgesichtige Polizistin winkte ihn zum Eingang. »Sie müssen oben in den Dachboden«, sagte sie. »Wir sind jetzt dort stationiert.« Finn drückte den Liftknopf, hörte, wie der Lift sich in Bewegung setzte, aber es ging ihm nicht schnell genug. Er hastete die Treppe hinauf, nahm zwei Stufen auf einmal. Manu. Gleich würde er sie von nahem sehen, gleich würde es ihr bessergehen, würde sie ihm vielleicht sogar sagen, was los war. Außer Puste kam er oben an, rannte über den Flur. Durch eine offene Tür erblickte er eine Polizistin, die auf einer Klappleiter stand, den Kopf durchs Dachfenster gestreckt, nur ihre Schultern und ihr blonder Zopf waren zu sehen, neben der Tür stand eine weitere Beamtin Wache. Ein bulliger Polizist, der im Raum offenbar das Kommando hatte, hob die Hand und versperrte ihm den Weg. »Immer langsam mit den jungen Pferden«, sagte er.

»Ich muss zu Manu«, sagte Finn. »Ihr Kollege hat mich einkaufen geschickt, ich soll ihr das alles hier bringen.« Hastig packte er seine Einkäufe aus dem Kurierrucksack, die Tomaten, den Tabak, das Wasser und die Blättchen. Der

Polizist umfasste mit den Händen seine Gürtelschnalle und baute sich breitbeinig vor ihm auf. »So weit kommt's noch«, sagte er. »Ich kann mir schon denken, wessen Idee das war.«

»Ich bin Manus Freund«, sagte Finn. »Sie haben meine Personalien, ich habe vorhin schon einmal mit ihr gesprochen, und da hat sie mich gebeten, diese Dinge hier für sie ...«

Der Polizist schüttelte den Kopf. »Wir sind doch kein verfluchter Cateringdienst. Schluss jetzt mit dem Kuschelkurs, das haben wir lange genug versucht. Wir ziehen jetzt andere Saiten auf.«

»Aber sie hat Durst«, sagte Finn. »Sie ist vollkommen erschöpft. Sie können sie doch nicht einfach verdursten lassen.«

Der Polizist reckte sein Kinn. »Wenn sie Durst hat, soll sie reinkommen, dann kriegt sie was zu trinken. Das ist der Deal.«

Finn schaute sich hilflos im Raum um. Die Frau neben der Tür vermied es, ihm in die Augen zu sehen. Finn hatte einen Kloß im Hals. Er schluckte, aber der Kloß ging nicht weg, er wurde nur größer. Finn fixierte die roten Äderchen auf der Nase des Polizisten, seinen schütteren Haaransatz, das Speckröllchen am Hals über dem Kragen. Am liebsten hätte er sich gegen ihn geworfen, wie man sich gegen eine verschlossene Tür wirft, Schulter voran und ohne Rücksicht. »Kann ich wenigstens mit ihr sprechen«, sagte Finn. »Sie wartet auf mich, ich habe versprochen, dass ich wiederkomme.«

Der Polizist schüttelte den Kopf. »Wie gesagt, wir haben die Strategie geändert.«

»Wie ist Ihr Name«, fragte Finn.

»Blaser«, sagte der Polizist. »Hauptkommissar Blaser.«

»Herr Blaser, Sie müssen mich zu ihr lassen. Sie braucht jetzt jemanden, dem sie vertraut.« Finn versuchte, an ihm vorbeizukommen.

Blaser streckte den Arm aus und hielt ihn zurück. »Wenn es beim ersten Mal nicht funktioniert hat, wird es auch beim zweiten Mal danebengehen«, sagte er.

»Aber ich muss mit ihr sprechen«, sagte Finn und versuchte es auf der anderen Seite erneut. »Sie muss wissen, dass ich sie nicht im Stich lasse. Lassen Sie mich durch.«

Blaser wehrte ihn wieder ab, schubste ihn zurück.

»Manu«, rief Finn. »Maaaaanuuuuu!«

Der Polizist machte ein Handzeichen, und ehe Finn sich versah, kam die Beamtin neben der Tür mit zwei schnellen Schritten auf ihn zu und drehte ihm den Arm auf den Rücken, der Tabak und das Wasser fielen ihm aus der Hand, ein stechender Schmerz durchfuhr seine Schulter. »Maaanu!«, rief Finn noch einmal. »Ich habe hier Wasser für dich, Manu!«

Er wehrte sich, aber die Beamtin drückte seinen Arm weiter nach oben, und der Schmerz in der Schulter war so heftig, dass Finn nachgab und verstummte. Wortlos brachte die Frau ihn in den Flur, mit dem Lift nach unten und hinaus auf den Platz, der Drehgriff ein Brecheisen, das seinen Widerstandswillen aus den Angeln hob. »Tut mir leid«, sagte die Beamtin leise, bevor sie die Haustür schloss. Finn bemerkte, dass er das Päckchen mit den Tomaten auf dem Weg nach unten so fest an die Brust gedrückt hatte, dass sie aufgeplatzt waren.

Ernesto

Er hatte keine Ahnung, wie viel Zeit vergangen war. Den Schluss eines Schwarzweißkrimis hatte er gesehen und eine Doku über den Nestbau von Haselmäusen, den zweiten Satz eines Tennisspiels und dreimal die Nachrichten, eine Kochshow und eine Dauerwerbesendung, fast hätte er angerufen, um eine elektrische Nagelfeile zu bestellen, wenn er nicht so unerträglich müde gewesen wäre und unfähig, sich zu bewegen. Das Sorbet hatte er längst aufgegessen, vier Espressi getrunken, sogar zwei Zigaretten hatte er geraucht, ein weiterer Blumenstrauß war geliefert worden, der noch in Zellophan auf der Anrichte lag, er hatte keinen Nerv gehabt, nach einer Vase zu suchen. Ernesto zappte immer weiter, auch in die fremdsprachigen Kanäle, in eine französische Talkshow und eine spanische Seifenoper, in die Wiederholung eines Pferderennens auf einem tschechischen Sportsender, das Pferd, das ihm am besten gefiel, ein Fuchs mit dunkler Mähne, wurde Zweitletzter, so viel bekam er noch mit. Bei einer deutschen Newssendung, in der es um eine Kaninchenzuchtschau ging, konnte er kaum noch die Augen offen halten. Die Fernbedienung glitt ihm aus den Händen, Ernesto zuckte und rieb sich die Augen. Als er sich bückte, um die Fernbedienung aufzuheben, hielt er wie vom Blitz getroffen inne und starrte auf den grauen Filzhut, den ein junger Mann in Fahrradmontur in die Kamera hielt. Ernesto sprang auf. »Stop«, rief er. »Fermo, anhalten!« Fieberhaft suchte er die Fernbedienung nach einer Taste ab, mit der das Bild anzuhalten wäre, aber er fand keine. Er kauerte vor den Fernseher, ganz nah. »Moosbach«, das war alles, was er von der Schrift innen im Hut erkennen konnte, bevor das Bild zurück ins Studio geschnitten wurde. »Porca miseria«, rief Ernesto aus, der Schweiß stand ihm auf der Stirn. Er lief einige Male vor dem Fernseher auf und ab, ohne genau zu wissen, was er als Nächstes tun sollte, dann klatschte er in die Hände. »Andiamo«, sagte er. »An die Arbeit, forza!« Zwischen den Sofakissen suchte er nach seinem Telefon, hastig wie ein Dieb, der noch nach Beute sucht, während die Hausbesitzer schon im Treppenhaus zu hören sind. Vor Aufregung entfiel ihm für ein paar Sekunden Tommasos Name. Quälend lang kamen ihm die Klingeltöne vor, bis dieser endlich ranging.

Tommaso hatte Licht gemacht und die Espressotassen in die Spüle geräumt, nun war er dabei, den Blumenstrauß vom Zellophan zu befreien. »Das wird nicht einfach, Signore«, sagte er. »Wissen Sie wenigstens, um welche Stadt es sich handelt, wo genau sich der Hut befindet?«

Ernesto schüttelte den Kopf. Er konnte noch immer nicht still stehen, hastete von einer Ecke des Raumes in die andere, öffnete alle Fenster. Drehte die Wasserhähne auf und wieder zu, als könne er ihnen die gewünschte Information entlocken. »Aber Sie hätten ihn sehen müssen, Tommaso, er ist perfekt, senza fronzoli, ganz ohne Schnickschnack, ein Traum, genau das, was der Kollektion gefehlt hat! Wer auch immer diesen Hut gemacht hat, ist ein Genie.«

»In Ordnung«, sagte Tommaso. »Dann werde ich versuchen, mit der Redaktion des Senders Kontakt aufzunehmen und mich so vorzuarbeiten.«

»Uns läuft die Zeit davon«, sagte Ernesto. »Bis morgen Abend müssen wir den Hut gefunden haben, sonst muss ich die Show nächste Woche absagen, basta.« Er schlug die Hand vor den Mund. »Tommaso«, sagte er fast tonlos, »was, wenn die Person längst tot ist, die den Hut gemacht hat, was, wenn ihn der junge Mann vom Trödler hatte oder aus Australien, von irgendeinem Schafhirten. Dio mio, meine Nerven, ich bin zu alt für solche Strapazen.«

»Sie haben gefunden, wonach Sie gesucht haben, Signore«, sagte Tommaso. »Nun werde ich suchen, was Sie gefunden haben. Lassen Sie das meine Sorge sein, es wird sich schon alles fügen.«

Ernesto nickte. »Packen Sie bitte auch meinen Koffer«, sagte er. »Wo immer die Reise hingeht, ich werde Sie begleiten. Hier werde ich ja doch nur verrückt.«

Felix

Er wusste nicht, wie lange er schon auf der Bettkante saß, das Kissen auf den Knien, das er hatte aufschütteln wollen, in der Hand das Colaglas, dessen Inhalt längst warm geworden war. Wie ein Patient kam er sich vor, der die Einnahme des Medikaments verweigert und ängstlich auf die Diagnose des Facharztes wartet. All seine Energie verwendete er darauf, keines der Bilder in seinem Kopf scharf werden zu lassen. Er versuchte, sich auf das zu konzentrieren, was ihn umgab, das, was da war, was er sah. Die braune Flüssigkeit im Glas bebte, schlug winzige Wellen an den Glasrand, die sich dort brachen, wenn irgendwo im Haus eine Tür ins Schloss fiel oder jemand forsch auftrat im Stockwerk über ihm. Auf dem Nachttisch lag der Schlüssel, den Carola ihm gebracht hatte, ein kleiner Zimmertürschlüssel mit sehr großem Messinganhänger, in den eine 2 eingraviert war. Felix wusste, dass Roswitha drei Gästezimmer anbot, aber er hatte nie eines von innen gesehen. Der Raum war angenehm groß und ging nach hinten auf den Innenhof. Am Fenster ein Ohrensessel aus hellgrünem Samt, passend zu den Vorhängen, ein Beistelltischchen, auf dem eine Flasche Wasser stand. Neben der Tür eine Kommode mit Marmorabdeckung, darauf eine Schale mit Früchten aus Porzellan und eine Vase mit Trockenblumen. Über der Kommode ein Spiegel mit schlichtem Goldrahmen. Links vom Fenster ein schmaler Holzschrank. Felix fragte sich, ob es tatsächlich Menschen gab, die hier in Thalbach Urlaub machten, Menschen, die so viele Kleider mitbrachten, dass sie einen Schrank dafür brauchten. Er fuhr mit dem Finger über die blauen Blümchen auf dem Kopfkissenbezug. Das alles hier erinnerte ihn an das Haus seiner Großmutter. Die Trockenblumen, der Samt, das weiße Bettgestell aus Eisen. Was hätte er gegeben in diesem Moment für eine Tasse Großmutterkakao und einen Butterkeks, für den Großmuttersatz: »Morgen sieht die Welt schon wieder ganz anders aus.« Felix stellte das Colaglas auf den Nachttisch, schüttelte das Kissen und legte es zurück aufs Bett. Er fröstelte und schob den Ärmel seines Hemds hoch. Die Härchen an seinem Arm waren aufgestellt. Vielleicht ein wenig das Fenster aufmachen, draußen war die Luft bestimmt wärmer als hier drin. Er stand auf. Die breiten Dielen knarrten unter seinen Füßen. In den Ritzen zwischen den Brettern hatte sich dunkler Staub gesammelt. Nicht hinsehen. Weitergehen. Den Fenstergriff drehen, den Kopf hinaushalten in die warme Luft. Atmen. Nicht die Bilder im Kopf ansehen. Felix stützte sich mit beiden Händen auf dem Fenstersims ab. Im Innenhof roch es nach Flieder, er hörte Geschirrgeklapper und das Miauen einer Katze, etwas weiter weg die Polizeisirenen. Das Lachen zweier Kinder schallte die Hausmauern entlang. Felix drehte den Kopf in die Richtung, aus dem das Lachen kam. Auf dem kleinen Stück Rasen vor dem gegenüberliegenden Haus stand ein Trampolin. Zwei Jungs sprangen darauf in die Höhe, jauchzten vergnügt, stießen sich mit den Füßen ab, drehten sich in der Luft, wollten noch höher springen, trieben sich gegenseitig an. Felix krallte sich an den Fenstersims. Reflexartig schloss er die Augen. Er hatte nicht aufgepasst, hatte einen winzigen Moment lang nicht aufgepasst, und jetzt wurden alle Bilder scharf in seinem Kopf, das Muster des Sofas, seine Struktur, die einzelnen Staubkörnchen, die sich im Licht drehten, vier kleine Füße in schmutzigen Schuhen, eine Sammlung von Porzellankatzen im Setzkasten an der Wand, dick mit Staub überzogen, und auch der Lautstärkepegel schwoll jetzt an, das Lachen, das Husten, das Quietschen der Sofafederung, wenn die Turnschuhe aufs Polster trafen. Die Spannkraft des Trampolins übertrug sich auf ihn, schüttelte ihn durch, machte seine Knie weich. Er kehrte dem Innenhof den Rücken zu. Schloss das Fenster. Aber es half nichts. Alles war wieder da, gestochen scharf. Schon seit Wochen lauerten die Bilder verschwommen überall. In den Ritzen des Parketts, in fremden Dachböden und Hinterhöfen, sogar in Moniques Bauch, in jedem Satz lauerten sie, in jedem wachen Moment, nirgends war er mehr sicher vor ihnen. Das alte Haus, das riesige gelbgrün gestreifte Sofa, Sonne, die durch schmutzige Scheiben fiel, vergilbte Laken über nutzlos gewordenen Möbeln. Und Iggy. Iggys rotes Bubengesicht, seine in die Höhe gestreckten Arme, die Kette mit dem silbernen Dinosaurier, die beim Aufundabhüpfen klimperte. Felix rieb sich die Augen, fester, als könnte er die Bilder von den Pupillen reiben. Er wollte nichts mehr sehen, nichts mehr denken. Mit der flachen Hand schlug er sich auf die Stirn, dann mit der Faust, noch nicht fest genug. Er klammerte sich am Bettgestell fest und schlug den Kopf gegen die Wand, gegen die Augen im

Holz, die ihn ansahen, seit Stunden teilnahmslos jede seiner Bewegungen verfolgten. Zweimal schlug er den Kopf gegen die Vertäfelung, und noch ein drittes Mal. Das tat gut. Angenehm schummrig wurde ihm davon. Angenehm stechend war der Schmerz auf seiner Stirn. Die Bilder verwackelten und wurden unscharf, das alte Haus zerfiel, endlich, Iggys Gesicht verlor an Kontur. Noch mal. Fester. So war es gut.

»Um Himmels willen, Felix, was machst du da? Hör auf!«

Eine Hand griff nach ihm, zerrte ihn am Oberarm, zerrte ihn aufs Bett, jemand setzte sich neben ihn. Roswitha schaute ihn an, sie sah besorgt aus, nahm seine Hände in ihre. Alles drehte sich, das Zimmer, die Bilder in seinem Kopf.

»Es ist das Einzige, was hilft«, sagte Felix.

Roswitha drückte seine Hände. »Wogegen denn, Felix, was redest du da?« Sie strich ihm über den Rücken. Das fühlte sich gut an. Warm und richtig, Großmutterhände, dachte Felix, das Zimmer drehte sich langsamer. »Die Bilder«, sagte er benommen, »sie gehen weg davon.«

Roswitha tupfte ihm die Stirn mit etwas ab, mit einem Taschentuch oder dem Ärmel ihrer Bluse, mit irgendetwas aus Stoff.

»Du blutest«, sagte sie. »Was ist bloß in dich gefahren? Was denn für Bilder?«

»Iggy«, sagte Felix. »Das ist alles wegen Iggy.«

Roswitha strich weiter mit der Hand über seinen Rücken. »Wer ist Iggy?«, fragte sie.

Felix griff nach der Cola auf dem Nachttisch und trank sie in wenigen Schlucken aus, sie hatte kaum noch Kohlensäure. Er hatte das alles nie jemandem erzählt. Seinen Eltern nicht, keinem Schulkameraden, keiner Frau, mit der er je zusammen gewesen war, niemandem, ja sogar vor sich selbst hatte er es über Jahre geheim gehalten, es in sich hineingeschwiegen. Bis Moniques Bauch größer geworden war. Bis er diese Fortbildung besucht hatte, nach seiner Kindheit gefragt worden war, immer und immer wieder, und plötzlich von allen Seiten an diesem Schweigen gezerrt wurde, das er, ohne es zu merken, wie ein schützendes Laken über die Bilder in seinem Kopf gelegt hatte, bis er sie selbst fast vergessen hatte. Aber jetzt, in seiner Müdigkeit und mit Roswithas Hand auf dem Rücken, die auf und ab strich, auf und ab, überkam ihn plötzlich das Bedürfnis zu reden, fast so, wie man in einem staubigen Raum das Bedürfnis hat, ein Fenster zu öffnen.

»Iggy war ein feiner Kerl«, sagte Felix. »Mein bester Freund.« Er stellte das leere Glas auf den Nachttisch. Irgendwie hatte er das Gefühl, beide Hände frei haben zu müssen, um weitersprechen zu können. »Eigentlich hieß er Ignazius. Aber welcher elfjährige Junge will schon Ignazius heißen.« Mit einem Räuspern ermutigte er seine dünn gewordene Stimme und begann zu erzählen. Er erzählte Roswitha alles. Alles über Iggy und das Brombeerhaus.

Iggy, das war Felix' Idee gewesen. Den Namen hatte er von einer Schallplatte seines Vaters, und Iggy war damit sofort einverstanden. Niemand hieß so, das war etwas Spezielles, allein schon das Y. Fast jeden freien Nachmittag verbrachten sie zusammen, meistens bei Iggy. Bei Iggy war es toll, er hatte alles, was man sich wünschen konnte, ein Kletterzimmer und einen Fernsehraum, eine eigene Werkstatt im

Keller und ein Indianerzelt im Zimmer, Comics, ferngesteuerte Autos, Wasserpistolen und eine Modelleisenbahn, sogar ein Nachtsichtgerät hatte er, mit dem man nachts vom Fenstersims aus die Igel im Garten beobachten konnte und die Vögel in den Bäumen. Einmal hatten sie ein Wildschwein aus dem Pool trinken sehen. Über Iggys Bett klebten kleine Sterne, die im Dunkeln leuchteten, und Iggy kannte alle Sternbilder auswendig, die Cassiopeia, den Drachen, Orion und den Großen Bären, alle hatte er ihm erklärt. Felix schlief gerne bei Iggy, in dem großen Haus am Waldrand. Seine Eltern hatten nicht so viel Geld, sie wohnten unten im Dorf in einer Wohnung mit Blick auf den Supermarkt. Aber Felix durfte oft bei Iggy übernachten, immer wenn seine Mutter abends arbeitete an der Kinokasse und sein Vater Nachtschicht hatte in der Druckerei. Außerdem mochte Iggys Mutter es nicht, wenn er auswärts schlief, sie hatte den Notfallspray, und sie wollte da sein, wenn Iggy einen Anfall hatte. Deshalb auch das Kletterzimmer und die Werkstatt. Iggys Eltern ließen ihn kaum draußen spielen, weil seine Bronchien so empfindlich waren. Iggy hatte Asthma, aber niemand nahm je dieses Wort in den Mund. Felix wusste es nur von der Aufschrift auf dem Inhalator, den Iggy manchmal an den Mund setzte, wenn sein Atem zu pfeifen begann. Eigentlich durfte er nur raus, wenn es regnete, manchmal auch, wenn es schneite, er durfte nicht rennen und nicht radfahren, nicht schwimmen und nicht am Sportunterricht teilnehmen. Wenn es neblig war, war es am schlimmsten, oder wenn der Blütenstaub im Frühling alles gelb färbte, dann schloss Iggys Mutter manchmal die Tür ab und versteckte den Schlüssel. Aber Iggy hielt sich nicht an die Verbote. Sie verbrachten viel Zeit draußen, vor allem nachts. Mit den Seilen aus dem Kletterzimmer stiegen sie über den Balkon vor Iggys Zimmer in den Garten, streiften dann durch den Wald, holten sich manchmal an der Tankstelle weiter unten ein Eis oder Limonade. Iggy hatte einen Walkman, mit dem sie Pink Floyd hören konnten und Led Zeppelin, sie sangen alle Texte mit, obwohl sie kaum ein Wort verstanden, und wenn sich die Scheinwerfer eines Autos näherten, versuchten sie zu erraten, was für eine Marke es war. Iggy war verdammt gut darin, ganz selten nur lag er falsch. Er wollte Fernfahrer werden, wenn er mit der Schule fertig war, herrlich stellte er sich das vor, im Lastwagen zu sitzen, Musik zu hören und tagelang in anderen Ländern unterwegs zu sein. Auf seinem Nachttisch stand der Wackeldinosaurier, den Felix ihm zum zehnten Geburtstag geschenkt hatte, ein Triceratops, den wollte er in die Fahrerkabine seines ersten eigenen Lastwagens stellen, vorne aufs Armaturenbrett. Felix konnte sich das damals kaum vorstellen, aber Iggy beneidete ihn um seine gesunden Bronchien und die Wanderwochenenden im Schwarzwald mit den Eltern, diese elende Latscherei, die Felix so hasste. Iggy hatte manchmal große Langeweile. Wahrscheinlich war er deshalb auf die Idee mit dem Brombeerhaus gekommen. Sie nannten das Haus so, weil es seit Ewigkeiten leer stand und außen komplett von Brombeeren überwuchert war. Es stand am Ortsausgang im Wald, nicht weit von der Tankstelle entfernt. In der Schule ging das Gerücht, dass es darin spuke, manche erzählten auch, ein verwunschener Schatz sei dort versteckt, aber niemand hatte es je betreten. Auch die Eltern wussten nicht, wer darin gewohnt hatte oder wem es gehörte. Die Fenster waren mit dicken Läden von innen verschlossen, die Tür mit drei unterschiedlichen Schlössern verriegelt. Das Haus beschäftigte Iggy, oft malte er sich aus, was in den verborgenen Zimmern sein mochte, was für ein Geheimnis sie den anderen Kindern voraushaben würden, wenn es ihnen gelänge einzubrechen. »Und wenn wir den Schatz finden«, hatte er gesagt, »kommen wir in die Zeitung und ins Fernsehen!« An einem Dienstagnachmittag tauchte Iggy dann plötzlich bei der Einfahrt zum Sportplatz auf, wo Felix jede Woche Fußball spielte. Hinter einem Haselbusch stand er und pfiff nach ihm, als er mit dem Fahrrad an ihm vorbeifuhr, auf dem Weg zum Training. Iggy wollte nicht gesehen werden. In seiner Hosentasche hatte er ein Etui mit Instrumenten, die Felix an den Besuch beim Zahnarzt erinnerten. »Dietriche«, sagte Iggy. »Hab ich über den Detektivkatalog bestellt. Damit kommen wir endlich rein ins Brombeerhaus. Das sind alles Buntbartschlösser, ich hab nachgesehen!« Felix wusste damals nicht, was Buntbartschlösser waren, und hatte noch nie einen Dietrich aus der Nähe gesehen, aber es wunderte ihn nicht, dass Iggy das wusste, Iggy war ein wandelndes Lexikon. Und wenn er sich etwas in den Kopf gesetzt hatte, fand er einen Weg. Seine Mutter hatte Iggy glauben gemacht, er schaue sich im Kinozimmer die *Star-Wars*-Trilogie an, extra laut hatte er den Ton gestellt und sich ein Tablett mit Essen und Trinken von ihr zusammenstellen lassen, damit sie nicht auf die Idee kam, ihm etwas zu bringen. Übers Fenster war er getürmt, aus dem zweiten Stock, die Dachrinne entlang. Iggy strahlte dermaßen, dass Felix es nicht übers Herz brachte, ihm dieses

Abenteuer abzuschlagen. Also fuhren sie zu dem Haus, Iggy auf Felix' Gepäckträger, er hatte ja kein eigenes Fahrrad. Aufgeregt trommelte er mit seinen Handflächen auf Felix' Rücken.

Auf dem Weg zum Haus roch es nach feuchter Erde und den Wiesenblumen, die im Schatten nur langsam trockneten. Beide ernteten sie eine Handvoll Walderdbeeren, die sie verputzt hatten, noch ehe sie die Eingangstür erreichten. Iggy hatte die Heckenschere seines Vaters mitgebracht und schnitt entschlossen den Weg durch die Brombeeren frei. »Vielleicht finden wir eine Truhe mit Geld«, flüsterte er, als sie vor der Tür standen. »Oder ein Skelett!« Er musste einige der Dietriche ausprobieren, dann gelang es ihm, zwei der Schlösser zu öffnen, kurz darauf gab auch das dritte nach. Das Herz klopfte Felix bis in den Hals, als sie gemeinsam die Tür aufstießen. Iggy zog eine Taschenlampe aus dem Rucksack und leuchtete in den Flur, ein paar Spinnen flüchteten sich in die Ritzen der Steinmauer. Sie betraten einen großen Raum, der einmal das Wohnzimmer gewesen sein musste. Iggy öffnete die Fensterläden, so gut es ging, und schnitt mit der Heckenschere Löcher in die Brombeerhecke, um etwas Tageslicht ins Zimmer zu lassen. Jemand hatte offenbar zurückkommen wollen und deshalb die Möbel verhüllt. Vorsichtig deckten sie eins ums andere ab: einen mit Schnitzereien versehenen Sekretär, in dem noch der Schlüssel steckte, eine stehengebliebene Standuhr, deren Kupferpendel grün angelaufen war, einen Setzkasten mit verstaubten Keramikkatzen, eine Vitrine mit Sektgläsern und geblümtem Kaffeegeschirr, einen Esstisch mit rot gepolsterten Stühlen und einen Servierwagen, in dem noch eine Flasche Rum stand. Iggy zog mit den Zähnen den morschen Korken aus dem Flaschenhals und nahm einen kräftigen Schluck, verzog das Gesicht, hustete, spuckte die Hälfte wieder aus und streckte Felix die Flasche hin. »Ganz schön stark, das Zeug«, sagte er. »Aber lecker, probier mal.« Felix nahm einen großen Schluck, der grässlich schmeckte, wie heißes Wasser brannte sich der Alkohol in seine Speiseröhre, aber er ließ sich nichts anmerken. Iggy machte sich inzwischen daran, das Sofa in der Mitte des Zimmers abzudecken. Der ganze Raum war voller Staub, Iggy hustete und zog sich den Halssaum des T-Shirts über die Nase.

»Das müssen reiche Leute gewesen sein, die hier gewohnt haben«, sagte Felix und tastete den Hohlraum im Innern der Standuhr ab. »Meine Oma hat auch so eine Uhr, die ist nur halb so groß, und ich darf sie nicht anfassen. Oma sagt, das sei ein Erbstück und ein Vermögen wert.«

Iggy nickte und begann, die Schubladen des Sekretärs zu öffnen. »Vielleicht finden wir alte Goldmünzen«, sagte er, »oder Diamanten. Irgendetwas ist hier sicher noch versteckt!«

Felix stocherte erfolglos im Kamin herum, nichts als Asche kam ihm entgegen, also begann er die Küche abzusuchen. Aber die Schubladen waren leer bis auf zwei silberne Buttermesser, die Schränke auch, nur ein Fässchen mit Salz stand noch da, in das er mit beiden Händen hineingriff, und eine Pfeffermühle aus Holz, deren Drehkopf verrostet war. Felix schraubte sie auseinander, fand darin aber nur ein paar wenige verschrumpelte Pfefferkörner. Die Fensterscheiben waren vom Wetter trüb geworden, durch einen Riss im Glas hatte sich ein Efeustrang verirrt, der nun das Waschbecken entlangwuchs, Kellerasseln krochen über den blaugemusterten Kachelboden. Eine schmale Treppe führte ins Obergeschoss, helle Rechtecke an der Wand bewiesen, dass hier einmal Bilder gehangen hatten, Familienfotos vielleicht. Die vier Zimmer im oberen Stock waren leer, keine Betten, keine Möbel, nichts. Iggy rief aus dem Wohnzimmer nach ihm, als Felix gerade dabei war, die losen Bodenfliesen im Badezimmer umzudrehen, und nichts als Käfer darunter fand. Ein bisschen enttäuscht dachte er, dass Iggy wohl zuerst fündig geworden war, und ging wieder runter.

»Wer höher kann, bekommt die Schatztruhe«, sagte Iggy, der auf dem Sofa auf- und absprang. »Die Federung ist der Hammer. Besser als jedes Trampolin!«

Felix stieg aufs Polster und hüpfte mit Iggy um die Wette, immer noch ein bisschen höher, dann mit Drehung in der Luft. »Kannst du das auch«, sagte Felix. »Na, Iggy, kannst du das?« Iggy drehte sich, einmal, zweimal, dann hüpfte er nicht mehr so hoch. Er keuchte, begann zu husten, sein Atem klang wie die Trillerpfeife des Fußballtrainers, nachdem sie in den Ententeich gefallen war, mehrstimmig und pfeifend. Iggy hüpfte noch ein klein wenig weiter, setzte sich dann aber auf die Sofakante und rang nach Luft. Felix wusste, was das bedeutete, auch wenn er es nur wenige Male miterlebt hatte. Iggy hatte einen Anfall, er brauchte seinen Spray.

»Wo hast du deinen Spray, Iggy«, sagte Felix. »wir brauchen deinen Spray!«

Iggy klammerte sich an seinen Arm. »Ich krieg keine Luft mehr, der Staub, der verdammte Staub.«

Felix nahm Iggy huckepack und brachte ihn raus, durch

den dunklen Flur vor die Tür, Iggy keuchte, seine Stirn war feucht, die Wangen ganz rot. »Wo hast du deinen Spray, Iggy«, sagte Felix.

»Rucksack«, stieß Iggy hervor und wollte Felix kaum loslassen, als dieser ins Haus zurückstolperte. Neben dem Servierwagen fand er Iggys Rucksack, schüttete den Inhalt auf den Holzboden, noch eine Taschenlampe, eine Packung Gummibärchen, Taschentücher, ein Spiderman-Comic, zwei Wasserpistolen, einen Schraubenzieher, zwei Feuerzeuge, Kaugummis, ein Federmäppchen, ein Taschenmesser und Iggys Geldbeutel, aber keinen Spray, auch nicht in der Außentasche. Felix' Hände zitterten. »Was soll ich tun«, murmelte er vor sich hin, »was soll ich bloß tun?« Er rannte zurück zu Iggy, der sich auf dem Steinboden vor der Tür ganz seltsam verbog, er suchte seine Hosentaschen ab, seinen Pullover, nichts. »Ich kann den Spray nicht finden, Iggy, er ist nicht da«, sagte er.

»Zu Hause«, sagte Iggy. »Kinozimmer.« Er riss die Augen auf und den Mund, klammerte sich an Felix fest. Felix wollte zum Fahrrad, wollte so schnell wie möglich zu Iggy nach Hause fahren oder zur Tankstelle, irgendjemandem Bescheid sagen, Iggys Spray holen. »Lass los, Iggy, ich muss deinen Spray holen, ich muss los und ihn holen.«

Iggy keuchte jetzt nicht mehr, das Pfeifen war leiser geworden, sein Griff um Felix' Arm etwas lockerer, vielleicht wird es jetzt besser, dachte Felix, vielleicht ist der Anfall jetzt vorbei. Er stand auf, Iggy sank vornüber, lag jetzt mit der Wange auf den Steinplatten, bewegte sich nicht mehr. Gar nicht mehr. Felix legte eine Hand auf seinen Rücken. »Hey, Iggy«, sagte er. »Iggy!« Aber Iggy atmete nicht mehr.

Felix fühlte mit zwei Fingern seinen Puls, wie er es in Iggys Detektivfilmen gesehen hatte. Nichts. Er drückte fester, da musste doch ein Puls sein, er musste doch Iggys Herzschlag spüren, es konnte doch nicht sein, dass Iggys Herz nicht mehr schlug, sie hatten doch nur gespielt, nur ein kleines bisschen gespielt, er schüttelte ihn, drehte ihn, aber Iggy reagierte nicht, er reagierte nicht mehr, lag einfach nur da, vor dem Brombeerhaus. Felix' Kopf war heiß, er ging rückwärts, rannte rückwärts zu seinem Fahrrad, raste über den Waldboden und runter zur Landstraße, zur Telefonzelle hinter der Tanke, irgendein Geldstück warf er ein und noch eines, wählte einseinsnull, presste den Hörer ans Ohr, bis es klingelte und eine Frau ranging, er verstellte seine Stimme, versuchte, wie ein kleines Mädchen zu klingen. »Ins Brombeerhaus wurde eingebrochen, das Haus im Wald hinter der Tankstelle, jemand ist dort eingebrochen, ich habe Schüsse gehört«, sagte er. Die Polizistin fragte nach seinem Namen, aber er legte auf, drückte den Hörer zurück auf die Gabel und schluchzte, der Rotz tropfte ihm übers Kinn und auf den Pullover, überallhin, das muss ich wegwischen, dachte er, aber er wusste nicht, womit. Er wusste nicht weiter, wollte am liebsten in dieser Telefonzelle bleiben, aber die Wände waren ja durchsichtig, und jeder konnte ihn hier sehen. Iggy. Iggy lag tot in seinem Kopf. Der Steinboden, seine aufgerissenen Augen, der Rucksack mit all dem nutzlosen Zeugs. Felix fror und schwitzte und tropfte aus der Nase, stieg wieder aufs Fahrrad, konnte kaum etwas sehen vor lauter Tränen, fuhr zurück in den Wald in die Nähe des Hauses, kroch hinter einen Busch mit Pfingstrosen, der weit genug weg war vom Haus und von Iggy.

Es dauerte nicht lange, bis die Polizei kam. Eine Frau und ein Mann waren es, ganz nah ans Haus fuhren sie mit dem Wagen und rannten hin zu Iggy, schüttelten ihn, wie Felix es vorhin getan hatte, sie fühlten seinen Puls und guckten ratlos in die Bäume. Die Frau sprach etwas ins Funkgerät, presste dann die Hand auf den Mund und setzte sich zurück ins Auto, machte die Tür zu, als wollte sie mit all dem nichts zu tun haben. Der Mann ging ins Haus hinein, auch in den oberen Stock, Felix konnte seinen Schatten sehen. Er kam wieder raus mit Iggys Rucksack, brachte ihn zur Frau ins Auto, die aufstand und ihn aufs Autodach legte, darin herumwühlte, zuerst Iggys Geldbeutel herauszog und dem Mann reichte, dann Iggys Federmäppchen, sie machte es auf, nahm die Stifte heraus und dann etwas Größeres, Grünes. Felix war es, als würde sein Herz aussetzen. Das war Iggys Inhalator. Die Frau sprach wieder ins Funkgerät. Und irgendwann kam der Krankenwagen. Felix wusste nicht, wie lange er reglos hinter dem Busch gehockt hatte. Bis sie Iggy in eine Art grauen Sack packten, den Reißverschluss zuzogen bis übers Gesicht. In diesem Moment wurde es Felix erst bewusst, dass er tot war, dass Iggy gestorben war. Dass er ihn nie wiedersehen würde. Felix' Beine waren eingeschlafen und seine Hände auch, Moskitos schwirrten um seinen Kopf herum, sie zerstachen ihm Arme und Wangen. Aber er bewegte sich nicht. Blieb dort hocken hinter den Blumen. Bis er sicher sein konnte, dass die anderen mit dem Fußballtraining fertig waren.

Zu Hause setzte er sich an den Abendbrottisch, als ob nichts gewesen wäre. Erzählte seinen Eltern vom Training, erfand irgendetwas von jemandem, der ihn übel gefoult hatte, damit es glaubwürdiger klang. Seine Mutter war vergnügt, sie sprach von den ersten Erdbeeren und davon, dass jetzt der Sommer begonnen hatte, dass die Pfingstrosen blühten und man nachts das Fenster wieder offen lassen konnte. Felix würgte die Spaghetti hinunter, wollte sich nichts anmerken lassen, nach dem Training hatte er immer großen Hunger. Auch vom Erdbeerkuchen aß er, mit Schlagsahne, um sich nicht zu verraten. Später, im Badezimmer, musste er sich übergeben, er versuchte, leise zu sein dabei, die Wände waren dünn. Es war gar nicht einfach, sich leise zu übergeben. Seine Eltern aber merkten nichts. Sie sahen sich eine Quizsendung an und stellten dabei den Fernseher sehr laut. Träum was Schönes, sagte seine Mutter, als sie ihn ins Bett brachte. Morgen wird ein sonniger Tag. Felix lag wach und starrte an die Decke, sah den toten Iggy dort liegen.

Es war schon dunkel, als er das Telefon klingeln hörte, die leise Stimme der Mutter, dann die des Vaters, der Fernseher, der ausgemacht wurde, Schritte, die sich seiner Tür näherten. Seine Eltern kamen beide ins Zimmer, das machten sie sonst nie. Seine Mutter setzte sich auf die Bettkante, sein Vater stellte sich am Fußende hin, stützte sich auf dem Holzrahmen ab. »Wir müssen dir was sagen, Spatz«, begann seine Mutter. »Du musst jetzt ganz stark sein.« Felix setzte sich auf. Schaute auf den Mund seiner Mutter, der sich bewegte, hörte sie sagen, dass sie Iggy gefunden hatten, draußen im Wald, dass er wohl eingebrochen war ins Brombeerhaus, dass es dort sehr staubig gewesen sein müsse und dass seine Bronchien das nicht mitgemacht hätten und dass er jetzt im Himmel sei. Felix bewegte sich nicht. Schaute nur die Planeten an auf der Bettdecke, Pluto, Mars, Uranus, ein Limofleck neben Jupiter, den hatte Iggy gemacht, als er Felix Anfang der Woche zum Filmschauen abgeholt hatte. Seine Mutter rückte näher, nahm ihn in den Arm, drückte seinen Kopf gegen ihre Brust. Er konnte nicht weinen, es kamen keine Tränen, es ging nicht. Seine Mutter ließ ihn los. »Hast du etwas davon gewusst«, fragte sie. Felix schüttelte den Kopf. Sie fragte nicht weiter. Auch der Vater verlor kein Wort mehr über Iggys Tod, in jener Nacht nicht und auch nicht danach. Die Polizei ließ den Unfall auf sich beruhen, niemand zweifelte daran, dass Iggy alleine im Wald gewesen war. Eine Woche später gingen sie zu seiner Beerdigung, stellten den Wackeldinosaurier aufs Grab, aßen hinterher auswärts, Pommes und Hähnchen im Korb, Iggys Lieblingsgericht. Iggys Mutter hatte Felix ganz lange gedrückt und gesagt, dass er alles von Iggy haben könne, was ihm gefalle, dass er alles mitnehmen dürfe.

»Aber ich wollte nichts«, sagte Felix. »Ich bin nie wieder zu Iggy nach Hause gegangen. Und bis heute weiß niemand, dass ich dabei gewesen bin, im Brombeerhaus.« Felix stützte sich mit den Ellbogen auf den Oberschenkeln ab, ließ den Kopf zwischen die Knie sinken. Roswithas Hand war noch immer auf seinem Rücken. »Schhh«, sagte sie nur. »Schsch, schschh«, und strich mit ihrer Hand seinen Rücken auf und ab. Seine Tränen landeten auf dem Parkett und in den Ritzen dazwischen. Er wischte sich mit beiden Händen übers Gesicht und setzte sich auf. Er konnte jetzt wieder atmen.

»Weiß Monique davon«, fragte Roswitha.

Felix schüttelte den Kopf. »Ich hab es ja selbst vergessen

irgendwie. Iggy, das Brombeerhaus, alles. Aber seit Monique diese Kindersachen anschleppt und ständig darüber reden will, wie das war, als wir klein waren ...« Er brach den Satz ab.

Roswitha holte ihre elektronische Zigarette aus der Schürzentasche und nahm einen tiefen Zug. Sie gab sich sichtlich Mühe, den Dampf nicht in Felix' Richtung zu pusten. »Es ist gut, wenn diese Dinge hochkommen«, sagte sie. »Das ist wie mit Splittern, die man sich zuzieht. Wenn man sie nicht rausholt, entzünden sie sich und bringen einen unter Umständen um. Aber es tut weh, sie rauszuholen, verdammt weh. Je größer, desto schlimmer.«

Felix stand auf, ging zum Fenster und öffnete es. Sein Kopf pochte beim Gehen. Die Jungs auf dem Trampolin waren verschwunden, der Hinterhof war leer. »Was, wenn meinem Sohn so etwas passiert. Wenn ich nicht aufpassen kann auf ihn, wenn er sich verletzt oder stirbt oder jemand anderen umbringt, was dann, was, wenn ich ihn verliere, weil ich nicht gut genug auf ihn aufpasse?«

Roswitha steckte die elektronische Zigarette zurück in die Schürzentasche. »Im Moment musst du aufpassen, dass du ihn nicht verlierst, bevor er überhaupt da ist«, sagte sie. »Sprich mit Monique, das hat sie verdient, sie ist eine kluge Frau.«

Felix nickte. Er wusste, dass Roswitha recht hatte.

»Ich muss zurück ins Café, dort unten ist der Teufel los«, sagte Roswitha. »Kann ich dir noch irgendetwas Gutes tun?«

»Hast du Kakao im Haus«, fragte Felix.

Roswitha lachte. »Den sollst du haben. Und wenn du

Glück hast, finde ich noch eine Packung tiefgefrorene Erbsen, die du dir auf die Stirn legen kannst.«

Felix zog die Schuhe aus und legte sich unter die Decke. Monique, Blaser, die Frau auf dem Dach, Iggy und das Brombeerhaus, all das war weit weg auf einmal. Es gab nur ihn und dieses Bett, den kühlen Baumwollbezug, den er bis unter die Nase zog, das Pochen in seinem Kopf und die Hinterhofstille, gegen die sich seine Ohren nun nicht mehr wehrten.

Winnie

Mit einem Kaffeelöffel zerdrückte Winnie die Schmerztablette. Salome hatte zweimal hintereinander versucht, sie zu schlucken, und sie zweimal hintereinander wieder ausgespuckt. Mit einer Wärmflasche auf dem Bauch lag sie nun auf der alten Kunstledercouch im Gartenschuppen, den Winnie als Zeichenzimmer nutzte. Die Vorhänge mit den gelben Blitzen hatte Winnie selbst genäht. Mit Hilfe ihrer Mutter hatte sie aus einer Spanplatte und Böcken einen Schreibtisch gezimmert und ein Regal, in dem sie ihre Comics aufbewahrte, eine Sammlung, die von der Decke bis fast zum Boden reichte, nach Erscheinungsdatum geordnet, kostbare Ausgaben in extra Plastikfolie gepackt. An der Wand über dem Sofa hing ein Poster von Black Canary, der Gefährtin von Flash, die mit blauen Netzstrümpfen und blonder Löwenmähne fußvoran durch eine Leinwand brach. Neben dem Fenster ritt Lucky Luke auf Jolly Jumper in den Sonnenuntergang, und über dem Schreibtisch stand Catwoman mit erhobener Faust vor der Skyline von Gotham City. In dem kleinen Raum roch es nach angespitzten Bleistiften und Minzsirup, Winnies Lieblingsgetränk, allein schon wegen der giftgrünen Farbe. Sie hatte ihn extra dünn aufgegossen, weil Salome aus Prinzip keine Süßgetränke zu sich nahm. Winnie schob das

Tablettenpulver mit der Fingerkuppe auf den Löffel. »So sollte es gehen«, sagte sie. »Meine Mutter macht das auch immer, wenn sie eine Tablette nicht hinunterbekommt.«

Salome blickte auf und streckte die Hand aus.

»Aber zuerst musst du die Banane aufessen«, sagte Winnie.

Salome griff nach der angeknabberten Frucht, die auf der Sofalehne lag und an den Bissrändern schon etwas braun geworden war. »Da ist voll viel Zucker drin«, sagte sie. »Voll viel Kohlenhydrate.«

»Und hier voll viel Zeug, das die Schmerzen wegmacht«, sagte Winnie und deutete auf den Löffel. »Aber wenn du vorher nichts isst, kotzt du das alles wieder aus, und wir müssen von vorn anfangen.«

Salome verdrehte die Augen und aß die Banane mit sehr kleinen Bissen auf.

Winnie streckte ihr den Löffel hin. Wortlos nahm Salome ihn in den Mund, sie verzog das Gesicht und spülte schnell mit dem Sirup nach, dann ließ sie sich zurück auf die Kissen fallen.

Winnie beobachtete sie. Wie sie atmete, den Kopf zur Seite geneigt, die Lider aufeinandergepresst, die Finger in den Schutzstoff der Wärmflasche gekrallt. Es kam ihr unwirklich vor, dass Salome auf ihrer Couch lag, und sie bezweifelte, dass es eine gute Idee gewesen war, sie hierher mitzunehmen, in genau den Raum, in den sie sich so oft zurückgezogen hatte, wenn Salome gemein zu ihr gewesen war, sie lächerlich gemacht hatte vor der ganzen Klasse. Das hier war ihr Refugium, ihr heimliches Weltfluchtzimmer. Zum Glück hatte sie keine Lady-xs-Zeichnungen herumliegen lassen. Wer weiß, dachte Winnie, was sie anstellt, wenn sie keine Schmerzen mehr hat. Sie zog den milchkaffeebraunen Stift aus dem Federmäppchen, kniff die Augen zusammen und hielt ihn gegen Salomes Haar. Zu hell. Die ganze Zeit über hatte sie einen zu hellen Stift verwendet. Sie versuchte einen etwas dunkleren, mandelfarbenen, der passte. Winnie rutschte auf der Stuhlkante nach vorn. So genau hatte sie Lady xs noch nie studieren können. Sie prüfte auch die Sommersprossenfarbe, die hingegen hatte sie perfekt getroffen. Salomes Lider entspannten sich nach einer Weile, sie schien eingeschlafen zu sein. Ich könnte einen wasserfesten Filzstift nehmen und ihr einen Schnauzbart verpassen, dachte Winnie. Oder ihr mit der Papierschere die Haare absäbeln, zack, nur auf einer Seite. Oder gleich beides. In der Tasche von Salomes Hose, die zum Trocknen auf der Fensterbank lag, zeichnete sich ihr Handy ab. Vielleicht Timo eine doofe Nachricht schreiben? Ein Foto, wie Salome hier lag, im Superman-Badetuch mit der Wärmflasche auf dem Bauch, den Mund offen wie ein Baby. Winnie stand auf und griff nach dem Telefon. Sie drückte auf die Hometaste. Nichts. Das Handy war aus.

»Was machst du da?«

Winnie zuckte zusammen und ließ das Handy zurück in die Hosentasche gleiten. »Ich dachte, es hätte geklingelt«, sagte sie.

»Ganz bestimmt nicht. Ich werd das Ding nie wieder anmachen«, sagte Salome und legte den Unterarm über die Augen.

»Was ist los«, sagte Winnie spöttisch. »Hast du zu wenig Likes auf Instagram?«

»Vielleicht sollte ich es einfach machen wie die Frau auf dem Dach«, sagte Salome. »Einfach Schluss machen. Aus, fertig, alles vorbei.«

Winnie lachte auf. »Weil du deine Tage bekommen hast? Wie alle anderen Mädchen auch?« Sie schaute auf die Uhr. »Die Tablette müsste jeden Moment wirken, dann wird es besser, glaub mir.«

»Ich hab fast keine Schmerzen mehr«, sagte Salome. »Das ist es nicht.« Ihr Mund verzog sich, ihre Schultern ruckelten, sie schniefte. Tränen kullerten über ihre Wange aufs Sofapolster. Salome versuchte sie zurückzuhalten, blickte nach oben an die Decke, tupfte sich mit dem kleinen Finger über den unteren Wimpernkranz, drehte ihr den Rücken zu. Winnie stand da und wusste nicht so recht, wohin mit sich. Sie warf einen Blick auf Black Canary, auf ihre geballte Faust und die entschlossene Miene. Vorsichtig setzte sie sich auf die Sofakante. Noch vorsichtiger berührte sie Salome an der Schulter. »Was ist es denn dann?«

Salome schluchzte laut, schnappte nach Luft, ihr ganzer Körper schüttelte sich. »Das Foto«, stammelte sie. »Bestimmt ist es schon online, ich kann nie wieder vor die Tür, ich bin erledigt.«

»Was für ein Foto?«

Salome schniefte. »Weißt du noch, die Party letzte Woche bei Timo?«

Winnie zog ihre Hand zurück. »Du meinst die, auf die ich nicht eingeladen war?«

Salome setzte sich auf. »Ich wünschte, ich wäre da auch nicht hingegangen.« Sie legte die Wärmflasche weg und tupfte sich mit dem T-Shirt-Ärmel die Tränen ab. »Da war eine Art Abstellraum in Timos Keller, wo der Kühlschrank stand mit den Getränken und dem ganzen Zeug für die Party. Da bin ich mit Timo reingegangen, zum Knutschen. Wir haben schon oft geknutscht, und ich mochte das immer sehr, ich mag, wie er …«

Winnie verdrehte die Augen. »Kannst du ein bisschen vorspulen?«

»Jedenfalls«, fuhr Salome fort, »hat Timo irgendwann versucht, mir unters Top zu fassen. Ich hab seine Hand weggeschoben, ich wollte das nicht. Er hat es wieder versucht, komm schon, hat er gesagt, alle Mädchen machen das, jeder, den ich kenne, darf seiner Freundin unters T-Shirt fassen. Aber ich weiß nicht, es hat sich nicht richtig angefühlt, ich wollte, dass er mich in Ruhe lässt. Hat er aber nicht, da hab ich ihm eine gescheuert. Ich wollte seine Hände da einfach nicht haben, ich weiß auch nicht, warum.«

»Gut so«, sagte Winnie.

»Kannst du das verstehen?« Salome wischte sich mit dem Handrücken über die Nase.

»Ich kann nicht verstehen, dass man Timos Griffel überhaupt irgendwo haben will.«

Salome lächelte, wenigstens mit einem Mundwinkel, bevor sich ihre Augen erneut mit Tränen füllten. »Vorhin hat er es wieder probiert und gesagt, dass ich ihn nicht liebe, wenn ich ihn das nicht machen lasse, dass das ein Beweis dafür ist. Und dass ich es bereuen werde, weil er das Foto von mir online stellen wird, das ich ihm letzte Woche geschickt habe.«

»Was ist drauf«, fragte Winnie.

»Nicht viel«, sagte Salome. »Ich, oben ohne. Und die Zimmerpflanze neben meinem Bett. Eine Palme.«

Winnie schlug sich mit der flachen Hand auf die Stirn.

»Ich dachte, er gibt dann Ruhe und versucht nicht mehr, mich rumzukriegen, wenn ich ihm das Foto schicke«, sagte Salome. »Ich dachte, er mag mich. Das dachte ich wirklich. Dabei bin ich ihm scheißegal. Und ich konnte noch nicht mal aufstehen und ihm eine reinhauen, wegen dieser blöden Blutsauerei, bestimmt hätte er davon auch noch ein Foto gemacht.« Salome vergrub das Gesicht zwischen den Knien und schlang die Arme um die Beine. »Wenn die anderen das Foto sehen, dann, dann … Wo soll ich denn dann hin, das Internet ist doch überall, wie soll ich denn je wieder …«

Winnie unterbrach sie: »Die waren doch jetzt alle im Schwimmbad, oder?«

Salome nickte.

»Und am Dienstagabend trainiert Timo doch immer auf dem Sportplatz. Der turnt doch da an diesen Reckstangen rum, Klimmzüge und so.«

»Was hat das denn mit dem Foto zu tun?«

»Das Foto hast du ihm auf WhatsApp geschickt, stimmt's?«

»Klar«, sagte Salome. »Und?«

Winnie schmunzelte. »Dann kann er frühestens was hochladen, wenn er wieder zu Hause ist«, sagte Winnie.

Salome schaute sie verständnislos an.

»Ich hab ihm vorhin das Handy aus der Hand geschlagen, als er die Frau auf dem Dach gefilmt hat. Es ist runtergefallen und kaputtgegangen.«

Salomes Miene hellte sich auf. »Echt jetzt?«

»Ein Druckmittel brauchst du trotzdem«, sagte Winnie. »Das Ding kann man ja reparieren. Und spätestens am Laptop kommt er an die Fotos wieder ran.« Salome wollte sich schon wieder auf der Couch zusammenrollen.

»Jetzt reiß dich zusammen«, sagte Winnie. »Ich hab eine Idee. Wir müssen zum Sportplatz, so schnell wie möglich.« Sie nahm ihr Handy aus der Schreibtischschublade und steckte es ein.

»Ich kann doch so nicht da hin.« Salome deutete auf das Superman-Badetuch, das sie immer noch um die Hüften trug.

»Wenn Timo das Foto wirklich online stellt, ist das dein kleinstes Problem«, sagte Winnie.

»Kann ich nicht wenigstens was aus deinem Schrank haben, irgendwas?«

Winnie schüttelte den Kopf. Ein bisschen Strafe musste sein. »Dafür reicht die Zeit nicht«, sagte sie. »Los, komm!«

Astrid

Sie hatte noch fünf Minuten. Die hochhackigen Schuhe pfefferte sie unter die Garderobe, barfuß war sie wendiger. Seit sie den großen Schrank im Esszimmer auf Stefans Drängen hin durch drei schlanke Kommoden ersetzt und die Gegenstände darin auf zwei Stockwerke verteilt hatten, war es mühsamer, Helgas Geschenke zusammenzusuchen. Ein Huhn aus Draht hatte sie schon gefunden, ebenso die Plastikkröte mit integriertem Bewegungsmelder, die krächzte und die Augen rollte, sobald man an ihr vorbeiging. Astrid stellte sie neben die Eingangstür. Oder hatte sie beim letzten Mal auf der Treppe zum Garten gestanden? Egal. Die Eulen, sie musste die Kiste mit den Keramikeulen finden, denn wenn Helga kam und die Eulen waren nicht im Badezimmer, auf der Spiegelablage, nach Farbe und Größe sortiert, nicht auszudenken, was sie sich dann würde anhören müssen. Einmal hatte sie den Türstopper in Mopsform vergessen, und Helga hatte so lange auf dessen Fehlen herumgehackt, bis Astrid es schließlich der armen Haushaltshilfe in die Schuhe geschoben hatte. Ausgerechnet heute, wo sie Helga um den Erbvorschuss bitten wollten für das Häuschen auf Usedom, ausgerechnet heute hatte sie keine Ahnung, wo die Eulen abgeblieben waren. Schnell noch das Drahthuhn auf den Fenstersims im Gästeklo. Und wo blieb Stefan? Sie hatte extra das Treffen mit dem Stadtrat in Freiburg abgesagt, um pünktlich zu sein, eine heikle Angelegenheit mitten im Wahlkampf. Und Stefan hatte versprochen, sich diesmal beizeiten vom Management-Meeting loszureißen, damit nicht schon wieder sie, Astrid, dem Nippes hinterherspringen, mit Helga allein im Garten sitzen und eine unerbetene Lebensberatung über sich ergehen lassen musste. Außerdem war Helga *seine* Mutter. In der Küche nahm Astrid ein paar Töpfe und das Abtropfsieb von der Hakenleiste über dem Herd und hängte stattdessen drei Sardinen aus Holz auf, die sie in der Backschublade verstaut hatte. Neben den Messerblock kam die Eieruhr mit Bären auf einem Karussell, das sich drehte, wenn man die Uhr aufzog. Menschen, dachte Astrid, was Menschen sich ausdenken. Sie rannte ins Obergeschoss zu der Kommode im Flur, irgendwo hinter Stefans Federballausrüstung, den Ersatzglühbirnen und der Muschelsammlung von Lanzarote musste die verdammte Kiste mit den Eulen sein. Astrid leuchtete mit der Taschenlampe ihres Telefons ins Kommodendunkel, der Rocksaum in ihrer Kniekehle spannte, drückte ihr das Blut ab, das würde wieder einen Besenreiser geben. Astrid schwitzte, dunkle Schweißränder hatten sich in ihre Seidenbluse gefressen. »Wenn das mit Usedom nichts wird«, sagte sie laut, »dann hau ich den ganzen Plunder auf den Gartengrill.« Da, hinter den Staubsaugersäcken und der Weihnachtslichterkette, erspähte sie die geblümte Kartonbox, dort drin mussten die Porzellanviecher sein und der kleine Zimmerbrunnen, der noch runter auf den Couchtisch gehörte. Sie hatte gerade die letzte Keramikeule auf der Spiegelablage platziert, als es klingelte. Astrid blickte auf ihr Telefon. Eine Minute zu früh, das sah Helga ähnlich. Keine Zeit mehr, die verschwitzte Bluse mit dem Kaffeefleck zu wechseln. Unten an der Garderobe zog Astrid den Blazer wieder über, obwohl ihr entsetzlich heiß war. Sie zog die Schuhe wieder an, strich die Haare hinter die Ohren, zwang sich ein Lächeln ins Gesicht und machte die Tür auf.

Helga trug ein pfirsichfarbenes Wickelkleid, das unter den Armen zu eng war, dazu weiße Lackschuhe und einen weißen Strohhut mit angenähten Plastikkirschen, solariumbraun war sie, als stiege sie gerade von der Reling eines Kreuzfahrtschiffs. Wie ein Dessert, dachte Astrid, sie sieht aus wie ein Dessert.

»Bonjour, mon amour«, sagte Helga und beugte sich vor, um zweimal an Astrids Kiefer vorbei in die Luft zu küssen. Helga gehörte zu den Leuten, die zwanghaft eine Fremdsprache benutzen zur Begrüßung oder Verabschiedung. Für sie gab es nur arrivederci, hasta la vista, ça va und tutto bene, sayonara, ciaociao und a dopo, ihre Nachrichten unterschrieb sie mit bisous, bacio oder kisskiss.

»Schau nur, was ich dir mitgebracht habe.« Helga zog einen sehr großen Plastikkürbis aus ihrer Korbtasche. Der Kürbis hatte eingestanzte Augen und ein breites, zahnloses Plastiklächeln. »Der läuft mit LED, fast ohne Energie, an Halloween ist der Gold wert. Nichts mit Fruchtfliegen und Wachsflecken auf dem Eingangsteppich, alles schön sauber und ewig haltbar. Das merkt im Dunkeln keiner, dass der nicht echt ist. Was sagst du?« Helga strahlte.

Astrid atmete tief in den Bauch und nahm den Kürbis. Er war ganz leicht und roch penetrant nach Plastik. Usedom, nur darauf kam es an. »Der ist sicher auch wasserfest«, sagte Astrid, etwas Besseres fiel ihr nicht ein.

Die Kröte krächzte und rollte mit den Augen, als sie in den Flur traten. Astrid wich erschrocken zur Seite.

»Wohnt die nicht eigentlich auf der Gartentreppe«, sagte Helga. »Das ist doch viel eher die Umgebung für sie.«

»Zu viel Sonne, leider«, sagte Astrid. Sie war froh, dass Helga vor ihr ging, so hatte sie ein paar Sekunden Zeit, eine Grimasse in ihrem Rücken zu schneiden, eine arg gerümpfte Nase, als würde sie etwas sehr Übles riechen.

»Soso.« Auf dem Weg in den Garten warf Helga einen inspizierenden Blick in die Küche. »Von den Holzsardinen hab ich noch mehr«, sagte sie. »Die machen sich auch ganz hervorragend auf der Gästetoilette, sag Bescheid, falls du noch welche haben willst.«

Gleich noch mal rümpfte Astrid hinter ihr die Nase. Es entspannte sie ungemein. Draußen im Garten war es kühler als drinnen, am Tisch unter der Linde sogar richtig angenehm. Astrid hob das Fliegengitter von der Quarktorte und den Deckel von der Zitronenlimonade. Wie eine Katze folgte Helga jeder ihrer Bewegungen, misstrauisch und bereit, beim kleinsten Patzer einzugreifen. »Soll *ich* vielleicht …«, sagte sie, als das Kuchenstück auf der Tortenschaufel ein wenig schwankte und ein Krümel aufs Tischtuch fiel.

»Geht schon.« Astrid schob den Kuchen auf Helgas Teller.

Helga fegte mit der Fingerkuppe den Krümel vom Tisch, bevor sie ungeduldig die Hände in den Schoß legte.

»Stefan kommt sicher gleich«, sagte Astrid in die zähe Stille hinein.

Helga drehte ihren Teller einmal um die eigene Achse, bevor sie die Gabel in den Quark stach, als suche sie nach der Stelle im Kuchen, die am wenigsten misslungen war. »Du musst ihm halt endlich einen Grund geben, nach Hause zu kommen«, sagte sie.

Astrid spießte eine Himbeere auf.

Helga zog die Augenbrauen hoch und wiegte den Kopf hin und her. »Manche Dinge im Leben sind nun mal nicht wie Wein oder Käse, sie werden nicht besser, je länger man wartet.«

Astrid zerdrückte die Himbeere am Tellerrand. »Wir sind noch nicht so weit, ich zumindest bin es nicht.«

»Man ist nie so weit. Bis man drüber ist«, sagte Helga und legte die Gabel behutsam ab. »Ich habe Stefan mit 21 bekommen, zwei Monate danach war ich wieder straff wie eine Nektarine. Aber in deinem Alter ...« Sie beugte sich vor, als wolle sie ihr ein Geheimnis verraten. »Wenn du zu lange wartest, siehst du hinterher aus wie überfahren und wieder zusammengeflickt.«

Astrid stand auf, die Gabel in der Faust. »Wir brauchen Eis«, sagte sie, »die Limonade kann man so nicht trinken.«

In der Küche angekommen, legte sie die Gabel weg, öffnete den Kühlschrank und hielt den Kopf hinein. Sie wollte das nicht. In einem kugelrunden Bauch eine lebenslange Verantwortung heranzüchten. Sie wollte Bürgermeisterin von Freiburg werden. Und ein Häuschen kaufen auf Usedom. Basta. Ob es Helga passte oder nicht. Sie nahm die Eiswürfel aus dem Gefrierfach, pulte einen aus der Plastikhülle und rieb sich damit über Nacken und Dekolleté.

»Seit wann steht die Kröte im Flur?«

Astrid ließ vor Schreck den Eiswürfel fallen. Stefan stand im Türrahmen, die Aktentasche lässig über der Schulter.

»Immer machst du das«, sagte Astrid. »Immer schleichst du dich an wie ein Reptil.«

»Ist meine Mutter noch nicht da«, fragte Stefan und deutete mit dem Mund einen Kuss an.

Astrid hob den Eiswürfel auf und warf ihn ins Waschbecken. »Sie sitzt im Garten und plant unsere Zukunft«, sagte sie. »Wo warst du so lange.«

Stefan deutete in den Flur. »Da steht ein Zimmerbrunnen auf der Treppe, soll der da bleiben?«

»Verdammt«, zischte Astrid und ging an ihm vorbei. Als sie mit dem Zimmerbrunnen im Arm zurück Richtung Wohnzimmer wollte, kam ihr Helga entgegen und versperrte ihr den Weg. »Soll ich vielleicht die Nachbarn einladen, damit mir da draußen jemand Gesellschaft leistet?«

Stefan breitete die Arme aus. »Jetzt bin ich ja da, Mutter. Toll siehst du aus, so sommerlich«, sagte er.

Helga winkte ab. »Wollt ihr mich für dumm verkaufen? Glaubst du, ich hab nicht gemerkt, dass ihr den gar nicht angeschlossen habt?« Sie deutete auf den Zimmerbrunnen in Astrids Händen.

»Mutter, bitte«, sagte Stefan. »Lass uns nicht streiten, es ist so ein herrlicher Tag.«

»Helga«, sagte Helga. »Wie oft habe ich dir gesagt, du sollst mich Helga nennen.«

»Nicht Mutter genannt werden wollen, aber mir ein Kind aufschwatzen, na bravo«, murmelte Astrid.

Helga schürzte die Lippen. »Was hast du gesagt?«

»Na, na«, sagte Stefan und klatschte weltmännisch in die Hände. »Kommt, lasst uns über den Kuchen herfallen.«

Helga schnaubte. »Wolltest du nicht Eis holen«, sagt sie zu Astrid. »Die Limonade kocht gleich.«

Astrid drückte die Eiswürfel aus der Form in eine Glasschüssel, einen nach dem anderen, die Zähne zusammengebissen vor Wut. Durchs Küchenfenster beobachtete sie, wie Stefan ungeschickt ein Stück Quarktorte abschnitt und es sich von Helga auf den Teller hieven ließ. Egal ob Quarktorte oder Zukunftsplanung, dachte Astrid, er wird Helga immer machen lassen, die Dinge aus der Hand geben. Sie fragte sich, ob sie sich auch in Stefan verliebt hätte, wenn sie ihm nicht auf Usedom begegnet wäre, ob es nicht vielleicht vielmehr die Kulisse gewesen war, die sie dazu verleitet hatte, der aufgeheizte Sand, der Kartoffelsalat von Frau Erika, der Salzwind, die Strandkörbe, in denen immer Platz war für zwei, das Meer und die Sonne, die nicht dramatischer hätte hinterm Schilf beim Bootshaus versinken können. Vielleicht, dachte Astrid, hatte sie sich nur verliebt, weil alles an der Szenerie sie dazu aufgefordert hatte, so, wie man klatscht, wenn das Orchester auftritt, oder vorgibt, sich zu freuen, wenn man ein Geschenk bekommt, eben einfach weil die Situation es erfordert. Was hätte sie auch tun sollen. Da war das aufziehende Gewitter gewesen, das schwere Boot, das sie allein nicht aus dem Wasser bekommen hätte, dann plötzlich Stefans braungebrannte Hände, die Sonne, das Schilf, in Stefans Rucksack eine ganze Tupperdose ihres Lieblingssalats, den sie sich im anschwellenden Regen unter dem Vordach des Bootshauses geteilt hatten, und das auf ihrer Lieblingsinsel. Es war ihr unter diesen

Umständen mehr als vernünftig vorgekommen, romantische Gefühle für Stefan zu entwickeln. Aber jetzt, an diesem Nachmittag, hier in dieser Küche, zweifelte sie daran, dass es ihr an irgendeinem anderen Ort auf der Welt ebenso ergangen wäre. Ihre Hände waren schon ganz taub vor Kälte. Sie nahm die Schale mit den Eiswürfeln und ging damit hinaus in den Garten. Stefan sah zu Boden, Helga grinste.

»Wir haben euer Anliegen soeben besprochen«, sagte sie. »Ich gebe euch das Geld für Usedom, gar keine Frage.«

Astrid legte den Kopf schief. Das war noch nicht alles, da kam noch was.

»Vorausgesetzt«, sagte Helga und hob den Zeigefinger, »ihr schenkt mir ein Enkelkind.«

Stefan rieb sich die Finger an der Serviette ab. »Was sagst du?«

Was sie sagte? Er wusste ganz genau, was sie sagte, was sie von Anfang an gesagt hatte, was sie immer sagen würde. Sie hatte genug. Sie knallte die Schüssel mit dem Eis auf den Tisch. Sie nahm den Krug mit Limonade und leerte ihn Stefan über den Kopf, die Zitronen klatschten auf sein weißes Hemd, er schnappte nach Luft und rieb sich die Augen. Dann packte sie Helga an ihrem faltigen Krokodilnacken und drückte ihr überschminktes Gesicht in die Quarktorte, schön tief hinein, bis runter auf den Biskuitboden. Das, das sagte sie dazu.

»Astrid? Na, was sagst du?« Stefan strich ihr mit dem Finger über die Wange. Helga schnitt sich noch ein Stück Kuchen ab. In Astrids Hosentasche vibrierte es. Sie stellte die Schüssel mit dem Eis auf den Tisch und griff nach dem

Telefon, dankbar für die Unterbrechung. »Entschuldigt mich«, sagte sie und ging ran.

»Polizei Thalbach, Blaser am Apparat«, sagte ein Mann am anderen Ende der Leitung. »Spreche ich mit Frau Guhl?«

Astrid schluckte. Ob etwas mit den Wahlkampfspenden nicht in Ordnung war? »Was ist denn passiert«, sagte sie. »Warum rufen Sie an?«

»Frau Manuela Kühne«, fragte der Polizist, »ist das Ihre Schwester?«

Astrid fasste sich an die Stirn und seufzte, warf einen Blick auf Stefan und Helga und ging ein paar Schritte vom Tisch weg. »Ja«, sagte sie nur.

»Frau Guhl, Ihre Schwester steht seit 9 Uhr 33 heute früh auf einem Hausdach in der Altstadt und lässt sich dort nicht fortbewegen. Wir halten sie für suizidgefährdet, außerdem wirft sie mit Ziegeln. Wir denken, jemand aus dem familiären Umfeld könnte die Situation vielleicht entschärfen.«

Astrid schaute aufs Display, es war kurz nach siebzehn Uhr. »Du meine Güte«, sagte sie. Sie sah hinüber zu Stefan und Helga, die schweigend Kuchen aßen.

»Ist gut«, sagte sie. »Ich komme, ich rufe Sie in zwei Minuten zurück, ja?«

Sie ging hinüber zum Tisch. »Ich muss los, ein Notfall«, sagte sie, »wartet nicht auf mich, wir reden ein andermal.« Sie drückte Stefan einen harten Kuss auf die Wange und machte sich davon, ließ die beiden mit der unbeantworteten Frage zurück, die wie eine Abrissbirne über dem kleinen Garten hin und her schwang.

Maren

Es war heiß in dem alten Peugeot, die Klimaanlage funktionierte nicht, beide Vorderfenster waren heruntergekurbelt. Maren lutschte an einem Raketeneis und hielt das Gesicht in den Fahrtwind, der jetzt wieder stärker wurde, als sie von der Raststätte zurück auf die Autobahn fuhren. Sie waren irgendwo kurz nach Metz, bis Paris waren es nicht mehr als drei Stunden. Maren gefiel sich in dieser Szenerie, sah sich selbst auf dem abgewetzten Polster sitzen, die nackten Füße aufs Armaturenbrett gestützt, den Takt eines im Fahrtwind kaum hörbaren Popsongs aus dem Radio mitschnippend, hinter sich unterm Sitz das leichte Handgepäck in der Plastiktüte und neben sich der schöne Jaris, seine großen Hände ums Lenkrad, sein Ledergeruch, den es ihr verheißungsvoll um den Kopf blies. Alle fünfzehn Minuten drehte er sich einhändig eine Zigarette, die er rauchte, als wäre es seine Pflicht, etwas, das getan werden musste, ob er wollte oder nicht. An zweien davon hatte Maren gezogen und beschlossen, sich in Paris als Erstes eine Packung Marlboro zu kaufen. Thalbach, Hannes, der Schrittzähler hinter der Mikrowelle, all das fiel Meter um Meter hinter ihr zurück. Wie die Linie eines Schnittmusters leuchteten die weißen Striche auf dem Asphalt. Ein Entwurf für etwas Neues. Und jedes Stück, das sie auf der

Straße zurücklegten, war ein Stück Naht, vernähte das, was war, mit dem, was kommen würde. Ja, dachte Maren, wie ein ausgefallenes Kleidungsstück würde sie dieses Paris-Abenteuer mit nach Hause tragen, am Körper würde sie es tragen, sich neu fühlen darin und einzigartig. Sie kramte in ihrer Rocktasche und zog einen kleinen gerollten Zettel hervor. »Da war ein Obdachloser vor dem kleinen Eckladen, der hat Fragen verkauft, lustige Idee, oder? Soll ich?«

Jaris aschte ab. »Von mir aus.«

Sorgfältig rollte Maren den Zettel auseinander. »Wenn morgen dein letzter Tag wäre auf der Welt, mit wem würdest du ihn verbringen wollen?«

»Das ist einfach«, sagte Jaris. »Ein ganz klarer Fall.« Er zog an der Zigarette und pustete den Rauch dramatisch aus. »Mit Marilyn Monroe!«

Ein Stück Raketeneis landete auf Marens Rock, sie beugte sich vor und versuchte, es abzulecken. »Im Ernst«, sagte sie, leicht enttäuscht darüber, dass er nicht unehrlich genug gewesen war, ihren Namen zu nennen. »Warum?«

»Ich würde ihr gefallen«, sagte Jaris und zwinkerte ihr zu. »Wir hätten Spaß zusammen, so viel ist sicher. Und wir würden überall reinkommen, sie wäre ein Passepartout, man könnte mit ihr in den Louvre gehen außerhalb der Öffnungszeiten, man bekäme jede Suite in jedem Hotel, jeden Tisch in jedem Restaurant, man könnte frühstücken mit Mick Jagger und zu Abend essen mit Lady Gaga.«

»Aber«, sagte Maren. »Marilyn Monroe ist tot.«

»Stimmt«, sagte Jaris, »das geht natürlich nicht, bei einer so realitätsnahen Frage.« Er drehte am Tuner, versuchte einen anderen Sender einzustellen, bei dem der Empfang besser war. Kein ›Und du?‹, kein ›Wen würdest du auswählen?‹. Aber sie war ganz froh, dass er nicht nachfragte, sie hätte beim besten Willen keine Antwort gehabt, weder eine kreative noch eine ehrliche. Die Uhr im Armaturenbrett zeigt kurz vor sechs. »Vielleicht kommen irgendwo Nachrichten«, sagte Maren und nagte den letzten Rest Eis vom Holzstiel. »Es würde mich ja schon interessieren, was mit der Frau auf dem Dach passiert ist.«

Jaris drehte weiter am Regler, bis ein Violinkonzert ertönte. »Ah, Brahms«, sagte er fachmännisch. »D-Dur, Opus 77. Ist mir gerade lieber als Gerede.« Maren wusste nicht recht, ob er mit Gerede sie oder die Nachrichten meinte. Schon seit Henriville war er sehr schweigsam geworden, hatte kaum noch den Kopf zu ihr gedreht. Maren klemmte den Holzstiel zwischen die Streben der Seitenlüftung. Immer wieder hatte Jaris über die Jahre versucht, sie in die Falle zu locken, jetzt saß er selbst mit drin. Seit fünf Jahren ließ er dieselben abgedroschenen Floskeln fallen, er hatte sich daran gewöhnt, dass sie nein sagte, dass sie zu Hause blieb, dass sie sich aus seinen Umarmungen wand und verlegen den Bund ihrer Strumpfhose richtete, hatte sich sicher gewähnt in der Rolle des verwegenen Weltenbummlers, der hin und wieder an ihrem starren Leben rüttelte, um sich seiner eigenen Beweglichkeit zu versichern. Ihr Mitleid mit ihm hielt sich in Grenzen. Wenn sie erst mal in Paris waren, im Hotelzimmer am Kanal, würde er es mit Sicherheit nicht bereuen, sie mitgenommen zu haben. An die Frau auf dem Dach hingegen hatte sie die ganze Fahrt über immer wieder denken müssen. Was sie wohl dazu getrieben hatte? Verstohlen schaute sie auf ihr Handy, um nachzusehen, ob

Hannes sich inzwischen gemeldet hatte. Schließlich war das ja auch sein Dach. Keine Anrufe. Keine neuen Nachrichten. Mistkerl. »Wusstest du«, sagte Maren, »dass man im Mittelalter den Verbrechern aufs Dach gestiegen ist, um sie bestrafen zu können?«

Jaris drehte sich eine neue Zigarette und hob die Augenbrauen, offenbar ein Zeichen, dass er zuhörte.

»In seinem eigenen Haus war man damals per Gesetz geschützt«, fuhr Maren fort. »Wenn man nicht ins Gefängnis wollte, konnte man sich einfach im Haus verstecken. Wenn das Haus aber kein Dach mehr hatte, verfiel dieser Schutz, deshalb hat man den Schurken einfach die Ziegel abgedeckt, um sie verhaften zu können.« Maren nahm den Holzstiel aus der Lüftung und ließ ihn über die Plastikstreben klappern. »Vielleicht ist da ja ein Verbrecher bei uns im Haus. Wer weiß, vielleicht ist die Frau aufs Dach geflohen, weil sie bedroht wurde.«

»Die will sich doch einfach nur wichtig machen«, sagte Jaris. »Ein bisschen Aufmerksamkeit provozieren, sonst wäre sie doch längst gesprungen. Alles nur Theater, wenn du mich fragst. Wahrscheinlich enttäuschte Liebe.« Maren drückte den Stiel so fest zusammen, dass er in der Mitte knickte. Jaris griff nach ihrer Hand und nahm ihr den Holzstiel aus den Fingern. »Kann dir doch egal sein«, sagte er und warf das Hölzchen aus dem Fenster. »Du kennst die Frau ja gar nicht.« Mit dem Zeigefinger strich er über ihren Handrücken, als ob er sich seiner unterschwelligen Aggression bewusst geworden wäre. »Entspann dich«, sagte er, bevor er die Musik lauter drehte, »wir fahren nach Paris.«

Winnie

Auf dem Sportplatz war es brütend heiß, in der Rasenecke unter den Linden hatten ein paar Jugendliche einen Grill aufgestellt, es roch nach Brandbeschleuniger und Würstchen. Hip-Hop-Beats dröhnten aus verschiedenen Bluetoothboxen, sieben Jungs spielten Basketball, zwei Mädchen Federball beim Brunnen, ein Pärchen versuchte sich in Akro-Yoga, und an der Reckstange hing Timo, tatsächlich, oben ohne neben zwei Typen aus der achten Klasse, die Winnie nur vom Sehen kannte. Sie duckte sich mit Salome hinter den Stamm einer Linde, noch einmal gingen sie alles durch.

»Das ist sein älterer Bruder«, sagte Salome und deutete auf den Typen mit Goldkette, der oben auf der Reckstange saß, sich dann mit den Armen abhob und die Beine kerzengerade vor sich ausstreckte, wie Winnie es aus dem Zirkus kannte. »Wenn die uns erwischen, sind wir tot.«

»Die sind vielleicht stark«, sagte Winnie, »aber wir sind schlau. Wenn wir uns an den Plan halten, passiert uns nichts. Hast du dein Fahrrad auf Position gebracht?«

Salome schaute auf die andere Seite des Sportplatzes und nickte.

»Wichtig ist, dass er mich nicht bemerkt«, sagte Winnie. »Stell dich so hin, dass er dich sehen kann, und tu, als würdest du ein Selfie machen. Er wird sich mächtig ins Zeug legen, um dich zu beeindrucken. Das ist bei Typen wie ihm ein Reflex. Die Kamera hältst du natürlich auf ihn gerichtet, aber geh nicht zu nah ran, du brauchst Vorsprung zum Wegrennen.«

Salome kaute auf ihren Nägeln herum. »Ich hab Angst«, sagte sie.

»Bis die kapiert haben, was passiert ist, sind wir längst über alle Berge. Denk an das Foto von dir. Denk daran, dass er es online stellen will.«

»Okay«, sagte Salome. »Okay, legen wir los.«

»Noch was«, sagte Winnie, »du nimmst mein Handy und gibst mir deins.«

»Warum das denn?«

»Weil Timo es vielleicht irgendwie hinkriegt, dir deins zu klauen in der Schule. Oder du so blöd bist, dich wieder mit ihm zu versöhnen. Und weil ich keinen Grund habe, dir zu vertrauen. Außerdem habe ich sein Telefon geschrottet, es wäre also nicht schlecht, etwas gegen ihn in der Hand zu haben. Absicherung nennt man das.«

»Pfff«, machte Salome. »Du hast wohl zu viele Krimis geschaut.«

»Also was ist«, sagte Winnie. Sie entsperrte ihr Handy und streckte es Salome hin.

»Meinetwegen«, sagte Salome.

»Und vergiss nicht: Erst nach Timo rufen, wenn ich nah genug an ihm dran bin, okay?«

Salome nahm das Handy und versicherte sich, dass das Badetuch fest um ihre Hüften geknotet war. »Okay, ich mach dann das Zeichen.«

Winnie schlich am Rand des Sportplatzes entlang, am Basketballfeld vorbei, von hinten auf Timo zu. Für einmal war es von Vorteil, dass niemand Notiz von ihr nahm. Als sie nur noch ein paar Meter von ihm entfernt war, lief Salome wie abgemacht auf den Rasen, nahm Timo mit der Kamera ins Visier. »Huhu«, rief sie, »Timo, hey!« Wie prophezeit begann Timo das Tempo seiner Klimmzüge zu erhöhen. Winnie musste jetzt schnell sein, musste handeln, bevor er eine Verschnaufpause machte. Sie warf einen letzten Blick auf Salome, die mit einer Hand die Haare verwuschelte und tat, als würde sie ein Selfie machen. Das Zeichen, dass sie bereit war. Winnies Herz pochte, sie spürte es bis in die Zähne. Sie machte zwei, drei kurze Sätze nach vorne, griff mit beiden Händen nach Timos Hosenbund, vergewisserte sich in Sekundenschnelle, dass sie auch den Saum der Boxershorts erwischt hatte, und zog den Stoff mit einem kräftigen Ruck nach unten, bis sein weißer Hintern vor ihr in der Luft hing. Sofort machte sie einen Satz zur Seite und rannte so schnell sie konnte zum Platzrand zurück, wo sie ihr Fahrrad abgestellt hatte. Sie blickte nach hinten und sah, wie Timo sich vom Reck fallen ließ, die Hosen hochzog und sich umsah, Winnie entdeckte, einen Moment brauchte, bis er begriff, sich aber nochmals umdrehte und ein paar Schritte hinter Salome herlief, die es schon fast bis zum Fahrrad geschafft hatte, dann doch kehrtmachte und in Winnies Richtung rannte. »Scheißweiber«, rief er. »Ich mach euch fertig, bleib stehen, du Schwabbelbacke.« Aber Winnie saß schon auf dem Sattel und trat in die Pedale, rammte am Eingang zum Spielplatz beinahe zwei geschniegelte Typen, die sich über einen Stadtplan beugten und ihr auf Italienisch etwas hinterherriefen, sie raste weiter, wich Passanten aus, überholte andere Fahrradfahrer, flog über den Asphalt, das heiße Gesicht im kühlen Fahrtwind, Wonderwinnie, wild und unbesiegbar.

Am Stadtpark angekommen, sah sie schon von weitem das Superman-Badetuch durch die Büsche schimmern. Zum Glück. Einen kurzen Moment lang hatte sie befürchtet, Salome würde nicht aufkreuzen. »Hast du es«, rief Winnie außer Atem. »Hat es geklappt?«

Salome grinste. »Gestochen scharf.« Sie zeigte ihr das Foto: »Sein dummes Gesicht und sein winziger schrumpeliger Zeppelin, ein Meisterwerk.« Sie hielt Winnie die Hand hin für ein High five. Sie meinte das ernst, das sah Winnie ihr an. Sie schluckte. Dann schlug sie ein.

»Meinst du, über sie hat auch jemand etwas Fieses gepostet?«, sagte Salome und deutete nach oben.

Erst jetzt sah Winnie, dass die Frau immer noch auf dem Dach war, reglos saß sie an der Dachkante und blickte auf die Menschenmenge hinunter. »Schon möglich«, sagte sie.

»Ich hoffe, sie springt nicht da runter«, sagte Salome. »Ich finde sie mutig, irgendwie. Dass ihr so egal ist, was alle denken. Ich wünschte, ich könnte das auch.«

»Dann schreib jetzt Timo, dass du das hochlädst, falls er dich nicht in Ruhe lässt«, sagte Winnie.

Salome streckte ihr das Handy hin. »Mach ich«, sagte sie. »Du bist in Ordnung, wirklich.«

»Erzähl das nicht mir«, sagte Winnie. »Erzähl das lieber den andern.«

Salome lächelte. Mit beiden Mundwinkeln. »Kann ich

das hier noch ausleihen bis morgen früh?« Sie deutete auf das Badetuch.

»Sag doch gleich, dass du es behalten willst«, zog Winnie sie auf.

»Na ja«, sagte Salome. »Am Anfang fand ich's peinlich, aber ich glaube, es hat mir Glück gebracht.«

Winnie schaute ihr nach, wie sie zum Fahrrad ging, sich noch einmal umdrehte und winkte, ehe sie davonfuhr. Vielleicht, dachte sie, würde sie dem Comic eine neue Wendung geben. Vielleicht würden Lady xs und Wonderwinnie im zweiten Band gemeinsam gegen Captain Prolo kämpfen. Vielleicht wäre morgen in der Schule aber auch alles wieder beim Alten und Wonderwinnie würde in Zukunft nur noch ausgefeiltere Methoden brauchen, um gegen die beiden vorzugehen.

Theres

Werner pfiff die Melodie von *You Are the Sunshine of My Life,* während er die Noten mit Heftklammern in Zehnerbündel ordnete und auf dem Tresen auftürmte, den Taschenrechner bereitgelegt zum Zählen. Wangen und Nase waren von der Sonne gerötet, die letzten drei Stunden hatte er draußen auf dem Vorplatz gestanden und belegte Brote mit Schinken und Frischkäse verkauft, die er oben in der Küche eigenhändig geschmiert hatte. Werner hatte schon immer gut pfeifen können, früher hatte er gern Jazzstandards zum Besten gegeben, inklusive der Instrumentensoli. »Wir hätten gut noch zwei Stunden länger auflassen können«, sagte er und klopfte die Kanten eines Notenbündels zurecht. »Wenn du mich fragst, kann es sein, dass das arme Mädchen die ganze Nacht über auf dem Dach bleibt. Der halbe Platz ist noch voller Leute, falls die hierbleiben, werden sie früher oder später wieder Hunger kriegen. Vielleicht machen wir noch einmal auf, gegen elf, was meinst du?«

Theres saß auf zwei umgedrehten Obstkisten, sie streifte die Schuhe von den Füßen und rieb sich die schweren Beine. Mehr als die Hälfte der Regale war leer, im ganzen Verkaufsraum standen Pappkisten, die noch ausgeräumt werden mussten. Sie wollte den Laden nicht noch mal aufmachen heute. Sie wollte Werner und sein Strahlen für sich haben. »Du hast schon lange nicht mehr gepfiffen«, sagte sie. »Kannst du *Moon River* noch? Dazu haben wir getanzt im Village Vanguard, weißt du noch? Furchtbar eng war es da und heiß, und man musste ganz kleine Schritte machen, um niemandem auf die Füße zu treten.«

Werner legte das Bündel ab. »Wochenlang habe ich das gepfiffen«, sagte er. »Ich habe dich fast wahnsinnig gemacht damit.« Er kam hinter dem Tresen hervor, machte ein paar angedeutete Tanzschritte, pfiff die erste Strophe, wenn auch etwas schief, und streckte Theres die Hand entgegen. »Darf ich bitten?«

Theres stand auf, Werner legte seine Hand um ihre Taille und zog sie an sich, immer noch pfeifend, küsste sie zwischen Haaransatz und Schläfe, sie konnte den Kaffee riechen in seinem Bart und das Waschmittel in seinem Hemdkragen. Sie vermisste das, Werners Nähe, seinen Körper, die Berührung seiner Hände. In Strümpfen tanzte sie mit ihm über den Linoleumboden. An der höchsten Stelle kippte Werner ins Tonlose und musste lachen. Immer wieder stießen sie nach ein paar Schritten gegen eine der Pappkisten und wechselten die Richtung. Theres hatte einen Kloß im Hals. Kurz kam sie sich in dieser Hitze wieder wie die junge Frau vor, die sie in New York gewesen war, den Bauch voller Krabben und Grapefruitlimonade, den Kopf voller Zukunft. Nur wusste sie, dass alles wieder vorbei sein würde, sobald Nunu nicht mehr auf dem Dach war, Werners Feierabendlächeln und die Küsse, das alles würde aufhören, morgen vielleicht, mit Sicherheit aber übermorgen, und Werner würde sich wieder unter der Steppdecke verkriechen.

»Schlaf mit mir«, flüsterte Theres in Werners Ohr. »Komm mit mir nach oben, und schlaf mit mir.« Sie begann, die obersten Knöpfe seines Hemds zu öffnen. Werner drückte sie an sich und küsste sie, berührte ihre Brüste, schob seine Hand unter den Bund ihres Rocks.

Eine halbe Stunde später lagen sie verschwitzt nebeneinander im Bett, Werner noch mit Socken an den Füßen, Theres in Unterrock und Schürze. Mit einer Hand streichelte sie die grauen Haare auf Werners Bauch. »Solche hätte ich auch gerne«, sagte sie. »Ich würde mir ständig selbst den Bauch kraulen, wenn ich solche hätte.«

Werner drehte sich zu ihr auf die Seite. »Ich finde deinen Bauch sehr schön, wie er ist«, sagte er und legte die flache Hand darauf.

Er wusste, woran sie jetzt dachte, an welchen alten Schmerz. Und sie wusste, dass er es wusste. Vielleicht, dachte Theres, macht man das alles genau deswegen, das Heiraten und Zweifeln und Zusammenbleiben trotz allem, für Momente wie diesen. Werner küsste ihre Hand. »Lass uns ausgehen«, sagte er. »Das haben wir ewig nicht gemacht, lass uns zu Roswitha gehen und ein Glas Portwein trinken oder irgendeinen ihrer ausgefallenen Cocktails.«

Draußen war es immer noch heiß und hell. Das weiße Sprungkissen, das die Einsatzkräfte aufgeblasen hatten, leuchtete in der Sonne. Der Platz hatte sich etwas geleert, doch vor der Absperrung standen und saßen noch immer mehr als zwanzig Leute, nach wie vor blieben Passanten stehen, steckten die Köpfe zusammen, machten ein Foto, ehe sie weitergingen, oder stellten sich dazu. Schon von weitem konnte Theres Nunu sehen, die erschöpft über das halb abgedeckte Dach balancierte und neben dem Schornstein Ziegel auf- und umtürmte, als müsste sie einen Auftrag erledigen. Über den Platz verstreut lagen Eisverpackungen, Sandwichfolien, leere PET-Flaschen, Zigaretten und Chipstüten, fast wie am Morgen nach dem Karneval. Die meisten stammten aus ihrem Laden. Theres wehrte den Impuls ab, sich zu bücken und den Abfall Stück für Stück wieder einzusammeln. Nicht jetzt, wo Werner ihre Hand hielt, mit ihr ausgehen wollte, richtig ausgehen.

»Kein Wunder, dass sie Angst hat, runterzukommen«, sagte Theres und deutete auf die Einsatzkräfte. »Die sehen ja zum Fürchten aus mit ihren Schilden und den Helmen.«

Werner nickte. »Das Mädchen, also diese Nunu, sie war letzte Woche mal im Laden«, sagte er. »Ich habe sie aber nicht erkannt. Ich erinnere mich an ihre grüne Latzhose, sie kam am Nachmittag, hat nur Tabak, Filter und eine Packung Cherrytomaten gekauft. Eigentlich wirkte sie ganz aufgeräumt. Dass wir den Rosenstock an der Hausecke in ein Beet pflanzen sollen, hat sie gesagt, dass das besser für ihn sei, das weiß ich noch. Ein paar Tage später war der Rosenstock verschwunden, jemand muss ihn ausgebuddelt haben.« Er deutete auf einen leeren Blumentopf an der Hauswand neben der Eingangstür der mürrischen Edna. »Ein Jammer«, sagte er. »Stell dir vor, was das kostet, das ganze Aufgebot, die Absperrung und alles, das ganze Personal. Die Arme, hoffentlich muss sie das nicht bezahlen.«

Apropos, dachte Theres, sie musste Werner von den Überraschungseiern erzählen, davon, dass sie beide vielleicht bald wieder nach New York würden fliegen können.

Sie hatte ganz kurz, als Werner den Laden abschloss, im Internet recherchiert, hinten im Büro am alten Computer. Und tatsächlich, das Mädchen mit dem Superman-T-Shirt hatte recht gehabt, manche der Figuren waren ein kleines Vermögen wert. Werner bückte sich und hob einen grauen Filzhut auf. »Gehört der nicht dem jungen Mann, der heute Nachmittag so herumgeschimpft hat im Laden?« Theres nickte. »Gut möglich«, sagte sie. Werner hängte ihn über das Fahrverbotsschild am Eingang zum Stadtpark. »Vielleicht kommt er ja zurück, um ihn zu holen«, sagte er.

Sie hatten Glück, ein Tischchen auf der Terrasse war noch frei. Das halbe Viertel hatte sich unter Roswithas Markise versammelt. Egon saß da, mit seinem Feldstecher, wie jeden Abend, er war der Einzige, den das Geschehen auf dem Dach kaum zu interessieren schien. Ein bisschen kam ihr Egon wie Werner vor, nur dass er sich nicht im Bett, sondern in der Erinnerung an die Vergangenheit verkroch. Er lebte in dem engen Raum zwischen seinen Schädelplatten, während Werner überall sein wollte, nur nicht in seinen eigenen Gedanken. Die meisten anderen kannte sie nur vom Sehen, sie kamen längst nicht mehr in den Laden, es waren vor allem Jugendliche und Rentner aus den umliegenden Häusern, die sich die winzigen Tischplatten teilten und bemüht waren, sich dabei möglichst voneinander abzugrenzen. Theres setzte sich mit dem Rücken zum Platz. Sie war froh, Nunu auf dem Dach nicht im Blickfeld haben zu müssen. So konnte sie sich eher dem Gefühl hingeben, einen echten, schönen Abend mit Werner zu verbringen, einen ausgelassenen Sommerabend im Schatten einer Restaurantmarkise, unter Leuten. Mit Blick auf das abgedeckte Dach hätte sie keine Sekunde vergessen können, dass dieses Glück eine Falltür hatte, die sich jederzeit öffnen konnte unter ihren Füßen.

Roswitha schwitzte, als sie zu ihnen an den Tisch trat, ein paar Nadeln hatten sich aus ihrer Hochsteckfrisur gelöst, sie sah müde aus. Theres und Werner bestellten je einen Manhattan, nur wegen des Namens, getrunken hatten sie einen solchen Cocktail noch nie, irgendetwas mit Whiskey und Wermut, hatte in der Karte gestanden. Dazu bestellten sie zwei Schnittlauchbrote, marinierte Oliven und einen Käseteller.

»Schön, dich auch mal wieder zu sehen«, sagte Roswitha und klopfte Werner auf die Schulter. »Gut siehst du aus, hast Farbe bekommen.« Sie zwinkerte Theres zu, bevor sie im Kaffeehaus verschwand.

Theres genoss es, hier zu sitzen und die Leute zu beobachten in dieser zwielichtigen Idylle. Sie erinnerte sich an einen Urlaub mit Werner in Italien, an der ligurischen Küste, als sie gerade mal Mitte zwanzig gewesen war. Die Menschen hatten am Strand gelegen, Eis gegessen, Ball gespielt, sich in den Wellen vergnügt und in Büchern geblättert, während hinter ihnen eine riesige Fabrik übelriechende Dämpfe in den Himmel gepustet hatte. Manchmal, an den Abenden, war seltsam gelbliches Abwasser vom Fabrikareal ins Meer geflossen, immer wieder wurden tote Fische an Land gespült. Aber die Menschen hatten sich davon nicht beeindrucken lassen, hatten festgehalten an ihrer Urlaubsstimmung, und Theres hatte mitgemacht, mit mulmigem Gefühl im Bauch, weil alle anderen ja auch keine Miene verzogen. Dieser Platz war auch so ein Strand. Und Werner und ich, dachte Theres, sind die Eisverkäufer, die daran verdienen. Ihr fielen zwei Obdachlose auf, die sich unter der Kastanie neben dem Kaffeehaus niedergelassen hatten, der ältere von beiden hatte einen Bauchladen umgeschnallt, in dem zusammengerollt Zettelchen lagen, die er offenbar verkaufte. Er war sorgfältig gekleidet, trug ein hellblaues, wenn auch zerknittertes Hemd und eine graue Leinenhose. Der jüngere neben ihm hatte die blonden Haare zum Zopf geflochten, er sah weniger gepflegt aus und war oben ohne. Wenn Passanten an der Kastanie vorbeikamen, hielt er sie an, sprach kurz mit ihnen und machte dann den Handstand für sie. Manche klatschten und gaben ihm ein Zwei-Euro-Stück oder sogar einen Fünf-Euro-Schein, wenn seine kurze Vorstellung beendet war. Auch der Bauchladen schien gut zu laufen, bereitwillig öffnete einer nach dem anderen sein Portemonnaie, um einen Zettel mitzunehmen.

»Ich will wissen, was die da verkaufen«, sagte Theres zu Werner. »Bin gleich wieder da.«

Der Blonde mit dem Zopf kam sofort auf sie zugehüpft. »Madame«, sagte er, »was würden Sie mir geben, wenn ich hier, jetzt gleich, den Handstand für Sie machen würde? Ehrlich, Madame, was würden Sie geben? Ich will nicht betteln, wissen Sie, Madame, Sie sollen etwas bekommen dafür.«

Theres musste lachen. »Na, dann machen Sie mal, junger Mann«, sagte sie, auch wenn sie ihn eben schon fünfmal dabei beobachtet hatte. In seinem Blick lag etwas Kindliches, eine Ehrlichkeit, die sofort ihren Beschützerinstinkt weckte. Sogleich kippte der junge Mann vornüber, stützte sich auf den Händen ab und streckte die dürren Beine in die Höhe, lief sogar ein paar Zentimeter auf den Handballen vor und zurück, bevor er sich wieder aufrichtete, strahlte, den Zopf in den Nacken warf, die Hände hinter dem Rücken verschränkte und eine Verbeugung andeutete. Theres nahm ein Zwei-Euro-Stück aus der Rocktasche und gab es ihm. »Bitte«, sagte sie, »das haben Sie sich verdient, Sie machen das gut.«

Der Obdachlose verbeugte sich noch einmal, tiefer jetzt. »Sehr großzügig, Madame, ehrlich. Danke.« Mit einer ungelenken Pirouette drehte er sich von ihr weg und hüpfte auf die nächste Passantin zu.

Theres ging zu dem Mann mit dem Bauchladen. Sie erinnerte sich nun, ihn auch schon auf Roswithas Terrasse gesehen zu haben. Sonne, Wind und Wetter hatten ihre Spuren hinterlassen auf seiner Haut. Ein Kapitänsgesicht, dachte Theres.

»Die Dame«, sagte der Mann und kippte seinen Bauchladen ein wenig nach vorne, so dass sie besser hineinsehen konnte. »Wie wäre es mit einer Frage, die Ihr Leben verändern wird. Sind Sie bereit für eine solche Frage?«

Theres schob die Hände in die Rocktaschen. »Ich weiß nicht«, sagte sie. »Das klingt mir ziemlich einschneidend.«

Der Mann lächelte und mischte die Zettel durcheinander. »Keine Sorge«, sagte er und deutete auf die Zettel. »Es ist wie mit allem im Leben, das Schwere schwimmt unten.« Theres fiel auf, wie sauber seine Hände waren. Kein Schmutz unter den Fingernägeln. Sie schämte sich einen Moment lang dafür, dass diese Tatsache sie erstaunte. »Außerdem«, fuhr der Mann fort, »sind Sie ja noch sehr jung,

Sie haben noch viel Zeit, sich zu verändern.« Theres griff zwischen die Zettel. »Solange Sie keinen Charmeaufschlag verlangen«, sagte sie. »Was soll denn die Lebensveränderung kosten?«

»Für Sie nur zwei Euro«, sagte der Mann.

Theres nahm einen der untersten Zettel, wenn schon, denn schon. Auf dem Weg zurück zum Tisch faltete sie das Blättchen auseinander: »Wenn Sie einen Tag aus Ihrem bisherigen Leben wiederholen könnten, für welchen würden Sie sich entscheiden und warum?«, stand mit blauem Kugelschreiber in tadelloser Blockschrift in der Mitte des Papiers. Theres dachte an Werners Hand auf ihrem Bauch, es war das erste Bild, das hinter dem Fragezeichen auftauchte. Sie lächelte und schob den Zettel in die Rocktasche. Sie wollte Werner endlich von den Überraschungseiern erzählen.

Astrid

Gleich, dachte Astrid. Wenn es dunkler wird, wenn die Sonne hinter dem Giebel verschwunden ist, dann steige ich aus, dann gehe ich hin zu ihr. Seit über zwei Stunden saß sie nun schon hier im Auto, verbotenerweise auf dem Geschäftsparkplatz einer Kleintierpraxis. Der Sitz unter ihren Oberschenkeln war schon ganz klebrig geworden. Hin und wieder wischte sie mit den Handflächen den Warteschweiß vom weißen Kunstleder, rieb sich die Finger am Leinenrock trocken, auf der Innenseite, oberhalb des Saums, wo niemand die Flecken bemerken würde. Die Digitalanzeige im Armaturenbrett zeigte Viertel vor acht. Astrid griff nach dem Rückspiegel und richtete ihn genauer aus. Zwischen den Heizdrähten der Heckscheibe sah sie das Dach, sah Manu darauf balancieren, sah sie Ziegel aus den Verankerungen reißen und auftürmen neben dem Schornstein, ihr Kopf eine Note, die zwischen den Linien in der Scheibe hin und her rutschte, ein schiefer Ton, dachte Astrid. Kleine, stolze Schwester. Unten am Haus standen noch immer Gaffende hinter der Absperrung, eisessende, filmende, fingerzeigende Stehenbleiber, selbstvergessen in ihrer Schaulust, Mütter und Väter mit Kinderwagen, die ihren Nachwuchs mit Sandwiches und Keksen verpflegten, Jugendliche, die ihre Handys in die Höhe hielten und filmten, Rentnerinnen und aufgebrachte Nachbarn, die gestikulierend versuchten, dieser Ungehörigkeit beizukommen, als wäre Manu ein Insekt, das sich mit ein bisschen Gefuchtel verscheuchen ließe. Zuvorderst die Journalisten, mindestens zwei Fernsehkameras, angriffslustig geschultert im Krieg um den besten Bildausschnitt, vor der Absperrung sieben Polizisten, aufgerüstet wie für eine Straßenschlacht, mit Helmen und Schilden, sieben Mann in Vollmontur gegen ihre kleine Schwester. Daneben eine junge Polizistin, die nervös auf und ab ging und dafür sorgte, dass niemand die Absperrung übertrat. Und je mehr es unter den Zuschauern rumorte, desto schneller bewegte sich Manus Kopf zwischen den Heizdrähten, als wäre die Menge ein vielarmiger Dirigent, der ihr das Tempo vorgab. Astrid hätte Manu gerne in den Arm genommen, Huckepack und weg von hier, sie irgendwo unter einen Baum gebracht, ins Gras, wo es still war und kühl, wo es nur ein paar Käfer und Wolken zum Beobachten gab. Sie ließ den Rückspiegel los und berührte dabei den lilafarbenen Duftbaum, der daran baumelte, jetzt rochen ihre Finger danach, stechend süß, nach Waldbeere, wie die Schnörkelschrift auf dem Pappbaumstamm behauptete. Von einem Stapel Flyer im Fußraum des Beifahrersitzes lächelte sie sich selbst entgegen, zuversichtlich, in malvenfarbenem Sakko: *Astrid Guhl, für eine Stadt, die niemanden im Stich lässt*. Gleich, dachte Astrid und rieb ihre Fäuste aneinander. Einen kleinen Moment noch, dann steige ich aus.

Sie zuckte zusammen. Etwas Metallisches war auf den Asphalt gekracht. Eine Schaufel vielleicht oder eine Heckenschere. Gärtnerin war Manu neuerdings. Nichts mehr mit Biologiestudium, Nachtpförtnerin, Baumarkt. Störgärtnerin. Stolz und langsam hatte Manu das Wort am Telefon gesagt, in die Sprechmuschel eines philippinischen Münzapparates, sie komme nach Hause jetzt, sie habe endlich einen Plan. Astrid war versucht, das Autoradio einzuschalten, aber sie fürchtete, dass die Lieder sie beim nächsten Hören an diese Situation erinnern würden, an ihr Abwägen, ihre Feigheit, ihr Sitzenbleiben. Stattdessen drehte sie am Regler der Klimaanlage, schaltete runter auf neunzehn Grad. Ihr war heiß, und sie hatte Durst. Sie hatte Manu seit ihrer Rückkehr noch nicht gesehen, hatte keine Zeit gehabt, weil sie mitten im Wahlkampf steckte. Manu hatte das verstanden, Glückwunsch, hatte sie in die knackende Leitung gesagt, wir sehen uns im Juni, wenn alles ruhiger ist, wir sehen uns dann. Die letzte Begegnung musste auf dem Fest zu Mutters Sechzigstem vor zwei Jahren gewesen sein. Ein heißer Tag, so wie heute, ein wolkenloser Tag im späten Mai. Manus Haare waren noch lang gewesen und rot, sogar die Achselhaare hatte sie rot gefärbt und die Augenbrauen, jede Menge Bowle hatte sie getrunken und von ihren Reisen erzählt, von den Flamingos an den Salzwasserseen in Südspanien, die sich angeblich selbst über die Beine pinkelten, um sich abzukühlen, von den Mückenschwärmen in Finnland, die im Sommer wie schwarze Vorhänge an den Scheiben der Ferienhäuser gehangen hatten, von dem Geruch der Schrottplätze auf den Kapverden und natürlich von Pflanzen; Pflanzen, Pflanzen, Pflanzen. Davon, dass manche Bäume ihre Wurzeln unterirdisch miteinander verbanden, um besser gegen Stürme gerüstet zu sein, dass es einer Isolationshaft gleichkam, Sträucher und Büsche in Töpfe zu sperren, und dass Menschen einen Drittel ihrer Gene mit Tomaten gemeinsam hatten. In sechzig Streichholzschachteln hatte sie Samen gesammelt, für jedes Lebensjahr der Mutter eine andere Sorte. Zwei, drei der Schächtelchen hatte die Mutter geöffnet, dann hatte sie mit der Handkante Platz gemacht fürs nächste Geschenk. Irgendwann hatte Manu mit einem Kaffeelöffel an ihrem linken Auge herumgepult und dann ein Glasauge aus einem argentinischen Scherzartikelladen über den abschüssigen Gartentisch rollen lassen, geradewegs in den weichen Biskuitrand der Schwarzwäldertorte. Ein paar der älteren Gäste waren weiß geworden im Gesicht wie die Schlagsahne auf ihren Gabeln.

Astrids Lippen verzogen sich zu einem Lächeln. An jenem Tag vor zwei Jahren hatte sie in der Küche an der Kaffeemaschine gestanden und Manu beneidet. Um ihre Bereitschaft, Dummheiten zu begehen und immer wieder von vorne zu beginnen. Seit sie denken konnte, beneidete sie Manu. Als Kinder waren sie oft zusammen aufs Dach geklettert. An Blaumachtagen, wenn die Mutter auswärts übernachtete und erst am frühen Abend nach Hause kam. Mit einer Thermoskanne voller sehr süßem Grenadinesirup hatten sie oben neben der Fernsehantenne gesessen, sich einen Becher geteilt, mit Teelöffeln Erdnussbutter oder Himbeermarmelade aus dem Glas gelöffelt, Cat Stevens auf dem Kassettenrecorder gehört und mitgesungen, »oh baby, baby, it's a wild world«, vor und zurück, bis es Bandsalat gab und sie die Kassette mit dem Löffelstiel oder dem kleinen Finger wieder in Ordnung bringen mussten. Immer war es Manu gewesen, die sich bis ganz nach vorne getraut hatte, an die Dachkante. Manu, die länger unter Wasser bleiben konnte als die Jungs aus Astrids Klasse. Die schlief wie ein Stein, wenn sie zu zweit draußen im Zelt übernachteten, während Astrid ängstlich jedes Rascheln und Knacken belauschte. Manu, die bei Gewitter rausging, um die Blumenstöcke vor dem Hagel in Sicherheit zu bringen, die die Jungs in den Schwitzkasten nahm, wenn sie Astrid mal wieder Kaugummi ins Haar geklebt hatten, die Brille geklaut oder die Zahnspange. Manu, die Spülmittel getrunken, Nacktschnecken gegessen, Autos unfairer Lehrer mit Nivea-Creme eingeschmiert und fünfmal den Rauswurf aus der Schule provoziert hatte. Manu, die als Sechsjährige mit dem langstieligen Obstgreifer der Nachbarin aufs Dach gestiegen war, um den Mond zu pflücken, weil sie dachte, wenn er voll sei, müsse man ihn ernten, sonst werde er schlecht. Wie die Boskopäpfel in Grossmutters Garten, die ins Gras fielen und verfaulten, wenn niemand sie pflückte. »Er ist schon voller dunkler Stellen, der Mond«, hatte Manu gesagt und die beiden Ohrfeigen der Mutter hingenommen, ohne zu weinen.

Das Telefon klingelte wieder. Langsam rutschte das vibrierende Metallgehäuse in die Mitte des Beifahrersitzes. Astrid folgte ihm mit den Augen, wartete darauf, dass es Ruhe gab. Sie sah zu, wie die heruntergekühlte Luft ihr die Härchen an den Oberschenkeln aufstellte. Sie schaltete die Klimaanlage aus. Jetzt war es ganz still. Nur ab und zu hörte sie eine der Sirenen aufheulen oder einen der Polizisten etwas durchs Megaphon rufen. Astrid bewegte sich nicht. Biss die Zähne zusammen, bis ihr Kiefer schmerzte. Sie machte das oft in letzter Zeit. Zu oft. Manchmal die ganze Nacht lang. Deshalb musste sie beim Schlafen jetzt eine Beißschiene tragen. Vor ein paar Tagen war sie um vier Uhr morgens aufgewacht, die Zähne zusammengebissen, die Beißschiene in der Faust. Die Abdrücke in ihrer Handfläche waren bis nach dem Frühstück sichtbar geblieben. Astrid schaute nun doch auf ihr Telefon. Das Display zeigte elf unbeantwortete Anrufe des Beamten, der sie benachrichtigt hatte. Halbschwester, hatte Astrid am Telefon betont, zweimal, sie ist meine Halbschwester. Das Display leuchtete auf, eine Nachricht von Hannes. Auch das noch. Astrid tippte sie an: »Bleibt es bei heute Abend in Freiburg? Könnte um 22 h im Bristol sein.« Eigentlich hatte sie sich vorgenommen, Hannes nicht mehr zu treffen. Sie mochte ihn nicht besonders. Nur die Art, wie er roch und sie anfasste, mochte sie. Anfang Jahr hatte sie ihn bei einer Informationsveranstaltung zur Aufwertung der Stadtrandbezirke kennengelernt. Wenn sie sich recht erinnerte, wohnte er hier in Thalbach, vielleicht sogar ganz in der Nähe. Seit ihrer ersten gemeinsamen Nacht schanzte er ihr hin und wieder ein paar Kontakte aus dem Bankenumfeld zu, die ihr für die Kandidatur ganz gelegen kamen. Die Treffen mit ihm nutzte sie, wie andere ein Glas Whiskey nutzten oder einen Joint, um runterzukommen, sich ein bisschen zu berauschen, eine kurze Zeit lang nicht nachzudenken. Sie dachte an Stefan und Helga, an die Quarktorte und den Plastikkürbis. »Ok«, schrieb Astrid zurück und rechnete: In knapp anderthalb Stunden würde sie losfahren müssen. Wenn sie jetzt sofort ausstieg, wenn sie die Sache jetzt anpackte und in Ordnung brachte. Der Gedanke an das Hotel entspannte sie. Der leichte Chlorgeruch im Hotelbettlaken und die kleinen Tütchen mit Hygieneartikeln, Näh- und

Schuhputzzeug, die Schokopraline, die jeder aufs Kopfkissen gelegt bekam, ganz egal, was er oder sie tagsüber angestellt hatte. Im Hotel spielte das alles keine Rolle mehr, vor den Betten ihrer Zimmerkategorie waren alle Gäste gleich.

Astrid legte das Handy mit dem Display nach unten auf den Beifahrersitz. Die Sonne war schon halb hinter dem Schornstein verschwunden, vergoldete die Ziegel und Manus hellblonden Haarschopf, das weiße Sprungkissen, das die Einsatzkräfte aufgeblasen hatten und je nach Manus Position um ein paar Meter verschoben. Kleine Schwester, dachte Astrid, kleine, halbe Schwester. Was, wenn sie sich wirklich etwas antun wollte? Wenn sie hier, vor ihren Augen – Astrid betätigte die Scheibenwischer, sprühte Putzflüssigkeit auf die Windschutzscheibe, sah zu, wie sich die Seife mit dem dünnen Film aus gelbem Blütenstaub mischte, den die Fichte im Wind über den Parkplatz verteilte. Wenn Manu runterkam, würden sie sie wieder in die Psychiatrie stecken, so viel war sicher, ein paar Tage, vielleicht Wochen. Wie vor drei Jahren nach dem Zwischenfall in der Pflanzenabteilung des Baumarkts an der Autobahngabelung Richtung Freiburg. Nie hatte Astrid sie so bleich und matt gesehen wie in der Cafeteria dieser Klinik. Sie könne hier nicht atmen, hatte Manu gesagt, es sei, als ob ständig jemand seine Hände um ihren Hals lege und zudrücke. »Den Sprung hat sie von ihrem Erzeuger«, hatte die Mutter damals am Telefon gemeint, »der wusste auch nicht, wohin mit seiner Energie, und ständig musste man ihm aus irgendeinem Schlamassel helfen. Besser, ich wäre diesem Vorstadtcasanova nie begegnet.«

Astrid sah zu, wie die Sonne rot hinter dem Schornstein verschwand, kürbisrot, dachte sie und seufzte. »Komm schon«, sagte sie zu sich selbst, »geh da jetzt hin.« Sie roch noch einmal an den Waldbeerfingern. Stellte die Klimaanlage auf achtzehn Grad, weiter runter ging es nicht, der Regler war am Anschlag. Wenn sie jetzt da rausging, war sie die Bürgermeisterkandidatin mit der verrückten Schwester. Egal, wie sie es anstellte, die Medien würden es gegen sie verwenden, und alles, wofür sie gearbeitet hatte, würde zersplittern wie die Ziegel, die Manu hinunter auf die Straße geworfen hatte. Astrid war bereit, das Haus auf Usedom aufzugeben, oder zumindest auf die lange Bank zu schieben. Aber sie war nicht bereit, den Wahlkampf um das Bürgermeisteramt von Freiburg von vornherein verloren zu wissen, nur weil Manu einmal mehr aus der Reihe tanzte. So oft hatte sie sie schon von Bahnhöfen abgeholt, ihr Geld geschickt in irgendein Kaff in Venezuela oder Kolumbien, hatte Bußen für sie bezahlt oder ihre überfällige Steuererklärung ausgefüllt. Immer war sie für Manu da gewesen, hatte sich vor den harten Blick der Mutter gestellt, deren Aufgabe das alles eigentlich gewesen wäre, die in Manu aber immer nur den Seitensprung gesehen hatte, an dem angeblich ihre Ehe zerbrochen war. So lange schon hatte Astrid auf den Punkt hingearbeitet, an dem sie nun fast angekommen war. »Bürgermeisterin von Freiburg«, hatte sie schon als kleines Mädchen geantwortet, wenn Verwandte sie in die Wangen kniffen und fragten, was sie werden wolle, wenn sie groß sei. »Du bist eben eine Kletterpflanze«, hatte Manu gesagt. »Du wächst ohne Umwege nach oben. Ich bin eher so eine Art Moos, ich wachse da, wo es mich hinstreut, wo die Bedingungen gerade günstig sind.« Astrid blickte durch den Rückspiegel. Manu stand mit verschränkten Armen neben dem Schornstein und wippte in den Knien, als wäre ihr kalt, seit mehreren Minuten stand sie so da, die Haare rot vom Ziegelstaub. Sie muss einen schlimmen Sonnenbrand haben, dachte Astrid. Sie erinnerte sich, wie sie Manu vor vielleicht achtzehn Jahren mit Magerquark eingerieben hatte, nachdem sie sich an einem bedeckten Tag den Bauch verbrannt hatte am See. Sie erinnerte sich an den Geruch, der noch Wochen später im Zimmer gehangen hatte. In derselben Nacht hatte es fürchterlich gewittert, Astrid hatte sich weinend unter dem Bett verkrochen, verängstigt die Schlagschatten der Bäume an der Zimmerwand beobachtet, wenn es blitzte, laut die Sekunden gezählt zwischen Blitz und Donner, den immer kleiner werdenden Abstand zwischen sich und dem Unwetter. Gezittert hatte sie, bis Manu sie an die kleine Hand genommen und rausgezerrt hatte vors Haus, ins Auto auf dem Parkplatz. Dass sie hier sicher seien, hatte Manu ihr erklärt, dass das Auto ein faradayscher Käfig sei, dem das Gewitter nichts anhaben könne. »Schau nur, wie schön sie sind«, hatte Manu gesagt und auf die Blitze gezeigt. »Es sieht aus, als hätten die Wolken Wurzeln, die im Dunkeln leuchten.«

Astrid rieb sich das Gesicht. Ihre Hände waren so kalt, dass ihre Finger sich wie die eines Fremden anfühlten. Vielleicht musste sie da nicht raus. Warum auch. Es wusste niemand, dass sie hier war. Da hinten standen sieben Polizisten und ein Wagen mit Rettungskräften, was konnte sie im Gegensatz zu denen schon ausrichten. Sie konnte behaupten, im Stau steckengeblieben zu sein. Oder eine Panne gehabt zu haben. Kurz überlegte sie, ob sich im Kofferraum etwas Spitzes befand, mit dem sie die Reifen einstechen könnte. Im Werkzeugkästchen vielleicht. Astrid hob den Kopf und drückte den Startknopf. Das Funktionieren des Motors beruhigte sie, die Vibration, die sich vom Fußraum her auf ihr Skelett übertrug. Vielleicht war das hier ihr faradayscher Käfig, der sie vor den Folgen einer falschen Entscheidung bewahrte. Astrid schlug mit der flachen Hand aufs Lenkrad. Schlug sich die Handfläche rot daran. Mit einem Knopfdruck öffnete sie das Fenster. Stellte dann den Motor aus. Die Hitze hing über dem Parkplatz wie einer dieser heißen, feuchten Lappen, die nach Langstreckenflügen vor der Landung verteilt wurden. Astrid hörte das Knacken der Motorhaube beim Auskühlen des Blechs. Es wurde langsam dunkler draußen. Sie sah die Umrisse ihres Gesichts in der Plexiglasverschalung. Und dann den Mond, der in der Dämmerung über dem Dach der Kleintierpraxis aufging, blass, aber rund, voller kleiner dunkler Flecken. Boskopmond, dachte sie. Manu kniete jetzt, ausgeleuchtet von Polizeischeinwerfern, neben dem Schornstein und rüttelte an einem Ziegel, trat mit dem Fuß dagegen, richtete sich auf, so gut es ging, zerrte mit gestreckten Armen, taumelte, als der Ziegel schließlich nachgab und ihr aus der Hand fiel, sie verlor das Gleichgewicht, schlitterte mit den nackten Füßen die Ziegel hinunter, ruderte mit den Armen, lehnte sich im Sturz nach hinten, Astrid umklammerte das Lenkrad, drückte den Fuß durch auf der Bremse, drückte ihr Kreuz gegen die Rückenlehne, hielt den Atem an. Manu stemmte die Füße gegen die Dachrinne, Astrids Knöchel auf dem Lenkrad wurden weiß, Manu streckte sich nach hinten, lag mit dem Rücken auf den Ziegeln, suchte Halt mit den Händen, bewegte sich ein paar Sekunden lang nicht mehr, dann rappelte sie sich hoch und kraxelte zurück auf den Giebel, legte einen Arm um den Schornstein, wie um einen Freund. Astrids Herz schlug bis zum Hals. Langsam löste sie die Finger vom Lenkrad. Das Handy vibrierte erneut auf dem Beifahrersitz. Sie presste die Stirn aufs Lenkrad und wartete, bis das Vibrieren aufhörte. Ihre Bluse kratzte auf der Haut, der Rockbund drückte ihr aufs Zwerchfell, ihre Kopfhaut schmerzte. Sie wischte eine Träne vom Lenkrad, wischte sich mit der Handkante den Rotz von der Nase, wischte die Handkante an der Innenseite des Rocks trocken, oberhalb des Saums. Was, wenn einer der Polizisten sich verplapperte. Was, wenn irgendjemand der Presse erzählte, dass sie ihrer Schwester nicht zu Hilfe gekommen war. »Astrid Guhl lässt ihre Schwester im Stich«, das würde es dann in den Schlagzeilen heißen, und ihre Karriere wäre genauso vorbei. Sie dachte auf einmal an Helga, sie konnte von Glück reden, wenn diese nicht von selbst den *Thalbacher Boten* anrief, um ein Exklusivinterview zu geben. »Verdammt«, murmelte Astrid, »verdammt, verdammt, verdammt!« Ihr Blick fiel auf das Paket aus Seidenpapier, das neben den Flyern im Fußraum vor dem Beifahrersitz lag. Es war das Hemd, das ihr der Fahrradkurier am Morgen ins Hotel gebracht hatte, für die Sitzung mit dem Vorstand der Alterssiedlung am Stadtrand, deren Fertigstellung sich um ein weiteres Jahr verzögerte. Sie hatte dann doch einfach den Blazer über dem Kaffeefleck zugeknöpft, Pistaziengrün war keine Farbe zum Überbringen von schlechten Nachrichten. Astrid schnallte sich los und griff nach dem

Paket. Sie nahm es auf den Schoß und rupfte kleine Fetzen aus dem Seidenpapier. Noch einmal schaute sie durch den Rückspiegel, dann riss sie das Papier auf und nahm das Hemd heraus. Nein, etwas Besseres war hier im Auto nicht zu finden. Sie knöpfte das Hemd auf und biss mit den Zähnen das Preisetikett vom Kragen, band die Haare zusammen und danach das Hemd wie einen Turban um den Kopf. Sie kramte in ihrer Handtasche und setzte die Sonnenbrille auf, schnappte sich das Telefon und stieg aus. So würde sie vorerst niemand erkennen. Astrid gab sich Mühe, im Schatten der Hausmauern zu bleiben. Mit zittrigen Fingern rief sie den Polizisten zurück.

In dem Dachbodenabteil war es stickig, Astrid hustete. Unter dem Dachfenster, das ausgehängt worden war, standen zwei Trittleitern aus Metall, auf einer davon ein stämmiger Polizist, dessen Kopf nicht zu sehen war, das musste Hauptkommissar Blaser sein, der sie auch angerufen hatte. Er reagierte nicht, als sie den Raum betrat. Die junge Polizistin neben der Tür, die sie mit Namen angekündigt hatte, musterte Astrids Turban und blickte dann verlegen zu Boden. Vielleicht, dachte Astrid, denkt sie, ich habe Krebs. Ein, zwei Minuten lang sagte niemand ein Wort. Astrid drehte den Ehering an ihrem Finger, widerstand dem Impuls, die Sonnenbrille auszuziehen, auch wenn sie damit im Halbdunkel des Raums zu wenig sah, die Polizistin schaute zu Boden, und der Beamte auf der Leiter schien es zu genießen, dass jegliche Fortsetzung der Ereignisse von ihm abhing, davon, wann er sich umwenden und Anweisungen geben würde. Astrid räusperte sich. Hauptkommissar Blaser seufzte und drehte sich endlich zu ihr um. »Die Frau Schwester«, sagte er. »Endlich. Schön, dass Sie zu uns gefunden haben. Auf den Straßen muss ja die Hölle los gewesen sein.«

Astrid ging nicht darauf ein.

»Die Personalien wurden überprüft?« Blaser schaute jetzt die junge Polizistin an. Diese nickte. »Na, dann kommen Sie mal hoch zu mir«, sagte Blaser und machte eine Kopfbewegung Richtung Dachfenster, wie Astrid sie von Türstehern und Sicherheitsbeamten kannte. Kein Wunder, dachte sie, dass Manu nicht runterkommt, von so einem würde ich mich auch nicht verhaften lassen wollen. Sie stieg die Tritte der zweiten Leiter hoch, bis sie mit Blaser auf derselben Höhe war. »Angst vor schlechter Publicity, was?« Blaser deutete auf das Hemd, das sie sich um den Kopf gewickelt hatte, und verzog den Mund zu einem abfälligen Lächeln.

Astrid rückte die Sonnenbrille zurecht. »Was kann ich tun«, sagte sie.

»Nun«, sagte Blaser, »Sie sind mit ihr verwandt, nicht ich. Vielleicht spricht sie ja mit Ihnen. Vielleicht können Sie sie davon überzeugen, dass sie alles nur schlimmer macht, mit jeder Minute, die sie hier oben verplempert.«

Astrid stieg noch einen Tritt höher und streckte den Kopf durchs Dachfenster hinaus in die Dämmerung. Manu saß zusammengekauert neben dem Schornstein, die Arme um die Knie geschlungen, als wollte sie sich selbst beruhigen. Blaser richtete den Kegel seiner Taschenlampe auf sie. Manus Nacken und Ohren waren von der Sonne verbrannt, an den Armen hatte sie Schrammen. Klein und wehrlos sah sie aus. »Du meine Güte«, entfuhr es Astrid. »Manu«, rief sie vorsichtig. »Hey Nunu, ich bin's.«

Manu hörte auf, vor und zurück zu wiegen. Sie drehte den Kopf ein wenig, bis zur Schulter, immerhin, sie hatte Astrids Stimme erkannt. Niemand außer Astrid nannte sie Nunu.

»Dreh dich doch mal, Nunu, schau doch mal her zu mir, bitte.«

Manu löste ihre Arme, stützte sich seitlich auf den Händen ab, dann drehte sie sich um, schaute Astrid geradewegs ins Gesicht. »Sie haben mich ausgesperrt«, sagte sie.

Astrid warf einen Blick auf Blaser, der irgendetwas in sein Handy tippte. »Wer hat dich ausgesperrt«, fragte sie, »und wo?«

Manu zuckte mit den Schultern. »Ein Mann, ich habe da hinten auf seinem Balkon gearbeitet, er hat plötzlich die Tür zugemacht, ich konnte nirgendwo mehr hin!« Sie rieb sich die Augen. Unfassbar erschöpft musste sie sein.

»Wussten Sie das, hat sie Ihnen das gesagt?«

Blaser hob die Hände. »Wir haben das überprüft, es gibt hier nur zwei Balkone, der eine Besitzer verneint, eine Gärtnerin engagiert zu haben, den anderen versuchen wir schon den ganzen Tag zu erreichen, halten die Geschichte aber insgesamt für unwahrscheinlich.«

»Warum sollte sie denn sonst ihr Werkzeug dabeihaben, wie soll sie denn sonst aufs Dach gekommen sein?«

Hauptkommissar Blaser schürzte die Lippen. »Das spielt im Augenblick eher eine sekundäre Rolle, wichtig ist, dass sie wieder runterkommt, und zwar möglichst über die Leiter hier.«

Astrids Hand verkrampfte sich zur Faust. »Hören Sie, wenn es wirklich so ist, wie sie sagt, dann ist das hier doch ein Missverständnis! Kein Wunder, dass sie panisch geworden ist. Sie müssen der Sache doch nachgehen. Warum soll sie denn so was behaupten?«

»Frau Guhl, bei aller Liebe«, sagte Blaser, »laut der Akte Ihrer Schwester ist das nicht der erste Vorfall in dieser Größenordnung.«

»Vorfall«, murmelte Astrid. Sie hatte Kopfschmerzen. Sie wollte Manu umarmen, wegbringen von hier. Manu hielt die Hand vors Gesicht, das Licht der Taschenlampe blendete sie. »Jetzt leuchten Sie ihr doch nicht direkt in die Augen, das ist doch komplett unnötig«, fuhr Astrid Blaser an, diesmal mit ihrer tiefen Bühnenstimme, die sie sich für Reden und Präsentationen antrainiert hatte. Der Ton schien Wirkung zu zeigen, Blaser verschob den Kegel seiner Taschenlampe. Astrid wandte sich wieder Manu zu. »Kannst du dich an den Namen des Mannes erinnern?«, fragte sie und bemühte sich, ruhig zu klingen. Manu antwortete nicht, rieb mit den Handflächen über ihre Schienbeine, als wäre ihr kalt. »Du willst doch nicht wirklich springen«, sagte Astrid, »oder? Das hast du doch nicht ernsthaft vor?«

Manu fuhr sich durch die Haare, verteilte den Ziegelstaub darin, sah dann auf ihre Handflächen. »Das bin ich doch längst«, sagte sie.

»Red doch nicht so einen Quatsch«, sagte Astrid, »versuch dich an den Namen des Mannes zu erinnern, das ist wichtig.« Manu stützte das Kinn auf den Knien ab, zuckte mit den Schultern. Astrid spürte ihr Herz pochen, dort, wo die Leiter gegen den Bauch drückte. »Nunu, bitte«, sagte sie. »Das hat doch alles keinen Zweck. Komm runter zu mir. Lass uns reden über alles, komm einfach runter, bitte, tu es für dich, für mich, für uns alle.«

Manu legte den Kopf schief und schaute sie wütend an. »Du hast Angst, hier gesehen zu werden, nicht wahr? So viel Angst, dass du dich verkleidest.« Sie vergrub das Gesicht in der Armbeuge. Ihre Schultern wackelten. Sie lachte. Ihr Gesicht war röter als vorher, als sie den Kopf wieder hob. »Geh nach Hause«, sagte sie. »Es ist dir peinlich, meine Schwester zu sein, das ist okay. Das war schon immer so. Du kannst mir hier nicht helfen. Du glaubst mir genauso wenig wie alle anderen.«

»Ich glaube dir«, sagte Astrid. »Natürlich glaube ich dir.«

Manus Lippen zitterten. »Ich war dabei, mir etwas aufzubauen, weißt du, es hat doch alles ganz gut geklappt. Und dann war da plötzlich die Polizei. Jetzt kann ich hier nicht mehr weg, du hörst doch, dass sie mir nicht glauben, sie wollen mich einsperren. Ich will nicht wieder eingesperrt werden.«

»Das wird sich alles aufklären«, sagte Astrid. »Komm, komm her zu mir, ich bringe dich nach Hause.«

Manu wich zurück. Sie schüttelte den Kopf. »Ich muss nachdenken«, sagte sie und drehte ihr den Rücken zu. Egal, was Astrid noch sagte, Manu reagierte nicht mehr.

Finn

Er hatte gewusst, dass er sie irgendwann verlieren würde. Von Anfang an. Es lag an der Art, wie Manu aufgetaucht war in seinem Leben. Mit verdreckten Hosen, Thujanadeln in den Haaren und fest entschlossen, ihn zu stören. Da hatte er gewusst, dass es nur eine Frage der Zeit war. Menschen wie Manu waren immer nur zu Gast im Leben der anderen. Und danach war nichts mehr wie vorher. Aber Finn wollte nicht ans Danach denken. Nicht jetzt. Die Plastikverpackung mit den aufgeplatzten Datteltomaten war von innen beschlagen. Er schob sie unter seinen Klappstuhl. So lange saß er nun schon hier, dass er mittlerweile seinen eigenen Klappstuhl hatte. Er drehte das Päckchen mit den Zigarettenpapierchen in den Händen, um wenigstens irgendetwas zu tun. Nachdem sie ihn rausgeworfen hatten, war er eine Ewigkeit lang an der Absperrung hin- und hergelaufen, in der Hoffnung, die Beamten würden ihre Meinung ändern und ihm doch noch erlauben, die Sachen zu ihr hochzubringen. Mit der zunehmenden Dunkelheit kühlte die Luft langsam aus, die Straßenbeleuchtung setzte ein. Vor der Absperrung standen kaum noch Gaffende, die meisten waren nach Hause gegangen. Bestimmt, dachte Finn, saßen sie jetzt alle an ihren Küchen- und Gartentischen beim Abendbrot und erzählten von der Verrückten auf dem Dach, zeigten Fotos und Videos in die Runde, lachten oder machten abfällige Bemerkungen. Ein bisschen weiter weg, auf einem anderen Klappstuhl, saß ein Reporter von RTL und spielte Solitaire auf dem Telefon, neben ihm mampfte die rotköpfige Polizistin einen Müsliriegel. Oben sah er Manu neben dem Schornstein sitzen, sie schirmte mit dem Unterarm die Augen ab gegen den Kegel der Taschenlampe, mit der der Polizist im Dachfenster ihr ins Gesicht leuchtete. Müde stützte sie sich auf dem anderen Arm ab. Auf einmal sah er noch eine zweite Person in der Öffnung des Dachfensters, die auf Manu einredete, zu der Manu sich nun sogar umdrehte. Ob es ein Mann oder eine Frau war, konnte er nicht erkennen, nur dass die Gestalt einen seltsamen grünen Turban trug. Finn stand auf. Wer war das? Warum durfte diese Person mit Manu sprechen, aber er nicht? Eine Psychologin? Vielleicht jemand aus der Familie? Die Mutter? Die hatte Manu nie erwähnt, nur eine Schwester. »Meine große erwachsene Schwester«, hatte sie gesagt. »Neben ihr werde ich mich immer wie ein Kind fühlen, selbst wenn ich einmal achtzig bin.« Jetzt, im Profil, war Finn sich sicher, dass es eine Frau war. Es dauerte jedoch nicht lange, da drehte Manu sich wieder von ihr weg. Ein paar Minuten später verschwand der Kopf der Frau wieder in der Fensterluke. Manu erhob sich und kam ein Stück auf den Dachrand zu, sofort ging ein Ruck durch die Beamten, die für das Sprungkissen verantwortlich waren. »Warum bringst du mir nichts?«, rief sie und fuchtelte mit den Händen. »Was bist du für ein Freund, dass du einfach da unten sitzt und mir nichts bringst. Ich habe so schrecklichen Durst! Willst du, dass ich verdurste? Willst du das?«

Finn sprang auf, es war das erste Mal seit Stunden, dass sie mit ihm sprach. »Sie lassen mich nicht hoch zu dir«, rief er. »Ich habe alles eingekauft, alles was du gesagt hast, aber sie lassen mich nicht!«

»Hören Sie auf der Stelle mit dem Gebrüll auf«, sagte die Polizistin, noch mit dem letzten Stück Müsliriegel im Mund.

»Komm runter, Manu«, brüllte Finn. »Das sind doch alles Idioten, es wird sich alles klären, wir werden morgen schwimmen gehen, das verspreche ich dir.«

Die Polizistin hob drohend den Zeigefinger. »Wenn Sie nicht sofort Ruhe geben, belange ich Sie wegen Beamtenbeleidigung und Ruhestörung«, sagte sie. »Sie können froh sein, dass wir Sie hier dulden.«

Finn blickte zu Boden. Er musste hierbleiben, um jeden Preis. Er kickte mit der Schuhspitze gegen die Tomaten unterm Stuhl, er öffnete das Päckchen mit den Zigarettenblättchen, riss eins ums andere heraus, zerknüllte sie zu kleinen Kügelchen, die er in seiner verschwitzten Handfläche hin und her rollen ließ und schließlich vor sich auf den Asphalt warf.

»Du magst sie sehr, oder?«

Finn fuhr herum. Hinter ihm stand Silas, mit seinem breiten Silasgrinsen und einem Sixpack Bier unter dem Arm.

»Ich dachte, du könntest vielleicht Verstärkung gebrauchen«, sagte er. »Und was für die Nerven.« Er hielt ihm ein Bier hin. Finn nahm die Flasche und hielt sie sich einen Moment lang an die Stirn, die Kühle tat gut. Silas schnappte sich einen der freien Klappstühle und setzte sich neben ihn.

Ungeschickt versuchte Finn, das Bier an der Stuhllehne

zu öffnen. »Wegen heute Nachmittag«, sagte er, aber Silas winkte ab und nahm ihm die Flasche aus der Hand.

»Lass mal. Hab schon kapiert.« In Sekundenschnelle öffnete er Finns Flasche mit dem Feuerzeug, streckte sie ihm hin und öffnete daraufhin seine eigene. »Auf die Liebe«, sagte er und hielt sein Bier in die Höhe.

Finn prostete ihm zu, ohne etwas zu sagen.

Nach einer Weile sagte Silas: »Dem Jungen geht es übrigens einigermaßen gut.«

Finn schwenkte bereits den letzten Schluck Bier am Flaschenboden. »Welchem Jungen?«

Silas stellte seine leere Flasche neben den Stuhl. »Na, dem mit dem Tumor. Von dem du die Gewebeprobe hättest abgeben sollen. Das Ding ist wohl gutartig.«

Finn trank den letzten Schluck. »Wie hast du das rausgefunden?«, sagte er.

»Was soll ich sagen, die Schwestern mögen mich halt.«

Finn nickte, lächelte ein bisschen, zu mehr war er nicht in der Lage.

»Na, was ist«, sagte Silas. »Willst du mir endlich erzählen, wer sie ist und was sie da oben veranstaltet?« Er deutete mit dem Kopf Richtung Dach. Finn seufzte und rieb sich das Gesicht. Dann erzählte er Silas von Manu. Davon, wie er sie kennengelernt hatte und dass sie Störgärtnerin war, dass er fand, dass das ein schönes Wort war, er erzählte Silas von den Lindenblüten und den Dattletomaten und von dem gestohlenen Garten, sogar von den feinen, fast durchsichtigen Härchen auf Manus Schläfe erzählte er ihm und von dem Streit, den sie am Morgen gehabt hatten, davon, wie schuldig er sich deswegen nun fühlte.

Als Finn geendet hatte, öffnete Silas zwei neue Flaschen Bier. »Und du hast keine Ahnung, warum sie dort oben ist? Wie sie da hochgekommen ist?«

»Ich weiß nicht, was sie in dem Haus zu tun hat. Vielleicht hatte sie hier einen Auftrag. Vorhin habe ich etwas Seltsames aufgeschnappt, als die Polizistin da drüben mit einem Kollegen gesprochen hat. Offenbar hat Manu behauptet, dass sie ausgesperrt worden sei, auf einem Balkon, das hat sie diesem Blaser am Morgen jedenfalls gesagt. Aber es wurde kein Bewohner gefunden, der das bestätigen kann.«

Silas schaute hinauf. »Komisch. Aber dann wird sich das klären. Bald. Dann ist es vorbei und wird wieder.«

Finn zuckte mit den Schultern.

»Im Ernst«, sagte Silas, »das wird schon. Am Ende wird alles gut, und wenn es noch nicht gut ist, ist es noch nicht das Ende. Hat irgend so ein Theaterfuchs mal gesagt.«

Finn hätte es ihm gerne geglaubt, aber die Angst davor, dass es anders kommen könnte, lag ihm wie klebriger Teer im Bauch und auf der Brust und unter der Zunge.

Inzwischen wurde es endgültig Nacht, die letzten Schaulustigen machten sich gähnend auf den Heimweg. Die Polizei ließ alle zwanzig Minuten eine Sirene aufheulen, damit Manu nicht einschlief und vom Dach fiel. Sie saß zusammengekauert an den Schornstein gelehnt, die Stirn auf den Unterarmen. Zwischen den Sireneneinsätzen war es still, bis auf ein paar Stimmen, die von Roswithas Terrasse herüberdrangen, und das Ratschen der Funktionskleidung, wenn jemand von der Polizei oder der Feuerwehr sich bewegte. Der RTL-Reporter hatte ein aufblasbares Nackenkissen ausgepackt und sich um den Hals gelegt, es dauerte nicht lange, bis er auf seinem Stuhl einschlief, den Mund leicht geöffnet, das Telefon an die Brust gedrückt. Auch die junge Polizistin saß mittlerweile auf einem Klappstuhl und versuchte, sich unauffällig die müden Augen zu reiben. Die Stunden, die Finn schon auf diesem Platz verbracht hatte, kamen ihm vor wie die endlose Fahrt auf einer kargen, trockenen Landstraße. Stundenlang passierte gar nichts, oder immer dasselbe, was im Grunde kein Unterschied war, und alle warteten darauf, dass es endlich vorbei sein würde. Alle, außer Finn. In der fast schon friedlichen Stille zwischen zwei Sireneneinsätzen wurde ihm klar, wie sehr er sich vor dem Moment fürchtete, in dem alles vorbei war, in dem Manu vom Dach kam und die ganze Leichtigkeit zwischen ihnen nur noch eine Erinnerung sein würde. Eine Erinnerung an damals. Bevor. Er fragte sich, was er zu ihr sagen würde, wenn sie ihm wieder gegenüberstand. Schön, dass du wieder da bist, dachte er, ja, vielleicht würde er das sagen. Obwohl es ein Satz war, den man zu jemandem sagte, der lange Zeit weit weg gewesen war. Aber irgendwie stimmte das ja auch. Wo würden sie sie hinbringen? Würde sie überhaupt jemals wieder mit ihm sprechen? Oder ihm zuhören?

»Wusstest du«, sagte er zu Silas, der das dritte Bier aufmachte, »dass Flamingos sich selbst über die Beine pinkeln, um sich an heißen Tagen abzukühlen?«

Silas schüttelte den Kopf und streckte ihm die Flasche hin. Finn nahm sie.

»Ich wusste ja, dass Manu anders ist«, sagte er. »Das wusste ich von Anfang an. Ich wusste nur nicht, dass sie … dass sie *so* anders ist.«

»Deswegen mache ich bei dem ganzen Kram nicht mit«, sagte Silas. »Beziehungen und so. Das liegt mir nicht. Ich hasse diesen Moment, wenn du realisierst, dass das Bild, dass du dir von jemandem gemacht hast, überhaupt nicht mit der Person übereinstimmt, die vor dir steht. So weit lasse ich es nicht mehr kommen. So kann ich in jede Frau verliebt bleiben, die ich je getroffen habe. Macht doch viel mehr Spaß.«

Finn drehte die Flasche zwischen den Handflächen, bis das Bier darin zu schäumen begann. »Vielleicht«, sagte er, »vielleicht fängt die Liebe aber auch erst an dem Punkt an, an dem du genau das realisierst. An dem du realisierst, dass die Person, die dir gegenübersteht, rein nichts mit dem Bild zu tun hat, das du dir von ihr gemacht hast. Und dass du trotzdem nicht ohne sie sein willst.«

»Na viel Glück dabei, so jemanden zu finden«, sagte Silas und prostete ihm zu. »Was ist eigentlich mit deinen Reiseplänen, Istanbul, Neapel, New York«, fragte er. »Dafür hast du doch ständig Extrarunden gedreht.«

»Ich weiß nicht«, sagte Finn. »Ich mochte diesen Ort hier nie. Ich wollte immer nur weiter. Seit ich Manu kenne, gefällt es mir hier plötzlich, das ist doch verrückt.«

»Verrückt wäre, wenn du deinen Fahrrädern Frauennamen geben und ihre Einzelteile mit ins Bett nehmen würdest«, sagte Silas. »So wie Otto, der früher die Zentrale geleitet hat. Hast du den noch kennengelernt?«

Finn schüttelte den Kopf. »Außerdem läuft die Reise ja nicht weg«, sagte er.

Silas musterte ihn. »Du hast Schiss«, sagte er.

»Quatsch«, sagte Finn. Auch wenn er nicht wusste, ob er

mehr Schiss davor hatte wegzufahren oder hierzubleiben. Er schreckte auf, als die Sirene losging. Auch Silas zuckte zusammen und verschüttete ein wenig Bier. Manus Haare leuchteten blau, als das Licht sie streifte. Noctiluca, dachte Finn.

Edna

Ednas Rücken schmerzte. Stundenlang hatte sie in derselben schulterverkrampften Position im Bett gelegen. Im Fernsehen lief ein Pferderennen. Durch die halbgeschlossenen Lider folgte sie dem Galopp der muskulösen Tiere, ohne das Rennen wirklich zu verfolgen, wie wenn man aufs Zifferblatt schaut und hinterher nicht sagen kann, wie viel Uhr es ist. Edna wusste nicht, wie viel Uhr es war. Dunkel war es geworden und etwas kühler. Nur vorbei war es noch nicht. Die Frau war noch immer auf dem Dach. Denn alle zwanzig Minuten heulte die Sirene auf, blaues Streiflicht huschte über die Vorhänge und die Gartenmauer, ein unübersehbares Warnblinken, das sogar die Bettdecke einfärbte, unter der Edna sich verkrochen hatte. »Unfassbar«, murmelte sie. Je länger die Sache dauerte, desto mehr krampfte sich ihr Bauch zusammen. Der ganze Tag kam ihr zäh und sinnlos vor, ein bisschen wie Nikotinkaugummi. Edna begann sich zu fragen, ob sie einen Fehler gemacht hatte mit ihrem Anruf, ob die Frau nicht längst gesprungen wäre, wenn sie sich wirklich hätte umbringen wollen. Nein, sie blieb dabei, sie hatte genau das verhindert, war im genau richtigen Moment eingeschritten. Sie stand auf und ging hinaus in den Garten. Die Blinklichter reflektierten hell von der gegenüberliegenden Fassade, säbelten durch die Büsche und durch Ednas Gedanken, scharf und schnell. Edna stellte sich auf einen Gartenstuhl und spähte über die Steinmauer. Vor dem grünen Haus standen noch immer Menschen, viel weniger allerdings als noch am Nachmittag. Ein Graus war das gewesen, der Gang zum Eckladen. Wie die Geier hatten diese verfluchten Spießbürger sich auf das Ereignis gestürzt, gierig nach einem kleinen Brocken Sensation, als müssten sie sonst an Langeweile sterben. In solchen Momenten verfluchte sie das Kleinstadtleben, diesen faulen Kompromiss, bloß weil der Bahnhof weit genug draußen gelegen war, um nicht in ihr Blickfeld zu geraten. Die wenigen verbliebenen Menschen auf dem Platz waren vermutlich Angehörige, dazu die Polizei und die Feuerwehr, ein bisschen Presse für den Ernstfall. Immer noch kraxelte die Frau übers Dach, ausgeleuchtet von den Polizeischeinwerfern, ihre Bewegungen wirkten fahrig und erschöpft. Fast den ganzen Ostteil des Dachs hatte sie schon abgedeckt. Hoffentlich kommt in der Nacht kein Regen, dachte Edna und schämte sich im nächsten Moment, das gedacht zu haben. Irgendwo, tief drinnen, direkt über dem Zwerchfell, verstand sie die Wut der Frau, ihren Wunsch, beschäftigt zu bleiben. Edna schüttelte den Kopf und stieg vom Gartenstuhl. Ihre Handflächen waren feucht, und wenn sie die Ohren zuhielt, hörte sie zwei leise pfeifende Töne, warnende Störtöne, die ihr signalisierten, dass das Kontrollsystem ihres Körpers am Anschlag war. Sie kannte das. Es war lange her, aber sie kannte das, und sie wusste, dass sie etwas zu ihrer Beruhigung unternehmen musste. Sie suchte mit der Taschenlampe den Garten nach Cosima ab, aber sie konnte sie nirgends finden. Sie hätte sie jetzt gerne hochgehoben und auf den Schoß genommen, ihr runzliges Kinn gekrault. Nur ganz selten machte sie das, weil Cosima es nicht besonders mochte, nur wenn es nicht anders ging, wenn ihre Hände nicht aufhören wollten zu zittern oder wenn sie einen dieser Träume gehabt hatte, vom Blut auf dem Schotter, vom Jungen in der Lederjacke, der mit aufgeplatztem Bauch unter der Lok nach ihr rief. Edna zündete sich eine Zigarette an, schaute zu, wie der Rauch sich im Takt der Sirene blau färbte. Bestimmt wäre alles viel schlimmer gekommen, wenn sie nichts unternommen hätte. Ganz bestimmt.

Um genau 22:23 gingen ihr zum zweiten Mal an diesem Tag die Zigaretten aus. Edna suchte alles ab, die Schublade in der Waschküche, das Schuhregal, alle Taschen von allen Mänteln, nichts, keine mehr da, nirgends. Sie befühlte den Zehner in ihrer Rocktasche, den sie aufgespart hatte. Das Päckchen am Nachmittag hatte sie mit Kleingeld aus der Küchentischschublade bezahlt, mit lauter Fünf- und Zehn-Cent-Stücken. Es gab ihr einen Stich, wenn sie daran dachte, wie sie vor dem Fernsehjournalisten die Fassung verloren hatte, sie hatte das alles nur denken wollen, vielleicht nicht einmal das. Trotzdem musste sie jetzt raus, rüber zu Roswithas Café, es war der einzige Ort weit und breit, an dem sie um diese Uhrzeit noch Zigaretten bekommen würde. Seit fast dreizehn Stunden war die Frau nun da oben, was, wenn sie genau in diesem Moment – genau jetzt, wenn Edna vorbeiging? Sie drückte die letzte Zigarette in den Aschenbecher neben der Garderobe und strich sich mit der Hand über den verkrampften Bauch. Es blieb ihr nichts anderes übrig. Ohne Nikotin würde sie diese Nacht nicht überstehen.

Auf Roswithas Terrasse herrschte noch reger Betrieb, fast alle Plätze waren besetzt. An einen Tisch hatte sich sogar eine fünfköpfige Familie gezwängt, die Stühle allesamt zum Spektakel auf dem Dach hin ausgerichtet, jeder einen Teller warmen Apfelkuchen auf den Knien, hastig aßen sie, öffneten nach jedem Bissen den Mund, um sich an den noch zu heißen Äpfeln nicht den Gaumen zu verbrennen. Edna bestellte zwei Packungen Marlboro rot, drinnen am Tresen.

»Bring ich dir raus«, sagte Roswitha. »Bin gleich bei dir. Hier drin bedien ich heut nicht, ist zu viel los auf der Terrasse, tut mir leid.«

Edna setzte sich draußen an den winzigen Tisch neben der Tür, den Roswitha benutzte, um die Aschenbecher zu wechseln. Ungeduldig klopfte sie mit den Fingerkuppen aufs Blech, den Blick aufs Feuerzeug gerichtet, das neben dem Aschenbecher bereitlag.

»Hier, hast du dir verdient«, sagte Roswitha und stellte ein Glas Weizenbier vor Edna hin, dazu eine kleine Schale mit Erdnüssen. »Ist bestimmt nicht dein Tag heute, nach allem, was ich gehört habe. Geht aufs Haus.«

Edna nickte und drehte das Glas in den Händen. Roswitha meinte es gut mit ihr. Trotzdem. Jetzt musste sie ein Bier lang hier sitzen bleiben. Hastig öffnete sie eine der Zigarettenpackungen und beobachtete die anderen Gäste. Da waren auch Theres und Werner, die beiden Pleitegeier. Der Laden hatte gebrummt, nicht nur am Nachmittag, als sie Zigaretten geholt hatte, den ganzen Tag über hatten sie ihnen die Bude eingerannt, sie hatte die Schlange durchs Küchenfenster gesehen. Die beiden tranken Cocktails. Man gönnt sich ja sonst nichts, dachte Edna. Jeder Schluck Bier schäumte die Wut in ihrem Bauch neu auf, ließ sie bis zur Brust hochsteigen. Wut auf die elenden Gaffer, die hier so gelassen saßen und Kuchen aßen und Cocktails tranken, Wut auf die Frau auf dem Dach, die ihr nach Jahren wieder das Zittern in die Glieder gejagt hatte, Wut auf sich selbst und die Bilder, die plötzlich wieder hochkamen, nachdem sie so lange im Dunkel ihres Hinterkopfs gelegen hatten.

»Was für eine Verschwendung von Steuergeldern«, entfuhr es ihr nach der zweiten Zigarette. Es war ein Gedanke, der ihr entwischte wie ein Husten, ein Reiz, gegen den sie sich nicht wehren konnte. »Eine Schande ist das«, sagte sie. »Kurzen Prozess sollte man mit so jemandem machen, zack, vom Dach pusten. Jawoll. Die ist ja sowieso lebensmüde, warum also das ganze Brimborium?« Theres drehte den Kopf zu ihr, ein paar andere Gäste auch. Edna polterte das Glas auf den Tisch, das Bier schwappte am Glasrand hoch, sie fühlte sich unwohl, merkte, dass noch mehr Worte ihr den Hals verstopften, die sie eigentlich gar nicht aussprechen wollte. »Ist doch wahr«, sagte sie, »allein die ganzen Polizisten, das kostet doch ein Vermögen. Uns alle kostet das ein Vermögen, so sieht es aus. Wenn sie nicht mehr will, soll sie doch mit dem Föhn in die Badewanne steigen oder ein paar Tabletten schlucken, dann zieht sie wenigstens niemanden mit rein.«

Roswitha, die das Ganze von drinnen mitbekommen haben musste, kam raus auf die Terrasse und stellte ihr wortlos ein großes Glas Wasser hin. Edna schob es zur Seite und zündete sich eine neue Zigarette an. »Ihr denkt doch alle dasselbe«, sagte sie. »Ihr traut euch bloß nicht, was zu sagen.«

Theres riss ihren Stuhl herum. »Nun hör aber auf, Edna«, sagte sie. »Wir wissen doch alle, dass du es warst, die die Polizei gerufen hat. Vielleicht wäre das nicht nötig gewesen. Vielleicht wäre das alles nicht so ausgeartet, wenn du nicht überreagiert hättest.«

Edna schlug mit der flachen Hand auf den Tisch. »Überreagiert«, rief sie, »ich soll überreagiert haben? Die Frau stand an der Dachkante und rief, dass sie runterspringen will, ganz vorne stand sie! Ich war die Einzige, die überhaupt reagiert hat! Und du«, sie zeigte mit dem Finger auf Theres, »du brauchst dich ja wohl am allerwenigsten zu beklagen, die haben euch ja förmlich die Tür eingerannt, in eurem Saftladen, so viel habt ihr doch nicht mehr eingenommen seit der Fußballeuropameisterschaft.«

»Du weißt doch gar nichts über sie«, sagte Theres. »Vielleicht hast du ihr komplett unrecht getan. Es geht das Gerücht um, sie sei ausgesperrt worden, auf einem der Balkone.«

Edna stand auf, stützte sich mit den Knöcheln auf die Tischplatte. »Unrecht!«, rief sie. »Ich erzähle dir etwas über Unrecht.« Sie nahm einen kräftigen Schluck aus dem Bierglas. »Mir ist schon Unrecht widerfahren, da haben die meisten von euch noch in die Hosen geschissen oder an der Nabelschnur genuckelt.«

Theres schüttelte den Kopf. »Natürlich«, sagte sie, »es sind immer die Privilegiertesten, die meinen, es gehe ihnen am schlechtesten. Lass es gut sein, Edna, du verschluckst dich noch.« Jemand lachte. Ein paar der Gäste zogen die Augenbrauen hoch und warfen sich belustigte Blicke zu.

Edna musste husten. Sie klaubte ein paar Nüsse aus dem Schälchen, warf den Kopf in den Nacken und leerte sie aus der hohlen Hand hinein. Sie spürte eine Enge im Hals, gegen die auch die Nüsse nichts halfen und der nächste Schluck Bier.

Roswitha klatschte in die Hände. »So, Herrschaften, Feierabend«, sagte sie. »Genug für heute, mir tun die Füße weh, hopp, morgen ist auch noch ein Tag.« Die gute Roswitha. Der einzige vernünftige Mensch in diesem Kaff. Eine der wenigen, die nicht schon am Gewürzregal an Überfremdungsangst litt. Und die Einzige, die es wusste. Dass sie, Edna, nicht immer so gewesen war. So klein und eingefallen. Ein freundlicher Mensch war sie gewesen und gern unter Leuten. Kaum je ein böses Wort war ihr über die Lippen gekommen. Ein gutes Leben hatte sie gehabt, eines, das sie sich hart erarbeitet hatte. Edna wusste, was die anderen dachten, sah es ihnen an, ganz genau sah sie es ihnen an. Aber es war ihr egal, so lange schon war es ihr egal, dass sie gar nicht mehr wusste, wann es angefangen hatte, ihr egal zu sein.

Jeden Tag hatte sie als junge Frau in diesem Kabuff am Freiburger Bahnhof gesessen und brav ihre Arbeit erledigt, Telefonate entgegengenommen, Protokolle getippt, Pläne zusammengestellt. Dabei wollte sie nur eines: selbst raus auf die Schienen, selbst im Führerstand stehen und durch die Landschaft brausen. Ausgelacht wurde sie. Dass das nichts für Weiber sei. Wo man denn da hinkomme, wenn man jetzt auch noch die Weiber an die Maschinen lasse, alles, was recht sei. Die Eisenbahnerfrauen bekamen kleine Broschüren ausgehändigt, in denen stand, wie sie sich ihren Männern gegenüber zu verhalten hatten. Dass man immer nett ausschauen soll, stand da drin, dass man den Mann nicht mit dem eigenen Problemkram belästigen soll. Sie hatte keinen Mann. Nicht, dass ihr nie einer gefallen hätte, aber die wären ihr allesamt nur in die Quere gekommen. Sie hatte einen Traum. Nach drei Jahren als Betriebssekretärin wusste sie mehr über Lokomotiven als die meisten Einfaltspinsel, die tagtäglich durch die Gegend fuhren. Zu Hause vor dem Spiegel übte sie, sich kerliger zu bewegen, übte, mit tieferer Stimme zu sprechen. Irgendwann hatten sie sie tatsächlich einen Zug begleiten lassen. Sie durfte hinter dem Zugchef herdackeln und die Passagiere zählen, sie nach ihren Routen fragen für eine landesweite Statistik. Das ganz große Abenteuer für vier Tage. Danach nochmals fünf Jahre warten. Erst Ende der achtziger Jahre ließen sie endlich Frauen zur Lokführer-Ausbildung zu. Da war sie schon achtunddreißig. Sie war die Erste, die sich angemeldet hatte, die Erste, die den Schein machte. Nichts Schöneres hatte es gegeben für sie auf der Welt als diesen Moment, wenn die Lok volle Fahrt aufnahm, wenn das Schätzchen so richtig in Gang kam und sie mitten durch einen frühen Morgen raste, die Rehe im Nebel auf den Feldern aufschreckte. Sie hatte ihre Ruhe. Es gab nur sie, die Kabine und die Geschwindigkeit. Acht Jahre lang hatte sie sich jeden Tag gefreut auf den Moment, wenn die Kabinentür ins Schloss fiel und sie losfahren konnte. Bis zu jenem Dienstag, als dieser Mann im karierten Pyjama auf den Gleisen gestanden hatte. Sie sah ihn noch ganz genau vor sich. Gelächelt hatte er. Seine Haare waren grau. Er hatte eine Zigarre im Mundwinkel, hatte gelächelt und die Arme ausgebreitet, wie man die Arme ausbreitet, wenn man jemanden drücken will, den man sehr lange nicht mehr gesehen hat. Er hatte die Arme für sie ausgestreckt. Und nie würde sie dieses Geräusch vergessen, diesen dumpfen Knall, als sein Körper gegen den Unterbau der Lokomotive prallte, das Rumpeln, das viel zu späte Bremsen. Der Mann hatte drei Kinder gehabt und eine Frau, dazu einen Berg Schulden, von dem er geglaubt hatte, er könne ihn unter ihrer Lok begraben. Zwei Monate hatte es gedauert, bis sie wieder in die Kabine stieg. Und nur zwei weitere Wochen von da an, bis wieder einer auf den Gleisen gestanden hatte, ein Junge diesmal, in Lederjacke, mit Kopfhörern auf den Ohren, einen Discman an die Brust gepresst. Er hatte nicht gelächelt, ängstlich hatte er ausgesehen, die Arme vors Gesicht gehoben, als wollte er Prügel abwehren. Aus einem Ohrstöpsel des Discmans war noch Musik gekommen, ganz leise hatte sie die Bässe wummern hören, als sie sich neben dem Jungen in den Schotter gekniet hatte. Noch zwei Lieder lang lebte er weiter. Das war ihr letzter Tag gewesen als Lokführerin. Sie hatte es nie mehr in den Führerstand zurückgeschafft.

Ein Ruck ging durch die Gäste, nach und nach wurden an jedem Tisch die Portemonnaies gezückt. Roswitha begann, die leeren Stühle zusammenzustellen. Als alle gegangen waren, setzte sie sich zu Edna und legte ihre E-Zigarette auf den Tisch.

»Was meinst du«, Edna deutete mit dem Daumen hinter

sich auf das hellgrüne Haus, »meinst du, sie wollte sich wirklich – du weißt schon.«

Roswitha zuckte mit den Schultern und stand auf. »Wenn du mich fragst, ist sie dafür zu wütend. Wer wütend ist, hat noch etwas zu verlieren.« Als sie zurückkam, stellte sie eine Flasche Jägermeister und zwei Schnapsgläser auf den Tisch, füllte beide bis zum Rand und prostete ihr zu.

Edna nippte nur. »Glaubst du, sie ist verrückt?«

Roswitha stellte das leere Glas auf den Tisch. »Wer ist das nicht«, sagte sie. »Ich meine, wir sitzen hier auf einem zillionenalten Planeten, evolutioniert bis hinter die Ohren, wir trinken Cappuccino und Jägermeister, es gibt kleine ferngesteuerte Autos, in die man sich nicht hineinsetzen kann, es gibt Fingernägel zum Ankleben und Penispumpen und Schnee und Schaukelstühle, es gibt Kanarienvögel und Drohnenkriege und künstliches Apfelaroma, und dann sind wir trotzdem der Liebe ausgeliefert und dem Wunsch, jemandes großes Glück zu sein, wir sind der Müdigkeit ausgeliefert und den Menschen, die uns zur Welt bringen, und ständig müssen wir gegen unseren Hang zur Trägheit ankämpfen, also wenn du mich fragst, so gesamthaft gesehen, ist das Nichtverrücktsein die eigentliche Anomalie.«

Edna leerte ihr Glas mit zwei kleinen Schlucken. Warm sickerte der Schnaps in ihren flauen Magen. »Mir fehlt die Geschwindigkeit«, sagte sie nach einer Weile. »Die leere Strecke, dieses Freiheitsgefühl, das fehlt mir.«

Roswitha nickte und goss sich nach. »Wenn du magst«, sagte sie, »nehme ich dich mal mit in meiner Moto Guzzi, im Seitenwagen. Morgens um vier hat man die Autobahn fast für sich allein. Und die Passstraßen erst. Herrlich.«

Edna tätschelte Roswithas Handrücken. Zwei Schildkröten sind wir, dachte sie. Einzelgängerinnen, die am besten allein zurechtkommen, ohne Anhang. Nur ab und zu streifen wir uns, nicken einander wissend zu, das reicht.

»Mal sehen«, sagte Edna. Sie schaute auf die Uhr. Noch ein paar Minuten, dann wäre Mittwoch.

Henry

An Schlaf war nicht zu denken. Henry saß auf einer Bank in der Nähe des Parkeingangs und rieb sich die Augen. Zwar hatten er und der dürre Lukas es geschafft, während der Schließung unbemerkt zu bleiben, aber das half ihnen nicht viel. Alle zwanzig Minuten ließ die Polizei ihre Sirene aufheulen, damit die arme Frau auf dem Dach nicht einschlief. Jetzt, wo die Mauersegler endlich wieder Ruhe gegeben hatten und es eigentlich still und friedlich war. In den Büschen zirpten die Grillen, aus einem entfernten Autoradio war Marvin Gayes *Sexual Healing* zu hören, es roch nach frischgemähtem Gras und dem Aftershave, von dem der dürre Lukas viel zu viel aufgetragen hatte. Seit einer halben Stunde flitzte dieser aufgedreht mit einem Fahrrad zwischen den Bäumen hindurch, das er am Mittag bei der Glassammelstelle gefunden hatte. »Glückstag«, rief er und hob abwechslungsweise die Arme in die Luft. »Was für ein Glückstag!«

Dennoch, in die Notschlafstelle wollte Henry nicht, die zweckmäßigen Räume waren ihm zuwider, dort wurde ihm nur allzu bewusst, dass er kein Zuhause mehr hatte. Schon früher auf Geschäftsreisen war er nicht gern im Hotel abgestiegen. Diese beigegraue Nachahmung von Wohnlichkeit, Bilder und Möbel, die so sehr jedem gefallen wollten, dass sie niemandem mehr gefielen. In Henrys linker Jackentasche klimperte das Kleingeld vom Fragenverkauf, es war ein guter Tag gewesen, dank der vielen Schaulustigen, die sich über Stunden auf dem Platz aufgehalten hatten. Henry blickte hinauf zur Frau, die sich neben dem Schornstein zusammengekauert hatte.

»Wie schnell man nicht mehr dazugehört«, sagte er, mehr zu sich selbst als zum dürren Lukas, der abgestiegen war und sich im Schneidersitz neben ihm auf die Bank setzte, mit einer Hand tätschelte er den Fahrradlenker wie den Kopf eines Hundes.

»Da sagst du was, Meister. Ehrlich, wenn du jemandem in die Quere kommst, kann es schnell gehen, ganz schnell. Man sollte niemandem in die Quere kommen, nie, so seh ich das.«

»Das ist Blödsinn«, sagte Henry. »Wie soll das denn gehen, sobald du auf die Welt kommst, kommst du irgendjemandem in die Quere, dagegen kannst du gar nichts machen.«

Der dürre Lukas faltete mit der Hand sein rechtes Ohr ganz klein zusammen, so geschickt, dass es für ein paar Sekunden nach innen gestülpt blieb und wie ein verkniffener Mund aussah, bevor es wieder in seine ursprüngliche Form zurückschnellte. Henry spielte mit dem Geschenkband, das um die Packung mit den Nougatbonbons gewickelt war, die er am Nachmittag in der Konditorei am Marktplatz gekauft hatte. Sein Sohn war heute neunzehn geworden. Bestimmt saß er irgendwo und trank Bier mit seinen Freunden oder küsste ein Mädchen in einem Hauseingang. Bestimmt hatte Esther Karottenkuchen gebacken, sie machte immer Karottenkuchen, wenn jemand Geburtstag hatte, und sie machte den besten weit und breit. Ob sie wohl über ihn sprachen? Ob er ihnen heimlich doch ein bisschen fehlte beim Geburtstagsessen? Ob Esther das Huhn noch hatte?

»Ehrlich, Meister, die Frau ist doch noch jung«, sagte der dürre Lukas. »Warum will sie sich umbringen. Das ist doch schrecklich, findest du nicht?«

Henry schüttelte den Kopf. »Hast du den Trotz in ihrem Gesicht gesehen, die Wut in ihrem ganzen Körper? Wer schreit und tobt, wünscht sich nicht, das Leben wäre vorbei. Er wünscht sich, es wäre anders.«

Der dürre Lukas trennte seine Haare in drei Stränge und begann, sich einen Zopf zu flechten. »Das Wünschen darf man nicht aufgeben, Meister, sonst stirbt man.«

»Hier.« Henry streckte ihm die Packung mit den Nougatbonbons hin. »Für dich.«

Der dürre Lukas hielt inne, ließ den Zopf halb geflochten über die Schulter baumeln und rieb sich die Handflächen an den Hosenbeinen ab. »Nee, Meister«, sagte er. »Neee, ehrlich.« Er starrte auf seine Schuhspitzen, kratzte sich am Arm und schielte dann seitwärts auf die Packung mit den Bonbons.

»Ich dachte, du magst die Dinger«, sagte Henry und schob die Packung näher zu ihm hin.

Lukas stützte sich mit den Handflächen auf der Bank ab und zeichnete mit den Schuhspitzen Linien in den Kies. Er schaute auf die Packung, dann auf Henry, seine Mundwinkel zitterten. »Mannmannmann, ehrlich, Meister, du machst mich fertig. Ich weiß nicht, wann mir zum letzten Mal jemand … und ich versteh nicht, warum du …«

»Schon gut«, sagte Henry. »Ich hatte Lust. Ich komme nicht mehr oft dazu, jemandem eine Freude zu machen. Nimm sie einfach. Ich geh und vertrete mir noch etwas die Beine. Schlafen werden wir hier heute sowieso nicht können.«

Henry stand auf und ging zum Parkeingang. Aus dem Augenwinkel sah er, wie Lukas das Päckchen auf die Knie nahm und über den Deckel strich. Henry stellte sich vors Eisentor und verschränkte die Arme. Er mochte diesen Blick nach draußen. Als ob es einen Ort gäbe, der ihm gehörte, zu dem niemand sonst Zutritt hatte. Sein Park, seine Bäume, seine Grillen. Er beobachtete die Gäste auf Roswithas Terrasse. Kaum jemand schaute noch zur Frau hinauf. Alle saßen sie da wie an der Bushaltestelle, wartend, mit anderen Dingen beschäftigt, aber dennoch so positioniert, dass sie im Falle einer Wendung des Geschehens nichts verpassten. Henry kannte das. Diesen Sog, den unheilvolle Ereignisse ausüben konnten. Er erinnerte sich gut an das Gefühl, wenn er als kleiner Junge mit seinem Vater auf der Autobahn an einem Unfall vorbeigefahren war. Dieses Gefühl, Glück gehabt zu haben. Dieses deutliche Gefühl, am Leben zu sein und es gut zu haben. Jetzt begegnete er diesem Blick manchmal selbst. Diesem wohligen Schauder der Vorübergehenden. Wenn er auf einer Parkbank lag und nur so tat, als würde er schlafen. Oder wenn er an einem der öffentlichen Brunnen seine Kleider wusch. Nur schon deshalb setzte er sich ab und an auf Roswithas Terrasse und bestellte sich einen Kaffee, um sich an der eingeschworenen Idylle zu beteiligen und sie durcheinanderzubringen. Er tastete nach dem Notizbuch in seiner Tasche, erinnerte sich aber, dass es bei seinen Sachen neben der Bank lag. Nur den Bleistift fand er in der Brusttasche und einen Busfahrschein, Kurzstrecke. Hastig schrieb er auf: »Zu welcher Idylle hast du keinen Zugang? Und willst du das ändern?« Als er den Bleistift wieder einsteckte, fiel ihm ein grauer Filzhut auf, der am Fahrverbotsschild vor dem Park hing. Jemand musste ihn verloren haben. Da das Tor abgeschlossen war, suchte Henry nach einem langen Ast. Unter der Kastanie wurde er fündig. Er brauchte ein paar Anläufe, dann aber gelang es ihm, den Hut zu sich herüber zu angeln.

»Schönes Stück«, murmelte er und drehte ihn in den Händen. »Nichts Überflüssiges dran.« Hinter sich auf der Bank hörte er das Rascheln des Bonbonpapiers. Er drehte sich um und sah, wie der dürre Lukas mit geschlossen Augen kaute und das Papier ganz nah am Ohr zwischen den Fingern hin und her schob. Henry schmunzelte. Als er sich wieder umwandte, bemerkte er auf dem Platz zwei Männer, die er in der Stadt noch nie gesehen hatte. Einen älteren, mit grauen, zurückgekämmten Haaren, und einen jüngeren mit dunklen Locken. Sie trugen beide auffällig elegante Kleidung, als hätten sie sich in der Opernpause verirrt und nicht wieder in den Saal zurückgefunden. Der ältere von beiden drehte sich mit dem Telefon in der Hand, ging ein paar Schritte, drehte wieder um, ging ein paar Schritte in die andere Richtung, blieb dann stehen und raufte sich die Haare. »Porca miseria, Tommaso«, hörte Henry ihn ausrufen. »Non ha senso. Non lo troveremo mai. Mai!«

Henry setzte den Hut auf und trat näher ans Tor, um die beiden besser im Blick zu haben. Der jüngere, der offenbar

Tommaso hieß und sich ganz langsam um die eigene Achse drehte, als hoffte er, in den umliegenden Fenstern ein bekanntes Gesicht zu erblicken, blieb abrupt stehen. »Guardi, maestro, guardi! Vede quel che vedo io?« Es bestand kein Zweifel, der junge Mann deutete direkt auf Henry und kam nun mit schnellem Schritt auf ihn zu. Henry war so perplex, dass er sich nicht von der Stelle rührte. Die beiden Männer rannten nun fast. Beide lächelten sie, je näher sie auf ihn zukamen, desto erwartungsfreudiger. Henry blickte hinter sich, aber da war nur der dürre Lukas, der sich inzwischen langgemacht hatte auf der Bank. Die beiden konnten unmöglich zu ihm wollen, zwei so elegante Herren, das musste ein Irrtum sein, eine Verwechslung.

Maren

Etwas stimmte nicht. Maren kurbelte das Autofenster hinunter und versuchte, einen Blick in die Hotellobby zu erhaschen, aber die Scheiben spiegelten zu sehr. Schon drei schreckliche Popsongs lang war Jaris nun da drin und ließ sie warten. Maren drehte den Schlüssel und schaltete den Motor ganz ab, bevor sie ausstieg. Die Luft war kühler, als sie erwartet hatte. Spät war es geworden, über zwei Stunden hatten sie vor Paris im Stau gesteckt, die lange Pause auf der Raststätte hatte sich gerächt. Maren setzte sich auf die Motorhaube und zündete sich eine Zigarette an. Im Canal Saint-Martin spiegelten sich die Lichterketten der umliegenden Cafés und Bistros, auf beiden Uferseiten waren die Terrassen voller Menschen. Maren suchte den Horizont ab, aber der Eiffelturm war nirgends zu sehen. Es war eine Ewigkeit her, dass sie zuletzt in Paris gewesen war. Anfang zwanzig war sie gewesen und mitten im Studium, mit Ellie war sie hergefahren, hatte mit ihr in einer Mansarde ohne Klo und fließend Wasser gewohnt, im 18. Arrondissement. Die verrückte Ellie, die mittlerweile drei Kinder hatte, eine Tellervorheizschublade unter dem Kochherd und eine dieser hüfthohen Thujahecken, über die sie sich immer lustig gemacht hatten. Zwei Nächte hatten sie hier verbracht, eine davon, ohne zu schlafen, in einem unterirdischen Schwulenclub irgendwo in der Nähe der Bastille, einer riesigen Halle, in der Männer im Stringtanga in Käfigen tanzten und die Musik so laut war, dass man sich die Worte nur von den Lippen ablesen konnte. Getanzt hatten sie und Wodka getrunken mit Cranberrysaft, und Ellie hatte mit einem der Männer herumgeknutscht und hinterher behauptet, man könne es nicht Fremdgehen nennen, wenn der Mann schwul sei. Am nächsten Tag hatte sie Ellie auf eine Party begleitet in der Galerie irgendeines Kunstfotografen, wieder Wodka, wieder laute Musik, wieder Ellie beim Knutschen zuschauen. »Du musst halt offensiver sein«, hatte Ellie damals gesagt. »Aussuchen, nicht aussuchen lassen.«

Maren trat die Zigarette aus. Sie hatte keine Lust mehr, auf Jaris zu warten. Sie hatte Lust, sich mit ihm ins Café aux Prunes an der Ecke zu setzen und einen Apéritif zu trinken, Pastis oder Weißwein, dazu etwas Käse oder Austern, genau, Austern, und eine von Jaris' selbstgedrehten Zigaretten. Und sie hatte Lust, zu knutschen, Jaris in den Hals zu beißen, in den Bauch, in die Lippen, in … »Ich fürchte, das wird nichts.« Jaris stand neben ihr, den Zimmerschlüssel in der Hand. Offenbar war hier noch nicht auf diese gesichtslosen Plastikkarten umgestellt worden. 324, stand auf der Plakette. »Tut mir echt leid«, sagte er, »aber mit denen ist nicht zu reden. Sie sind vollkommen ausgebucht, und zu zweit im Einzelzimmer zu schlafen ist gegen die Vorschriften. Ich hab alles probiert.«

Maren versuchte, sich eine neue Zigarette anzuzünden. Ein Streichholz nach dem anderen ging aus, bevor die Zigarette brannte. Vor Wut biss sie auf den Filter.

»Hey«, sagte Jaris, »ich hab mich doch auch drauf gefreut.« Er fuhr mit dem Zeigefinger ihren Oberarm entlang. »Das heißt ja nicht, dass wir nicht trotzdem Spaß haben können.«

Maren stopfte die Zigarette zurück in die Packung. »Und wo schlaf ich, wenn wir Spaß gehabt haben«, sagte sie.

Jaris streckte ihr einen Zettel hin. »Sie haben mir eine Herberge aufgeschrieben, die noch freie Zimmer hat, ganz hier in der Nähe. Ist wohl schwierig gerade, die Stadt ist sehr voll. Los, steig ein, ich bring dich hin.« Er öffnete die Beifahrertür.

»Was soll ich da, ich hab ja kein Gepäck«, sagte sie. »Lass uns jetzt gleich anfangen mit dem Spaßhaben. Lass uns was trinken gehen, da vorne, das Café, das sieht nett aus. Die haben Austern, es ist Jahre her, dass ich zum letzten Mal Austern gegessen habe.«

Jaris zupfte an den Brusthaaren, die sich in seinem Hemdausschnitt kräuselten. »Das würde ich gern, wirklich«, sagte er, »aber einer der Querflötisten ist krank geworden, und deshalb müssen wir mit seinem Ersatz das ganze Konzert für morgen nochmals proben. Ich fürchte, vor Mitternacht schaffe ich es nicht.«

Maren knallte die Beifahrertür zu und nahm Jaris den Zettel mit der Adresse aus der Hand. »Dann bis Mitternacht«, sagte sie und ließ ihn stehen. Querflötist, dass sie nicht lachte, elender Feigling.

Im Café aux Prunes setzte sie sich an den einzigen freien Tisch, fest entschlossen, sich nun französisch zu fühlen. Die kleine Tischplatte war noch verklebt von den Getränken der Vorgänger, zwei Fliegen stritten sich um die klebrige

Beute. Maren bestellte acht Austern und einen halben Liter Weißwein. Auster um Auster beträufelte sie mit Zitronensaft, zwei davon zuckten, als sie mit der Säure in Berührung kamen. Maren wusste nicht, warum, aber es gab ihr ein sanftes Gefühl von Verwegenheit, eine lebende Kreatur zu verschlucken, etwas Raubtierhaftes hatte es an sich. Soweit Maren wusste, waren Austern die einzigen Lebewesen, die man mit Absicht lebendig verschlang. Python, dachte Maren. Haifisch. Adler. Tiger. Krokodil. Großzügig bestrich sie ein Stück Baguette mit gesalzener Butter, beträufelte die letzte Auster, sah, wie das fast durchsichtige Fleisch zusammenzuckte, und schlürfte die nach Meerwasser schmeckende Masse aus der Muschel. Zufrieden betrachtete sie den leergegessenen Teller und bemerkte, dass ein paar Sandkörner zwischen ihren Backenzähnen knirschten. Ein paarmal bewegte sie die Zähne auf den Sandkörnern hin und her, bevor sie sie mit Weißwein hinunterspülte.

Das Zimmer im City Hostel war so klein, dass die Furnierholztür beim Öffnen gegen den Furnierholzschrank stieß. Der blassgelbe Spannteppich war voller dunkler Verfärbungen, die Silikonfugen in der Dusche waren von schwarzem Schimmel durchzogen, und in das Furnierholzkopfende hatte jemand »we've fucked here« eingeritzt. Es roch nach kaltem Zigarettenrauch und muffigen Sportschuhen. Maren verdeckte mit der Armbeuge ihre Nase, sie schob den Polyestervorhang neben dem Bett zur Seite und versuchte das Fenster zu öffnen, es ging nicht. Unter dem Radiator bemerkte sie eine Lüftung, die nicht lüftete. Egal, in welche Richtung sie den kleinen Riegel schob, es tat sich nichts. In dem winzigen Lift mit Furnierholzboden fuhr sie die acht Stockwerke wieder hinunter zur Rezeption. Der Rezeptionist, ein blasser, kaum zwanzigjähriger Junge mit Oberlippenflaum und weißem Rollkragenpullover, erklärte ihr, dass die Lüftung leider kaputt sei und die Fenster nicht zu öffnen. »Sécurité«, sagte er, »for safety reasons.«

»Und der Sauerstoff«, sagte Maren. »What about oxygen, it is dangerous for the brain, if you don't have enough oxygen, did you know that?«

Der Junge zog die Schultern hoch und zeigte Maren seine leeren Handflächen, sagte noch einmal, es tue ihm leid, wirklich sehr leid, und weil sein Mitleid nicht gespielt aussah, nickte Maren schließlich und ließ ihn in Ruhe. Er konnte ihr nicht helfen, das sah sie ein.

Sie ging hinaus auf die Straße, ging schnell und mit gesenktem Kopf, bis sich vier Gassen weiter endlich der Kanal in ihr Blickfeld schob und sie das Gefühl hatte, wieder Luft zu bekommen. Sie zündete sich eine Zigarette an und beobachtete ein Pärchen, das auf der Brücke vor ihr knutschte. Sie war sehr viel kleiner als er und stand auf den Zehenspitzen, er dagegen bückte sich kaum. Sie hatte die Augen geschlossen, während seine weit geöffnet waren, unbeteiligt schaute er aufs Wasser. Maren kramte in ihrer Tasche nach dem Telefon und versuchte Jaris anzurufen. Mailbox. Natürlich, was denn sonst. Die Uhr auf dem Display zeigte kurz nach halb zwölf. Sie ging die Anrufliste im Speicher durch und wählte die Nummer von Hannes. Mailbox. Mistkerl. Sie öffnete den Internetbrowser und suchte nach der Frau auf dem Dach. »Neue Strategie« stand im Newsticker des *Thalbacher Boten,* »Hunger und Durst sollen Ziegelwerferin vom Dach bewegen.« Die Nachricht war siebenundzwanzig Minuten alt. Es war also noch nicht vorbei, die Frau hatte noch nicht aufgegeben. Und würde Hannes jetzt zu Hause im Bett liegen, würde er die Schritte der Frau auf dem Dach hören, dachte Maren, vielleicht das Zerschellen der Ziegel, die Sirenen. Und er würde Maren anrufen, sie darüber informieren, was los war. Mit Sicherheit also lag Hannes nicht zu Hause im Bett. Und mit ebenso großer Sicherheit war Jaris nicht am Proben. Maren scrollte auf der Liste der Treffer nach unten. »Die Irre auf dem Dach« lautete die Schlagzeile bei RTL. »Verrückte Ziegelwerferin versetzt Nachbarschaft in Angst und Schrecken«, hieß es auf BILD. Maren packte das Handy zurück in die Tasche. Sie würde das alles nicht auf sich sitzen lassen. Python, dachte sie. Tiger. Adler. Krokodil.

Es dauerte nicht lange, bis sie Jaris' Hotel wiedergefunden hatte. In der Lobby roch es angenehm, nach Kaffee und Pfefferminze, die Rezeptionistin nickte ihr freundlich zu. Maren ging an ihr vorbei zu den Fahrstühlen. 324 hatte auf der goldenen Plakette am Zimmerschlüssel gestanden, er musste also im dritten Stock sein. Als sie den Liftknopf drückte, surrte es in ihrer Tasche, eine Nachricht von Jaris erschien auf dem Display. »Muss dringend ins Bett, sorry, morgen Frühstück bei mir im Hotel?« Maren drückte die Nachricht weg. Vor dem Liftspiegel strich sie sich die Haare glatt, klopfte sich Röte in die Wangen und zupfte ihr Oberteil zurecht. Im Innenfach ihrer Handtasche fand sie einen Kaugummi, den sie kurz in den Mund nahm und in eine alte Quittung wickelte, als der Lift oben zum Stehen kam. Im

Gang stellte sie erleichtert fest, dass die Zimmertüren altmodisch waren, mit einfachen Türklinken. Wenn sie Glück hatte, konnte sie einfach ins Zimmer spazieren. Obwohl der Boden im Flur mit rotem Teppich ausgelegt war, ging sie auf Zehenspitzen, sie spürte ihr Herz bis in die Schläfen pochen, spürte eine kantige Mischung aus Angst und Wut im Bauch. Vorsichtig legte sie das linke Ohr an die Tür mit der Nummer 324. Es war nichts zu hören. Doch, da, Schritte, Flüssigkeit, die in ein Glas gefüllt wurde, dann das Klirren der Vorhangringe, das Rascheln der Bettdecke, Zubettgehgeräusche. Marens Hand zitterte, als sie die Finger nach der Klinke ausstreckte. Kurz sah sie die Frau auf dem Dach vor sich, ihre angespannten Muskeln und die breitbeinige Selbstverständlichkeit, mit der sie auf dem Giebel gestanden und ihrem Unmut Ausdruck verliehen hatte. Was die konnte, konnte sie auch. Mit einem Ruck öffnete Maren die Tür und trat ins Zimmer, in dem es unerwartet dunkel war, nur die Nachttischlampe neben dem Bett war an. Einen Augenblick lang konnte Maren kaum etwas erkennen, dann sah sie Jaris in Jeans, aber oben ohne auf der Bettkante sitzen, ein Glas Wein in der Hand. »Dacht ich's mir, dass ich dich hier finde«, sagte sie. Langsam näherte sie sich dem Bett, unterwegs stellte sie ihre Tasche auf dem Sessel neben der Badezimmertür ab. Sie griff unter den Saum ihres Tops, zog es nach oben über den Kopf und ließ es auf den Boden fallen. Kobra, dachte sie. Panther. Eine Armlänge von Jaris entfernt blieb sie stehen. »Du wolltest doch meine Sommersprossen zählen«, sagte sie. »Ich hab sie alle mitgebracht.«

Jaris bewegte sich keinen Zentimeter. »Hast du meine Nachricht nicht bekommen«, sagte er.

»Früh ins Bett gehen ist etwas für Menschen ohne Esprit«, sagte Maren. »Deine Worte.«

Jaris rutschte auf der Bettkante nach hinten. Er hatte tatsächlich Angst vor ihr. Die überlegene Verwegenheit war aus seinem Blick verschwunden, seine schönen Weltenbummlerhände krampften sich nervös zusammen, eine in die Matratzenkante, die andere ums Glas. Maren nahm ihm den Wein aus der Hand und leerte ihn in einem Zug, stellte das Glas behutsam auf den Nachttisch.

»Du musst gehen, bitte«, flüsterte Jaris. Maren hatte längst begriffen, was vor sich ging, längst hatte sie das Rauschen des Duschwassers im Badezimmer gehört, das Ratschen der Duschkabinenwände, die Klospülung, es war nur noch eine Frage von Sekunden. »Weißt du nicht mehr«, sagte sie, »deine Nase wolltest du zwischen meine Brüste stecken, den Duft in die Nase ziehen, dort, wo die Brüste sich berühren, gierig einatmen, wie Koks von einer Glastischplatte, weißt du noch, wie du mir das ins Ohr geflüstert hast?« Maren beugte sich über ihn. »Heute ist dein Glückstag«, sagte sie, griff nach den Haaren in seinem Nacken und drückte sein Gesicht mit aller Kraft in ihr Dekolleté.

Jaris packte sie mit beiden Händen am Bauch. »Hör auf, was soll das«, keuchte er. »Lass mich los.« Er versuchte, sie wegzustoßen, versuchte aufzustehen, vergeblich.

»Für wie blöd hältst du mich«, sagte sie leise in sein Ohr, »für wie blöd.« Sie drückte fester, Jaris' Worte waren jetzt nicht mehr zu verstehen, sie spürte seinen Atem zwischen ihren Brüsten.

»Chéri!«

Endlich. Maren drehte den Kopf, ohne Jaris freizulassen. In der offenen Badezimmertür stand eine sehr junge Frau, kaum fünfundzwanzig, in ein winziges Badetuch gewickelt, das knapp ihre Brüste und ihre Scham bedeckte. Mit weit aufgerissenen Augen stand sie da, die dürren Beine zusammengepresst, keinen Schritt machte sie vorwärts, als wäre ihr die Entrüstung wie Scherben vor die Füße gefallen.

»Chéri ist gleich so weit«, sagte Maren, zog an Jaris' Nackenhaaren, griff sein rotes Gesicht mit beiden Händen und zog es zu sich heran, drückte ihm einen Kuss auf den Mund, einen bitteren, bissigen Kuss. Jaris schnappte nach Luft, als sie sich von ihm löste.

»Lass dich nie wieder bei mir blicken«, sagte sie. »Nie wieder.« Sie rückte ihren Büstenhalter zurecht.

Weder Jaris noch die junge Frau sagten etwas, während Maren ihr Top vom Boden aufhob und ihre Handtasche vom Sessel neben dem Bad nahm. Still war es im Zimmer. Nur das Wasser war zu hören, das aus den Haaren der jungen Frau auf den Parkettboden tropfte. Und Marens gemächliche Schritte zur Tür, das Klirren des Reißverschlusses an der Handtasche.

*

Ihr Körper wird klein im Fallen, immer kleiner, zusammengepresst von der Luft, zusammengepresst auf das Pochen in ihrer Brust, herzgroß fällt sie, faustgroß, vorbei an den untersten Fenstern, keinen Ton gibt sie von sich unterwegs, keinen Ton.

*

Zweiter Tag

Felix

Der Himmel über den Dächern wurde heller. Bäume und Fassaden nahmen wieder Farbe an, die ersten Mauersegler stürzten sich in den Tag. Felix' Augen waren trocken, ein kräftiger Wind blies ihm ins Gesicht. Er saß auf dem obersten Absatz der Leiter, die Arme auf dem Dachrand abgestützt. Manuela Kühne hatte den rechten Arm um den Schornstein geschlungen. Roswithas Terrasse war leer, die Markise zurückgekurbelt, hinter den meisten Fenstern waren die Vorhänge gezogen. Eigentlich mochte er diese Zeit, wenn die Nacht langsam ausbleichte. Es war die Zeit, in der es üblicherweise am wenigsten Ärger gab, die wenigsten Verbrechen wurden gegen fünf Uhr morgens verübt, die meisten Menschen schliefen noch, verhielten sich absichtslos in diesem Lichtwechsel, bevor der neue Tag anbrach. Die Ruhe tat Felix gut. Der letzte Sireneneinsatz war zwei Minuten her, der nächste würde erst in gut zwanzig Minuten folgen. In seinem Kopf schossen noch immer die Bilder vom gestrigen Nachmittag durcheinander, Roswithas geblümte Bettdecke, der Staub auf dem Dachboden, Iggys Dinosaurieranhänger, sein toter Körper auf den moosbedeckten Platten vor dem Brombeerhaus, Blasers verächtlicher Blick. Über fünfzehn Stunden war das alles her, und doch kam es ihm vor, als hätte für ihn nie ein neuer

Tag begonnen. Bis kurz nach zehn in der Nacht hatte er geschlafen, tief und traumlos, danach war er aufgeschreckt, wusste nicht, wo er war, hielt den schmerzenden Kopf unters kalte Wasser, trank bei Roswitha am Tresen einen doppelten Espresso und kehrte gegen elf hierher zurück, um Esther und Blaser abzulösen, die für ihn eingesprungen waren. Ein Nachspiel werde sein Verhalten haben, hatte Blaser gesagt, darauf könne er sich gefasst machen. Wenn es nach ihm gehe, zwei Monate Baustellenverkehrsdienst, mindestens. Oder noch besser: Innendienst im Archiv. Felix war dankbar, dass die Frau auf dem Dach ihm seit Stunden keinen Anlass mehr gab, etwas zu unternehmen. Und auch wenn er sich dafür schämte, hoffte er insgeheim, sie möge noch ein wenig durchhalten und das Dach noch nicht verlassen. Denn wenn der Einsatz zu Ende war, musste er nach Hause und Monique alles erzählen. Solange er noch hier oben war und Monique nichts wusste von Iggy und dem Staub und dem Brombeerhaus, blieb alles beim Alten. Carola, die neben der Dachbodentür auf einer umgedrehten Holzkiste saß, schlief, den Kopf an den Türrahmen gelehnt. Es kam ihm gelegen, so musste er nicht nach Manuela rufen, nicht vorgeben, sie in ein Gespräch verwickeln zu wollen, wo doch ohnehin alle wussten, dass es keinen Zweck hatte. Wahrscheinlich, dachte Felix, geht es ihr wie mir. Sie hat Angst vor dem, was danach passiert, und hofft, noch eine Weile durchzuhalten. Felix versuchte, seine Muskeln zu entspannen, bewegte den Kiefer hin und her, schüttelte die Hände aus, atmete doppelt so lange aus wie ein. Es half nicht. Um seinen Bauch war es eng, als würde jemand ihn an einem Seil zurückziehen und er sich mit voller Wucht dagegenstemmen. Iggy und Monique, dachte Felix, beide ziehen sie am Seil, und ich will mich nicht zu ihnen umdrehen, ich will nicht. Er beobachtete eine Wolke, die zuerst aussah wie der Kopf einer Ente, sich langsam in eine Art Schiff verformte und sich dann über dem Schornstein, an dem die Frau sich festhielt, wieder in nichts als eine Wolke auflöste. Dass die Frau das Kind einer Mutter war und eines Vaters, dachte Felix, und warum die beiden nicht hier oben bei ihm standen, um ihre Tochter zu beschützen. Felix schluckte, sein Mund war trocken, er trank ein bisschen Orangensaft aus der Flasche in seiner Jackentasche. Ob die Frau nie hatte pinkeln müssen? Er erinnerte sich an das Spülbecken gestern, spürte, wie ihm die Scham in die Wangen schoss. Vielleicht, dachte er, waren die Eltern der Frau nicht im Land. Vielleicht lebten sie in Amerika oder Asien oder auf einer griechischen Insel. Felix versuchte, den Strand von Santorin in seiner Erinnerung zusammenzusetzen, an dem er als Kind mit seinen Eltern gewesen war, ein einziges Mal: der hellbraune Sand, die winzigen Stücke zerbrochener Muscheln, ein Steinriff, weit draußen, am Ende der Bucht. Da stand Manuela Kühne auf und drehte sich zu ihm um. Sie kam ein paar Schritte auf ihn zu, die Arme vor der Brust verschränkt. Der Strand verschwand. Felix wagte nicht, sich zu bewegen, noch nicht. Noch ein paar Schritte, und er würde sie an den Beinen oder am Arm zu fassen bekommen und sie in Sicherheit bringen können, endlich. Ihre Knie waren von blutigen Schwielen überzogen, ihre Ellbogen aufgeschürft, die grüne Latzhose rotbraun vom Ziegelstaub, selbst ihr helles Haar war stellenweise ziegelbraun verfärbt. Manuela Kühne blieb stehen. Sie sah Felix nicht an. Sie wandte den Kopf ein Stück zurück über die Schulter, als hätte sie etwas gehört, dann drehte sie sich langsam um und ging wieder Richtung Dachrand, gemächlich setzte sie einen Fuß vor den anderen, als würde sie einen Feldweg entlangspazieren. Am Dachrand ging sie einfach weiter. Kein Zögern, kein Innehalten, kein Hinuntersehen. Keine Zeit für Felix, ihr etwas zuzurufen, den Ernst der Lage zu erkennen. Sie spazierte einfach in den Abgrund. Wie sie zuvor den Fuß auf die Ziegel gesetzt hatte, setzte sie ihn nun ins Leere. Felix bewegte sich noch immer nicht. Seine griffbereite Hand lag auf den Ziegeln, zur Faust zusammengepresst, sein Mund gab kein Wort, keinen Ton her.

Hinterher wusste er nicht zu sagen, wie lange es gedauert hatte, bis er den Kopf drehte zu Carola, die noch immer schlief neben der Tür, bis er die Faust öffnete und bemerkte, dass er den Atem anhielt.

Theres

Der Tag begann rötlich und bedeckt. Theres war früher auf als sonst, etwas hatte sie geweckt, eine Unruhe, ein Kitzeln hinter dem Brustbein, ein Kribbeln in den Waden. Schon eine ganze Weile, bevor die Straßenlaternen ausgingen, saß sie auf der Holzbank vor dem Laden, in der Hand eine Tasse Kaffee, auf dem Schoß die neue Überraschungseier-Schachtel und das Teppichmesser. Die Blachen hatte sie bereits im Dunkeln vom Gemüse genommen, das Preisschild beschriftet und die faulen Früchte aussortiert. Theres fuhr mit dem Finger über den Klebeverschluss der Pappschachtel. Fast alle Überraschungseier hatten sie gestern verkauft. Sie musste daran denken, wie vielen Kindern sie im Laufe der Jahre die kleinen Plastikfiguren vorenthalten hatte, und schämte sich ein bisschen. Sie griff nach den ausgedruckten Hotelangeboten für New York in ihrer Schürzentasche. Werner würde Aufmunterung brauchen heute Nachmittag, denn mit Sicherheit würde die Kundschaft wieder ausbleiben. Die Zeitungen und das Fernsehen hatten die Sache mit Nunu gründlich ausgeschlachtet, vielleicht kam der eine oder die andere noch vorbei, um einen Blick auf sie zu werfen, um sagen zu können, ich war dabei. Aber ein Ansturm wie der gestrige war kaum zu erwarten. Theres hatte die Bank ein Stück um die Ecke getragen, so dass sie das Haus mit Nunu auf dem Dach sehen konnte. Die Ärmste lehnte völlig erschöpft am Schornstein, alle paar Sekunden streifte das Blaulicht ihr Gesicht und die Fassade. Es konnte nicht mehr lange dauern, bis sie aufgeben würde. Wenn die Sirenen aufheulten, vergrub sie den Kopf zwischen den Knien, bis der Lärm vorbei war. Rund um den Schornstein war das Dach stellenweise abgedeckt, unförmige Löcher, die den Blick auf gelbes Isolationsmaterial und Plastikfolie freigaben. Unten auf dem Platz schliefen zwei junge Männer aneinandergelehnt in ihren Klappstühlen. Verwandte, Freunde? Wer wohl dort unten übernachten würde, wenn sie oben auf dem Dach wäre, fragte sich Theres. Werner, mit Sicherheit. Vielleicht Roswitha. Und sonst? Theres schüttelte den Kopf und damit den Gedanken weg. Sie begann, den Klebeverschluss der Pappschachtel aufzuschneiden. Nach und nach nahm sie die Eier aus dem Karton, legte sie auf die Küchenwaage, schüttelte sie, belauschte sie und entschied sich schließlich für fünf, die restlichen legte sie in die Schachtel zurück. Sie nahm einen großen Schluck Kaffee. Sie hatte Zeit. Sorgfältig wickelte sie das erste Ei aus und fand darin tatsächlich eine Happo-Figur, den zweiten Piraten. Als sie das zweite Ei in die Hand nahm, bewegte sich etwas in ihrem Augenwinkel. Nunu war aufgestanden. Theres hob den Kopf. Nunu ging in Richtung des Dachfensters, in dem der Kopf eines Polizisten zu sehen war. Nach ein paar Schritten blieb sie stehen und kehrte wieder um. Mit langsamen Schritten und gebeugten Knien ging sie über das abschüssige Dach, immer näher zur Kante, den Blick geradeaus, setzte einen Fuß auf die Dachrinne und den anderen davor in die Luft, sie fiel, mit den Füßen voran, die Arme an den Körper gepresst, rotierte im Fallen auf den Rücken, keinen Ton gab sie von sich dabei, still und heimlich fiel sie vom Dach, ohne dass jemand unten auf dem Platz ihren Sturz mitbekam. Das Überraschungsei in Theres' Hand knackte, als Nunu sich fallen ließ, Theres sah kurz auf das eingedrückte Ei in ihrer Faust, dann wieder rüber zum Platz, wo das Sprungkissen sich an den Seiten aufstülpte, Nunu war nicht mehr zu sehen. Die beiden jungen Männer in den Klappstühlen sprangen auf, brauchten einen Moment, bis sie begriffen, was passiert war. »Manu«, rief einer von ihnen. »Manu, Manu!« Er rannte zu dem Sprungkissen und wurde von zwei Feuerwehrmännern zurückgehalten. Theres erkannte ihn nun an der Fahrradmontur, es war der junge Mann, der gestern im Laden so getobt hatte. Natürlich, dachte Theres, Manuela heißt sie, Manuela Kühne. Drei der Feuerwehrmänner hoben sie aus dem Kissen und auf eine Sanitätstrage, sie lebte, sie wehrte sich kraftlos mit den Füßen, hinterließ rotbraune Spuren auf den gelben Jacken der Männer. »Zum Glück«, murmelte Theres. »Zum Glück, zum Glück.« Ihre Hand zitterte, als sie das zerquetschte Überraschungsei zurück in die Pappschachtel legte.

Sie hatte keine Lust mehr, die restlichen Eier auszupacken. Sie schob die Klinge des Teppichmessers zurück in die Plastikhalterung und den Sicherheitsriegel vor. Dann hob sie die Holzbank an und trug sie mitsamt den Eiern, der Küchenwaage und der Kaffeetasse zurück um die Ecke und vor den Laden. Über eine Stunde blieb sie dort sitzen, nippte am Kaffee und stand von Zeit zu Zeit auf, um einen Apfel in der Auslage zu drehen oder einen Spatz von den

Trauben zu verscheuchen. Das o in Grocery blinkte. o-o, machte es, o-o-o.

Gegen acht hörte sie Werners Schritte im Obergeschoss. Also doch, dachte sie, er steht auf, er packt es an. Pfeifend setzte sie eine zweite Kanne Kaffee auf und machte sich daran, den Kühlschrank mit Eistee, Cola und Joghurtdrinks zu füllen. Sie zerkleinerte die Pappkartons, rückte die Büchsen in den Regalen zurecht, mit dem Markennamen nach vorn, wischte feucht über den Tresen und den Boden, dann räumte sie die ungeöffneten Überraschungseier schweren Herzens in die Auslage. Gegen neun fiel ihr auf, dass Werner noch immer nicht heruntergekommen war. Ob er sich rasierte oder wieder im Bett verkrochen hatte? Theres verschloss die Kasse mit dem kleinen Schlüssel und ging nach oben. Werner saß mit dem Rücken zu ihr in dem blaugestreiften Sessel am Wohnzimmerfenster.

»He, du Faulenzer«, sagte Theres, »ich könnte unten Hilfe beim Einräumen gebrauchen.« Werner reagierte nicht. Wahrscheinlich war er wieder eingeschlafen, er machte gerne mal ein Nickerchen in diesem Sessel. Theres trat näher, sah zuerst seine Füße, sah, dass er einen Schuh angezogen hatte und sauber geschnürt, der andere stand noch mit Schuhspanner am Boden.

»Warte, ich helfe dir«, sagte sie und ging um den Sessel herum. Erschrocken wich sie zurück. Werner schaute mit weit offenen Augen aus dem Fenster, die Hände auf den Armlehnen, die Ladenschürze umgebunden, ein Lächeln auf den Lippen, als hätte er eben einen Einfall gehabt. Er blinzelte nicht, rührte sich nicht. Theres begriff sofort. Sie packte den Saum ihrer Schürze und presste sich den Stoff vor den Mund, vor die Augen, rieb sich damit übers Gesicht. »Werner«, sagte sie in die Schürze hinein. »Werner.« Sie beugte sich über ihn, schloss seine Lider, küsste ihn auf die Schläfe und den Sonnenbrand auf seiner Nase, auf den linken Mundwinkel, dorthin, wo seine Lippen am meisten lächelten.

»Werner«, sagte sie immer wieder, »Werner.« Ein anderes Wort gab es nicht, nicht in ihrem Mund, nicht in diesem Zimmer, nicht auf der Welt.

Felix

Als er mit Carola unten auf dem Platz ankam, waren die Sanitäter bereits dabei, die Frau auf einer Trage in den Krankenwagen zu schieben. Ob sie zufällig oder bewusst ins Kissen gesprungen war? Hatte sie noch gewusst, wo das Kissen stand? Hoffentlich, dachte Felix, hoffentlich hat sie nicht wirklich versucht, sich auf die Straße zu stürzen. Das Seil um seinen Bauch lockerte sich ein wenig. Die Mauersegler schossen kreischend die Hauswand entlang, als wollten sie den Sprung der Frau imitieren. Der Platz war fast leer. Neben den Einsatzkräften stand der junge Mann in Fahrradmontur mit einem Freund, der sich verschlafen die Augen rieb, auch der Reporter von RTL war noch da, mit einem Nackenkissen um den Hals ging er aufgeregt über den Platz und versuchte, den geeignetsten Ort für eine Liveschaltung zu finden. Der Kameramann war noch dabei, sein Equipment in Betrieb zu nehmen, er konnte den Sprung also unmöglich gefilmt haben. Eine kleine Welle Schadenfreude spürte Felix im Bauch, wenigstens das, wenigstens war sie an allen vorbeigesprungen. Nur die Klappstühle und der liegengebliebene Abfall erinnerten an die Menschenmenge, die sich während der vergangenen zwanzig Stunden auf dem Platz aufgehalten hatte. Der Wind trieb einen Wirbel Plastikmüll über die Pflastersteine, türmte ihn kniehoch auf und zerstreute ihn dann wieder. Am Ende der Gasse sah Felix Blasers Wagen mit Blaulicht anrollen. Ein Ruck, und sein Bauch zog sich wieder zusammen.

»Was passiert nun mit ihr?« Der junge Mann in Fahrradmontur stand auf einmal neben ihm, bleich, mit geröteten Augen. »Finn Holzer«, nannte er seinen Namen. »Sie waren gestern dabei, als ich aufs Dach, also, als wir versucht haben, Manu…« Er wischte die unangenehmen Worte mit einer Handbewegung weg. »Kann ich mit«, sagte er stattdessen, »darf ich mit ihr mitfahren?« Er zeigte auf den Krankenwagen, in dem Manuela Kühne versorgt wurde, die Türen standen noch offen. Ihre Fußsohlen leuchteten rotbraun auf dem weißen Leintuch.

Felix schüttelte den Kopf. »Tut mir leid«, sagte er. »Ich fürchte, Sie müssen Geduld haben. Soweit ich weiß, wird sie erst mal in eine psychiatrische Einrichtung gebracht. Bevor nicht geklärt ist, wie es zu dem Vorfall kam, wird sie wohl niemand besuchen dürfen.«

Die Augen des jungen Mannes glänzten. »Jemand hat sie ausgesperrt, auf dem Balkon, das ist nicht Manus Schuld«, sagte er.

Felix runzelte die Stirn. Er hörte das zum ersten Mal.

»Da, ihm hat sie es gesagt.« Der junge Mann zeigte auf Blaser, der aus seinem Wagen stieg und als Erstes Richtung Fernsehkamera lief. »Angeblich waren die beiden Mieter, die Balkone haben, nicht zu erreichen.«

Felix biss die Zähne zusammen. Das sah Blaser ähnlich. »Ich kümmere mich darum«, sagte er. »Das verspreche ich Ihnen. Wenn es so war, finden wir es raus.« Der junge Mann nickte erleichtert, Felix hätte ihn am liebsten in den Arm genommen. »Gehen Sie nach Hause und schlafen Sie eine Runde. Das wird schon alles«, sagte er, vielleicht mehr zu sich selbst als zu Finn Holzer. Der stand verloren da, presste den Rucksack an die Brust und sah sich um, als wüsste er nicht mehr, woher er gekommen war.

Auf dem Rasen vor dem Haus lag Tau, Felix' Schuhspitzen färbten sich dunkel, als er den Garten durchquerte. Er brach eine Pfingstrose aus dem Busch, eine, deren Knospen noch nicht geöffnet waren. Neben der Terrassentür streifte er die Schuhe ab. Eine Ameise kroch von der Blume auf seinen Handrücken, er wischte sie nicht weg. Auf Zehenspitzen betrat er die Küche. Er ging zum Kühlschrank, öffnete das Eisfach und klaubte einhändig einen Eiswürfel aus dem Gefrierbeutel, schob ihn in den Mund und zerbiss ihn. Das tat gut.

»Du warst lange weg.«

Felix zuckte zusammen. Monique saß in ihrem Ananashemd auf dem Boden neben der Badezimmertür, eine aufgerissene Packung Schokoladenkekse im Schoß. Sie sah müde aus. »Du sitzt ja am Boden«, sagte Felix, als wüsste sie das nicht.

Monique nahm die Packung mit den Schokoladenkeksen, stützte sich am Türrahmen ab und stand auf. »Ich hab alles in den Nachrichten gehört«, sagte sie und zeigte aufs Radio neben der Spüle. Felix legte die Pfingstrose auf den Küchentisch. Er nahm eine Vase aus dem Schrank und füllte sie mit Wasser, stellte die Blume hinein. Die Ameise krabbelte über seinen Unterarm. Felix' Hände zitterten, er legte sie um die Vase.

»Du fehlst mir«, sagte Monique. »Es kommt mir vor, als würdest du gar nie wirklich nach Hause kommen.«

Felix drehte seinen Unterarm. Die Ameise war verschwunden. Er ging hinüber zu Monique und legte seine rechte Hand auf ihren Bauch, dorthin, wo der Stoff des Nachthemds am meisten spannte. »Es war ein bisschen viel in letzter Zeit«, sagte er, »das ist alles.«

Monique legte ihre Hand auf seine: »Er schläft.« Eine Weile standen sie so da, bis Monique sich aus der Umarmung löste. »Ich bin müde«, sagte sie. Er hörte ihre nackten Füße auf der Treppe, dann war es still.

Felix bückte sich nach dem Werkzeugkasten unter der Spüle. Leise ging er hinunter in den Keller, wo noch immer der offene Föhn auf dem Blechtisch lag.

Astrid

Astrid erwachte früh, noch vor dem Wecker. Der Rollladen vor dem Hotelfenster warf einen gestreiften Schatten auf die Wand. Flatterband, dachte Astrid, Manu, Nunu, Schwesterherz. Sie vergrub die Nase in der Bettdecke, die so herrlich nach Chlor roch, ein Geruch, den nur Hotelbetten hatten, ein Geruch, der sie beruhigte. Sie setzte sich auf, nahm die Speisekarte vom Nachttisch und studierte das Frühstücksangebot, um sich abzulenken, um den Moment hinauszuzögern, in dem sie das Telefon anstellen und nach Manu googeln würde. Hannes schlief noch, die Hände über der Brust gefaltet. Wie für den Sarg, dachte Astrid, und dass sie Hannes wecken musste, gleich, weil er das Ladegerät für sein Telefon vergessen hatte. So ein Schussel. Sie widmete sich wieder der Speisekarte. Ein deftiges Rührei vielleicht, mit Käse, oder Pfannkuchen mit Äpfeln und Zimt. Hannes drehte sich jetzt zu ihr um, streckte verschlafen den Arm nach ihr aus und streichelte ihre Brüste, das war immer das Erste, was er tat, wenn er aufwachte, ihre Brüste streicheln, als hätte er Angst, sie seien über Nacht abhandengekommen. Er öffnete ein Auge und grinste sie an, wie ein bedürftiger Schuljunge sah er aus. Astrid schob seine Hand weg und stand auf. Sie mochte die Morgen mit Hannes nicht, wenn alles hell war und echt und sich der

Gleichgültigkeitsfilter der Nacht nicht mehr über ihre Berührungen legte.

»Ich habe in anderthalb Stunden ein Meeting mit dem Schulrat, vorher muss ich noch zu Hause vorbei«, sagte sie und schlüpfte in den Morgenmantel. »Ich muss mich beeilen.« Sie hatte Stefan gestern auf dem Weg nach Freiburg angerufen und ihm erklärt, sie müsse wegen Manu in Thalbach bleiben, es sei besser so. Sie öffnete die Balkontür und trat hinaus in die Sonne, die kurz zwischen zwei Wolken hindurchschien und dann wieder verschwand. Gedankenverloren zupfte sie ein paar verdorrte Blätter von den lila Petunien, die über die Balkonbrüstung wucherten. Brüste, dachte Astrid, Brüstung, und dass dieser Wortzusammenhang keinen Sinn ergab. Sie dachte, dass sie das googeln sollte, die beiden Wörter. Googeln, dachte sie. Manu, das Dach, verdammt. Sie warf die vertrockneten Blätter runter auf die Straße und drehte sich um. Durch die Scheibe hindurch sah sie Hannes an, der sich im Bett aufgesetzt hatte. Sie lächelte ihm zu, er konnte ja nichts dafür.

»Sollen wir etwas zum Frühstück bestellen«, fragte sie zurück im Zimmer. Die Balkontür klemmte ein wenig, sie musste ihr unten mit dem Fuß einen Tritt verpassen, damit sie ins Scharnier einrastete. Entgeistert schaute Hannes sie an, als hätte sie ihn beschimpft. »Sie hat geklemmt«, sagte Astrid. »Ging nicht anders, ist ja nichts passiert.«

»Die Balkontür«, sagte Hannes, »die verdammte scheiß Balkontür!« Er stand auf und suchte seine Kleider zusammen, stieg hektisch in Hosen und Socken, knöpfte das Hemd falsch zu, ging im Kreis, schien etwas zu suchen, schob die Hotelinformationsmappe auf dem Tisch herum, hob die Bettdecke hoch, fuhr sich mit den Händen übers Gesicht, setzte sich am Fußende auf die Matratze. Astrid entdeckte seinen Gürtel auf dem Gepäckständer bei der Tür und legte ihn neben ihn auf die Decke, er nahm ihn und rollte ihn um die linke Hand, rollte ihn wieder ab, legte ihn zurück aufs Bett.

»Weihst du mich ein«, sagte Astrid und begann nun ebenfalls, sich anzuziehen. Hannes presste die Hände vor den Mund, aber die Worte waren schon da, dicht hinter seinen Handflächen, das sah sie ihm an, er wollte sie bloß nicht aussprechen.

»Die Gärtnerin«, sagte Hannes, »diese Gärtnerin, die ich habe kommen lassen, wegen der chinesischen Kräuter auf dem Balkon. Ich habe sie ausgesperrt, gestern Morgen, ich habe sie vergessen, komplett vergessen.«

Astrid klemmte sich ein Stück Haut im Seitenreißverschluss ihres Rocks ein. »Du hast was?«, sagte sie.

»Die Gärtnerin«, sagte Hannes. »Ich habe die Balkontür geschlossen, als ich mit dir telefoniert habe, ich wollte nicht, dass irgendjemand etwas mitbekommt!«

»Ach, jetzt bin ich schuld«, rief Astrid und zerknüllte die pistazienfarbene Bluse, bevor sie sie in ihre Handtasche stopfte. Ihr Gesicht wurde ganz heiß und ihre Handflächen nass. Wie eine Lawine donnerte die Ironie der Situation ihr entgegen und riss als Erstes ihre Beherrschung mit. »Du Idiot«, schrie sie, »du blöder, verantwortungsloser, egoistischer Idiot! Hast du dir mal überlegt, was das vielleicht für Konsequenzen hat? Womöglich ist die Frau verdurstet oder ihr ist sonst was zugestoßen! Vielleicht ist sie tot!«

»Was schreist du mich so an«, sagte Hannes und fädelte

den Gürtel in die Stoffschlaufen seiner Hose. »Bestimmt geht es ihr gut, bestimmt hat sie nach Hilfe gerufen und irgendjemand hat sie da runtergeholt. Bestimmt geht es ihr gut.«

Astrid warf den Bademantel mit Wucht aufs Bett. »Was, wenn nicht«, sagte sie. »Was, wenn nicht!«

»Gib mir dein Handy«, sagte Hannes und fuchtelte hektisch mit der Hand. »Na los, mach schon. Gib mir das verdammte Telefon, wir googeln das jetzt.«

Astrid stellte das Telefon an und gab es ihm. Sie öffnete die Balkontür wieder und trat hinaus, so nah ans Geländer wie möglich. Sie wünschte sich, in irgendeinem der vorbeifahrenden Autos zu sitzen, irgendeinen anderen Beruf zu haben, einen anderen Namen, Kuchen backen, dachte sie, oder mit einem Hund spazieren gehen, angeln, kniehoch im Wasser stehen und keinen Ton von sich geben.

»Fuck!«, hörte sie Hannes sagen und drehte sich um. »Fuck, fuck, fuck!«

Er warf das Telefon aufs Bett, als hätte er sich daran verbrannt. Astrid presste ihr Kreuzbein an die steinerne Brüstung. Eine Hummel summte an ihr vorbei zum nächsten Balkon. Nimm mich mit, dachte Astrid.

»Die ist aufs Dach gestiegen«, sagte Hannes und zeigte aufs Telefon. »Die ist aufs Dach gestiegen und den ganzen Tag und die ganze verdammte Nacht da oben geblieben.« Er ging im Zimmer hin und her, schüttelte die Arme aus, steckte die Hände in die Taschen. »Die hat unser halbes Dach abgedeckt und Leute mit Ziegeln beworfen und herumgeschrien, wie ein Tier hat die sich aufgeführt, auf meinem Dach!«

Astrid biss die Backenzähne aufeinander. Stärker, bis ihr Kiefer schmerzte.

»Das hat einen riesigen Auflauf gegeben, Presse, Polizei, Nachbarn, Feuerwehr ... und wir liegen hier und ... *Das* war die unbekannte Nummer, die am Nachmittag zweimal angerufen hat, ich dachte, ich rufe abends zurück, aber dann haben wir tausendmal hin und her geschrieben, und dann war der Akku leer, und ich dachte, das kann warten, ich dachte, das ist nicht so wichtig.«

Astrid löste die Zähne voneinander, krallte die Zehen vorne in die Schuhsohlen. »Wo ist die Frau jetzt?«, fragte sie leise.

Hannes setzte sich aufs Bett und drückte die Hände vors Gesicht. »Sie ist runtergesprungen. Heute Morgen, ganz früh, kurz nach fünf.«

Die Balkonbrüstung in Astrids Rücken schien nachzugeben, genau dort, wo ihr Kreuz dagegendrückte, ihre Knie gaben nach, Astrid hielt sich mit den Händen in den Petunien fest, Usedom, Manus Zahnlücke, ihr Pflanzenatlas mit den vielen Eselsohren, Bandsalat.

»Sie ist ins Kissen gesprungen, zum Glück«, sagte Hannes. »Man hat sie jetzt raus in die Psychiatrie gebracht, da gehört sie wohl auch hin.«

Astrid zog an den Petunien, zog sich daran in eine aufrechte Haltung, wackelte ein wenig, stand.

»Du hättest Maren von uns erzählen sollen«, sagte sie und ging ins Zimmer zurück. »Dann hättest du die Tür offen lassen können, und der Frau wäre nichts passiert.«

Hannes öffnete die Minibar, nahm ein Fläschchen Jack Daniel's heraus, schraubte den Deckel ab und trank den

Whiskey zur Hälfte aus. »Als ob du das gewollt hättest«, sagte er. »Dir ist doch nichts wichtiger als dein Wahlkampf. Einen Risikofaktor hast du mich genannt, weißt du noch?«

»Dir ist schon klar, dass du das melden musst«, sagte Astrid, »dass du mit dafür verantwortlich bist.«

Hannes wischte sich über den Mund. »Gar nichts muss ich«, sagte er. »Das spielt doch jetzt sowieso keine Rolle mehr. Wenn ich Glück habe, glauben sie ihr nicht, in der Presse sieht es jedenfalls nicht so aus, als würde man ihr glauben. Wenn ich Glück habe, fragt niemand mehr danach.« Er rempelte Astrid an und ging an ihr vorbei hinaus auf den Balkon, stellte das Fläschchen auf die Brüstung und stützte sich mit beiden Händen ab. Diese lächerliche kleine Babyflasche, an der er nuckelte, um sich zu beruhigen. Blitzschnell schob Astrid die Flügel der Balkontür zusammen, gab der Türleiste unten mit dem Fuß einen kräftigen Tritt und drehte den Knauf.

Hannes fuhr herum. »Ha, ha«, machte er, trank das letzte Drittel des Whiskeys aus und trat näher an die Scheibe. »Lass den Blödsinn, Astrid, das ist doch kindisch!«

Astrid ging ins Badezimmer. Erst dort bemerkte sie, dass sie mit der linken Hand ein Büschel Petunien mitsamt den Wurzeln umklammerte. Sie legte die Pflanze neben das Waschbecken und wusch sich ausgiebig die Hände. Sie putzte die Zähne, schminkte die Lippen, bürstete die Haare. Von draußen hörte sie Hannes rufen und gegen die Scheibe poltern. Sie tupfte den Mund mit einem Stück Klopapier ab und zog eine zweite Schicht Lippenstift nach. Sie nahm ihre Tasche und das »Bitte nicht stören«-Schild vom Haken neben der Tür, drehte sich noch einmal zu Hannes um und lächelte ihn an. Zufrieden stellte sie fest, dass er für einen Moment verstummte. Außen an der Tür brachte sie das Schild an, mit der roten Seite nach vorne.

Unten im Frühstücksraum bestellte sie zuerst Rührei mit Käse und danach Pfannkuchen mit Äpfeln und Zimt. Sie konnte sich nicht erinnern, wann sie zum letzten Mal so hungrig gewesen war.

Egon

Es hatte zugezogen, die Luft war kühler geworden und roch vom Park her moosig, Egon hörte die ersten Tropfen auf die Markise prasseln. Sein freier Tag begann mit einer doppelten Portion Schnittlauchbrote auf Roswithas Terrasse. Kurz hatte er sich überlegt, woanders einzukehren, wegen der armen Frau auf dem Dach, aber dann hatte er zu Hause im Radio gehört, dass sie hinuntergesprungen war ins Kissen, am Morgen, in aller Herrgottsfrühe. Egon goss ein wenig Milch in seinen Schwarztee und justierte den Feldstecher mit dem Rädchen zwischen den Gläsern, das Licht in seinem alten Laden war soeben angegangen. Drei Männer der Stadtreinigung gingen in orangefarbenen Westen über den Platz und sammelten mit langen Greifzangen den liegengebliebenen Müll in blaue Plastikbeutel, einer nach dem anderen schob die Kapuze hoch, als der Regen stärker wurde. Egon rutschte mit seinem Stuhl etwas nach hinten ins Trockene. Auf dem Dach sah er zwei Männer, die wieder Ziegel aufs Dachgerippe legten, diejenigen, die die Frau neben dem Schornstein aufgetürmt hatte, und neuere, deren Farbe etwas heller war. Egon war erstaunt, wie flink sie vorankamen. Ein paar Stunden noch, und bis auf das fleckige Dach wäre nichts mehr zu sehen, selbst die Ziegel würden nachdunkeln in wenigen Wochen.

Am Platzrand fuhr lärmend eine Putzmaschine entlang und fegte mit zwei runden, rotierenden Bürsten den Müll zusammen, der für die Greifzangen zu klein war. Über den Bürsten spritzte eine Düse unentwegt Wasser auf die Straße. Egon musste lachen. Es gab Tage, an denen er sich am Fließband genauso nutzlos vorkam wie diese Wasserdüse im strömenden Regen. Er nahm den Feldstecher und fixierte die Frau in der Putzmaschine. Sie hatte große Kopfhörer auf und schien ein Lied mitzusingen, mit einer Hand klopfte sie den Rhythmus aufs Lenkrad. Egon schwenkte hinüber zum Mobiltelefongeschäft. Der Mann mit dem Dutt stand hinter der Ladentheke, schaute in sein Telefon und kaute an den Nägeln seiner rechten Hand. Er hatte vergessen, die Neonschrift mit dem Wort »Notaufnahme« einzuschalten. Egon stellte den Feldstecher mit den Gläsern nach unten auf den Tisch und aß ein paar Bissen. Vielleicht würde er später mit seiner Mutter hinausfahren in den Wildpark oder sich einen Mittagsfilm im Kino ansehen, Bergman oder Fellini, etwas Beständiges, Unverwüstliches, ja, vielleicht war dies das Beste, was der heutige Tag zu bieten hatte.

»Mi scusi«, hörte er eine Stimme neben sich. »Signor Moosbach, nicht wahr?«

Egon legte das Schnittlauchbrot, das er eben zum Mund geführt hatte, zurück auf den Teller. Ein freundlich aussehender Mann stand vor ihm, schwer zu sagen, wie alt er war, um die dreißig vielleicht. Gut sah er aus, braungebrannt und mit langen Wimpern um die dunklen Augen, die Locken zurückgekämmt. Rahmengenähte Kalbslederschuhe, maßgeschneidertes blaues Hemd mit verdeckter

Knopfleiste, auch der Kalbsledergürtel war handgefertigt, das sah Egon gleich. Er hob die Augenbrauen und nickte, um dem Fremden zu signalisieren, dass er bereit war, ihm zuzuhören.

»Tommaso Rossi«, sagte der Mann, hob die rechte Hand vor die Brust und deutete kaum merklich eine Verbeugung an. »Für Sie, Signore, nur Tommaso.«

Egon sagte erst mal nichts. Tommaso griff in den dunkelblauen Stoffbeutel, den er um die Schulter gehängt hatte, und legte einen von Egons Filzhüten vor ihm auf den Tisch. Egon wusste sofort, dass es derjenige war, den er Finn gestern geschenkt hatte. Nur um Zeit zu gewinnen, hob er den Hut auf und warf einen Blick hinein. »Woher haben Sie den«, fragte er.

»Darf ich«, sagte Tommaso und deutete auf den zweiten Stuhl am Tisch.

Egon zog den Teller und den Feldstecher etwas näher zu sich hin und den Hut etwas zur Seite.

Tommaso setzte sich und nahm den Hut in beide Hände. »Den haben Sie gemacht, nicht wahr, Signore?« Tommaso sprach ruhig und mit dem Hauch eines italienischen Akzents.

Egon nickte. »Ist lange her«, sagte er.

Tommaso strich mit den Handflächen über die Hutkrempe. »Ernesto Valone schickt mich«, sagte er. »Ist Ihnen der Name bekannt?«

Egon schluckte. Ernesto Valone. Der Mailänder Stardesigner, der Gaultier und Armani wie kleine Schuljungen aussehen ließ. Egons Mund wurde ganz trocken. Er nahm ein Schnittlauchbrot vom Teller und biss ein Stück ab, kaute, brauchte viel zu lange dafür, spülte es schließlich mit Schwarztee hinunter. Hatte er unwissentlich etwas kopiert? War der junge Italiener gekommen, um ihm zu sagen, dass er verklagt wurde?

»Wer kennt ihn nicht«, sagte er vorsichtig. »Wenn man in einen seiner Mäntel schlüpft, hat man das Gefühl, eine Kirche zu betreten.«

»Es freut mich, dass Sie das sagen«, sagte Tommaso und lächelte freundlich. »Nun, wie Sie wohl bereits vermuten, kommen wir wegen des Hutes.«

»Wie gesagt«, sagte Egon, »ist lange her. Ein Einzelstück, quasi ein Prototyp, nicht der Rede wert.«

Tommaso strich fast zärtlich über die Hutkrempe. »Maestro Valone sieht das anders. Und ich, wenn Sie erlauben, auch.«

Egons Hände um die Teetasse zitterten. Er legte sie in den Schoß. Beobachtete die winzigen Fältchen um Tommasos Augen, die sich zeigten, wenn er lächelte. Warum lächelte er? Warum lächeln Menschen, wenn sie schlechte Nachrichten überbringen, dachte er.

»Signore«, sagte Tommaso. »Der Hut ist ein Meisterwerk. Zeitlos elegant. Senza fronzoli, ohne Schnickschnack, wie es in Ihrer Sprache heißt.«

Egons Herz machte einen kräftigen Ruck, bevor es noch schneller pochte, bis in die Nasenwurzel spürte er es pulsieren.

»Maestro Valone würde sich freuen, wenn Ihr Hut seine diesjährige Herbstkollektion komplettieren würde. Es wäre ihm eine Ehre.«

Egon presste die Hände im Schoß zusammen. Vielleicht

träumte er. Vielleicht war er eingeschlafen und träumte. Er musterte Tommaso, seinen tropfenden Schirm, der mit dem gebogenen Griff an der Tischkante baumelte. Beide sahen ziemlich echt aus, Tommaso und der Schirm. Egon erinnerte sich, mal irgendwo gelesen zu haben, dass das echte Leben sich von Träumen dadurch unterschied, dass man sich im echten Leben erinnern konnte, wie man an den Ort gelangt war, an dem man sich befand. Egon überlegte. Doch, er konnte sich erinnern, an das Öffnen des Briefkastens, den Weg über die lärmige Kreuzung hinter dem Marktplatz und daran, wie er bei Roswitha die Brote und den Tee bestellt hatte.

»Wie sind Sie auf mich gekommen«, fragte er schließlich. »Und wer hat Ihnen gesagt, dass Sie mich hier finden?«

Egon hatte Mühe, Tommaso genau zuzuhören, so aufgeregt war er. Nur Bruchteile konnte er erfassen von dem, was der Italiener sagte. Dass Ernesto Valone verzweifelt gewesen sei, weil der neuen Kollektion etwas gefehlt habe, dass er seit Jahren zum ersten Mal wieder ferngesehen und in den Nachrichten den Hut entdeckt habe. Dass er Nachforschungen angestellt habe und eigens hierhergereist sei, dass ein obdachloser Mann im Park den Hut getragen habe, dass sie ihm zweitausend Euro dafür gegeben hätten und dass der Mann gesagt habe, man könne ihn, Egon Moosbach, hier finden, er sei der mit dem Feldstecher.

»Sicherlich kommt das sehr überraschend für Sie, Signore«, sagte Tommaso und legte ein Visitenkärtchen vor ihn hin. »Speisen Sie doch heute Abend mit uns, im Bristol in Freiburg, dann kann Signor Valone Ihnen alles im Detail erklären. Wenn es Ihnen recht ist, holt Sie um sieben ein

Wagen ab, an der von Ihnen gewünschten Adresse. Rufen Sie mich einfach an.«

Egon nickte und nahm das Kärtchen, fuhr mit den Fingerspitzen die scharfen Kanten entlang. Auch das Kärtchen schien echt zu sein.

Tommaso streckte ihm die Hand entgegen und stand auf. »Ich hoffe, Sie heute Abend zu sehen«, sagte er und verabschiedete sich mit einem kräftigen Händedruck.

Egon sah ihm zu, wie er den Schirm aufspannte und mit schnellen Schritten zu einem schwarzen Wagen ging, der am Parkeingang stand. Durch den Stoff der Hose tastete er nach dem Kärtchen. Es war noch da. Er schaute hinter sich, durchs Fenster, und beobachtete Roswitha, die mit einem großen Wiegemesser hinter dem Tresen stand und Schnittlauch hackte. Er fand, dass sie nie schöner ausgesehen hatte. Er nahm den Hut vom Tisch und drehte ihn in den Händen. »Senza fronzoli«, murmelte er und lächelte. Da fiel ihm eine kleine weiße Ecke auf, die unter dem inneren Hutband hervorschaute. Egon zog daran und bekam einen Busfahrschein zu fassen. Auf der Rückseite stand in sauberer Handschrift: »Zu welcher Idylle hast du keinen Zugang? Und willst du das ändern?«

Egon blickte erneut zu Roswitha, die einen Bund Schnittlauch schüttelte und ihm damit zuwinkte, als sie ihn sah. Er hob die Hand, drehte sich dann zu seinem Teller um, aß ruhig zu Ende, trank den Tee leer. Er tastete noch einmal nach dem Kärtchen, wischte sich den Mund mit der Serviette ab und stand auf. Den Feldstecher ließ er stehen. Er zog den hinteren Teil seines Mantelkragens über den Kopf und überquerte den Platz, ging vorbei an den Müllmännern und der Frau in der Putzmaschine, geradewegs auf das Geschäft mit den Mobiltelefonen zu. Der junge Mann mit dem Dutt schaute auf und legte sein Telefon beiseite, als Egon den Laden betrat.

»Sie haben die Leuchtschrift vergessen.«

»Wie bitte?« Der junge Mann sah ihn verständnislos an.

»Notaufnahme. Die Leuchtschrift hinter Ihnen«, sagte Egon. »Sie haben vergessen, sie einzuschalten.«

Der junge Mann drehte sich um. »Sind Sie einer der Geschäftsführer«, fragte er.

»Kann man so sagen«, sagte Egon. »Aber keine Sorge, ich erzähle es niemandem. Ich bin nur hier, um ein Telefon zu kaufen. Eines, mit dem man Fotos empfangen kann. Und What's-up-Nachrichten, oder wie das heißt. Haben Sie sowas?«

Der junge Mann runzelte die Stirn. »Sicher doch«, sagte er und betätigte den Schalter der Leuchtschrift, die mit einem leisen Summen ansprang.

Maren

Alles sah beinahe wieder so aus wie vorher. Beinahe. Maren stand unten auf dem Platz und schaute hoch zu ihrer Wohnung, zum blau-weiß gestreiften Vorhang und dem Kaktus auf dem Fensterbrett, der in diesem Jahr zum ersten Mal blühte. Mit einer Hand umklammerte sie den Griff ihrer Handtasche, mit der anderen hielt sie die Strumpfhose vom Vortag darin umschlossen, zerrte mit den Fingern die Laufmasche größer. Der Regen hatte ihre Haare durchnässt und drang nun kalt auf ihre Kopfhaut. Hinter der Scheibe konnte sie Hannes' Silhouette sehen, er stand mit dem Rücken zum Fenster, offenbar war er dabei zu telefonieren. Das Loch in ihrer Strumpfhose größer zu reißen beruhigte Maren. Das widerspenstige Knacken des Stoffes, wenn die Nylonfasern nachgaben. Sie musste daran denken, wie sie mit Hannes in diese Wohnung gezogen war. Daran, wie er diese gerahmten Schriftzüge aus der Polsterfolie gewickelt hatte: »Choose happy«, »Carpe diem«, »Wenn das Leben dir saure Zitronen gibt, mach Limonade daraus!« Was für ein Schwachsinn. Das hatte Maren auch damals schon gedacht, aber nicht gesagt, weil da so viel anderes gewesen war, was ihr an Hannes gefallen hatte. Seine Grübchen, seine Gemütlichkeit, seine Scherze, seine weichen Hände, die Eiscrememaschine. Sie hatten im unmöblierten Wohnzimmer zwischen den Pappkisten gelegen, Chips mit Streichkäse gegessen und die Luft aus der Polsterfolie gedrückt, Bläschen um Bläschen, und das Geräusch hatte so ähnlich geklungen wie das absichtliche Größerreißen eines Strumpfhosenlochs. Dass da womöglich noch Spucke von Jaris zwischen ihren Brüsten war, dachte Maren. Und dass die Plastiktüte mit den Einkäufen aus dem kleinen Laden noch immer unter seinem Beifahrersitz lag. Maren beobachtete zwei Dachdecker, die mit hochgezogenen Kapuzen oben auf dem Giebel saßen und Sandwiches aßen. Wenn die Frau eine orangefarbene Weste getragen hätte, dachte Maren, wer weiß, vielleicht hätte niemand die Polizei gerufen. Der Platz war blitzblank, nichts erinnerte mehr an die Menschen, die gestern hier gestanden hatten, oder an die tobende Frau oben auf dem Dach. Nur ein kleines Ziegeltürmchen neben dem Schornstein, das die Dachdecker nicht verwendet hatten, verriet, dass hier etwas stattgefunden hatte, eine Anomalie. Maren riss kräftig an der Strumpfhose und hörte zu, wie die Fasern knackten. Nichts war wie vorher. Absolut gar nichts.

Möglichst leise machte Maren die Haustür auf. Kalt wollte sie Hannes erwischen, eiskalt, so kalt, dass er keine Zeit haben würde, faule Ausreden aus dem Gefrierfach seiner Gleichgültigkeit aufzutauen. Erst als sie im Flur auf Schlafzimmerhöhe und sicher war, dass er sie gesehen hatte, trat sie kräftig auf, rammte die Absätze ins Parkett, ging an Hannes vorbei, ohne ihn eines Blickes zu würdigen. Im Ankleidezimmer zog sie den Koffer vom Schrank, zerrte mit Absicht zu fest daran und fegte Hannes' Schuhschachteln gleich mit zu Boden. Jawoll. Es konnte gar nicht lärmig genug sein, herrlich, das Scheppern, wenn sie die Blusen und Kleider und Hosenanzüge von den Metallbügeln rupfte und die Bügel auf einen Haufen warf, noch einen, und die Halterung für die Gürtel gleich hinterher.

»Hase, was machst du da, bist du verrückt geworden?« Hannes packte sie am Arm.

Maren wehrte sich zuerst, ließ sich dann aber festhalten. Einen kurzen Moment lang ließ sie sich festhalten von Hannes, von seiner fremden, sehnigen Marathonhand, blieb still, sagte nichts, schuf eine Lücke, eine winzig kleine Lücke für Hannes, um ihr zu sagen, wo er gewesen war, letzte Nacht, um sie zu fragen, wo sie herkam, eine winzig kleine Lücke, um alles wieder an die richtige Stelle zu rücken. Aber Hannes fragte nicht, und er sagte auch nicht, wo er gewesen war, er hielt sie nur fest, weil er wohl glaubte, dass dies die passende Intervention in so einem Moment war, seine Pflicht, wenn er weiterhin den treuen, den erschütterten Lebenspartner mimen wollte.

»Was soll das Theater«, sagte er. Von allen möglichen Sätzen sagte er ausgerechnet diesen. »Ich muss in fünf Minuten los«, fuhr er fort. »Ich hab keine Zeit für so was.«

Maren fiel auf, wie zerzaust seine Haare waren und dass sein linker Unterarm aufgeschürft war, das Hemd am Bauch dunkle Flecken hatte.

»Du siehst übel aus«, sagte sie und bückte sich, klappte den Kofferdeckel auf.

»Maren«, sagte Hannes.

Was für ein Waschlappen. Nichts sagte er, außer »Maren«. Nichts von der Frau auf dem Dach, den Polizisten, den Gaffern, dem Blaulicht und den Fernsehbeiträgen. Am Ende hatte er es gar nicht mitbekommen, hatte irgendwo, aufgeputscht von zu viel Sushi und Proteinriegeln, vor sich hingeschnauft, auf dem Hometrainer im Fitnessraum der Bank oder zwischen den Hühnerbeinchen einer Vorzimmerfrau. »Wo willst du verdammt noch mal hin?« Hannes krempelte die Ärmel hoch und dann wieder runter, mehr fiel ihm nicht ein.

Maren stopfte die Kleidungsstücke in den Koffer, packte Schuhe dazu, ihren Badeanzug, die Taucherbrille. Schnorcheln gehen, warum nicht. Die Windjacke packte sie ein, auch eine Mütze, das Korsett, man konnte nie wissen. Sie klappte den Deckel zu, zog den Reißverschluss, stellte den Koffer auf die Rollen und zwängte sich an Hannes vorbei in den Flur. Aus dem Schlafzimmer holte sie den Kaktus vom Fensterbrett, wickelte ihn in einen Schal und verstaute ihn in einer Plastiktüte. Mit einer Handbewegung fegte sie im Bad ihre Kosmetikartikel von der Spiegelablage direkt in die Handtasche, das hatte sie schon immer einmal tun wollen. Auch in der Dusche mistete sie aus, nahm, was ihr gehörte, warf auf den Boden der Kabine, was sie nicht brauchte. An der Garderobe neben der Haustür nahm sie den Trenchcoat und den dicken Fellmantel. »Und wem gehört die hier?«, fragte sie und deutete auf eine Jeansjacke, die sie noch nie gesehen hatte.

»Es ist nicht so, wie du denkst«, sagte Hannes. »Ich kann dir das erklären. Du weißt doch, die Gärtnerin ... die Kräuter auf dem Balkon, die chinesischen ...«

Maren griff in die fremde Jackentasche, zog ein Handy heraus, einen Schlüsselbund, an dem eine kleine Taschenlampe baumelte, und von ganz unten ein paar vertrocknete Lindenblüten. Sie betrachtete die Gegenstände in ihrer Handfläche und ließ sie dann wieder im Jeansstoff verschwinden. »Wie auch immer«, sagte sie und hängte ihren Schlüssel ans Schlüsselbrett.

»Maren«, sagte Hannes. »Hey, Pralinchen, hör mir doch zu!«

Maren fuhr herum. »Ich bin nicht dein Pralinchen, du verfluchter Anorektiker«, sagte sie. »Schon lange nicht mehr!«

»Ich verstehe das nicht, was ist denn plötzlich in dich gefahren? Wir können doch über alles reden. Wo willst du denn hin?« Hannes versuchte, beschwichtigend zu klingen, allmählich schien er zu begreifen, dass es ihr ernst war.

»Hauptsache, raus hier«, sagte Maren. »Hauptsache, raus.« Sie hievte den Koffer über die Schwelle und schlug Hannes die Tür vor der Nase zu, der riss sie wieder auf.

»Sag mir jetzt auf der Stelle, was das soll«, rief er, seine Worte hallten im Treppenhaus.

Maren drückte den Liftknopf. »Okay«, sagte sie, »ich versuche, es in Worten auszudrücken, die du verstehst: Ich mache jetzt Limonade aus meinen Zitronen.« Hannes sah sie verdattert an, zog die Augenbrauen zusammen. Der Lift kam, und Maren stieg ein, drückte den Tür-zu-Knopf.

»Soll das heißen, ich bin eine Zitrone«, sagte Hannes. »Ist es das, was du sagen willst«, hörte sie ihn rufen, als die Lifttüren sich schlossen. »Willst du sagen, dass ich eine Zitrone bin?«

Unten auf dem Platz zog Maren den Trenchcoat über den Kopf. Sie eilte hinüber zum kleinen Laden, wollte nochmals dasselbe kaufen wie gestern: Bananen, Wasser, Kondome. »Geschlossen«, stand auf einem kleinen Zettel, der von innen an die Scheibe geklebt war. Maren spähte hinein, aber es war dunkel, sie konnte kaum etwas erkennen.

»Ich habe auch schon vergeblich geklopft.« Maren drehte sich um. Egon stand neben ihr, der verrückte Hutmacher, dem sie ab und zu ein Kleid geliehen hatte fürs Schaufenster, bevor die Stadt seinen Laden an den Höchstbietenden vermietet hatte. »Lief ja leider schon länger nicht mehr richtig«, sagte er.

Maren nickte. Ihr fiel auf, wie elegant Egon gekleidet war, dass er eine Weste trug und Gamaschen, sogar einen Hut hatte er auf, grau und aus Filz, sie konnte sich nicht erinnern, wann sie ihn zuletzt mit Hut gesehen hatte.

»Wo fahren Sie hin?« Egon deutete auf ihren Koffer.

»Keine Ahnung«, sagte Maren und winkte ein Taxi von der Hauptstraße heran.

Egon legte den Kopf schief. »Kommen Sie denn wieder?«, wollte er wissen.

Maren zuckte mit den Schultern. »Keine Ahnung.«

»Verstehe.« Egon hob den Hut leicht vom Kopf, als das Taxi hielt. »Fahren Sie an einen Ort, der Ihnen guttut«, sagte er und ging weiter.

Maren verstaute ihr Gepäck im Kofferraum. Sie stieg ein und schloss die Tür, schaute Egon nach, der vor Roswithas Café stehen blieb, den Hut vom Kopf nahm und ihn in den Händen drehte. Dass sie gar nicht mehr wusste, was ihr guttat, was sie mochte, dachte sie, dass sie das Wünschen verlernt hatte mit den Jahren. Und dass sie das nicht mehr wollte: mitfahren. Irgendwo auf dem Beifahrersitz oder der

Rückbank im Leben eines anderen sitzen. Sie wollte selbst ans Steuer.

»Wo soll's denn hingehen?«, fragte der Taxifahrer und trommelte mit den Fingern aufs Lenkrad. Maren schaute rüber zu Egon, der mit Nachdruck ausatmete, als stünde ihm eine schwierige Aufgabe bevor. Dann setzte er den Hut wieder auf und ging durch die Drehtür ins Café.

»Bringen Sie mich zur nächsten Autovermietung«, sagte Maren zum Fahrer und öffnete das Fenster. Die weißen Striche auf dem Asphalt leuchteten grell in der Sonne.

Finn

Der Schlüssel war warm geworden in seiner Hand, so lange stand er schon vor der blauen Holztür. Ein paar Sachen solle er für Manu zusammenpacken, hatte der Polizist am Telefon gesagt, Kleider, Zahnbürste, Bücher, ein paar Sachen eben, die sie gebrauchen könne. Finn schaute auf das Bündel aus Zeitungen und Briefen, das ihm der Mann unten in der Plexiglaswerkstatt mit dem Schlüssel in die Hand gedrückt hatte. Das Fräulein Kühne möge sich bitte endlich einen eigenen Briefkasten anschaffen, hatte er gesagt, er sei nicht länger bereit, ihre Post bei sich zu lagern. Auf dem Titelblatt des *Thalbacher Boten* war Manu zu sehen, ihre Silhouette, die über den Giebel balancierte, in der Hand einen kaum zu erkennenden Ziegel. »Nach zwanzig Stunden vom Dach gesprungen«, stand in schwarzen Buchstaben über ihrem Kopf. Auch auf der Gratiszeitung weiter unten im Stapel war Manu zu sehen. »Muss die Ziegelwerferin in die Geschlossene?«, lautete dort die Schlagzeile. Ganz nah sah man im dazugehörigen Bild Manus Gesicht, den Mund wütend verzerrt, die Wangen voller Ziegelstaub. Kriegsbemalung, dachte Finn. Mit dem Finger fuhr er Manus verpixelten Haaransatz entlang. Ob sie sie eingesperrt hatten? In einer dieser kargen Neonlichtzellen, die man aus Filmen kannte? Finn rollte die Zeitungen zusammen und steckte den Schlüssel ins Schloss. Er war hier noch nie gewesen. In Manus Notfallkammer, wie sie es nannte. Der getäfelte Raum war klein und stickig, aufgrund der Dachschrägen konnte man nur direkt neben der Tür aufrecht stehen. Durch zwei winzige, quadratische Fenster über dem Bett war der Himmel zu sehen. Finn öffnete eines davon. Rund ums Bett standen Pflanzen in Tontöpfen, kleine Palmen, Kakteen und Setzlinge, eine üppige Efeutute rankte die Wände entlang, an der Innenseite der Tür waren mit Reißzwecken kleine Papiertütchen befestigt. Finn befühlte sie, es waren Samen drin. Alle Tüten waren mit Bleistift beschriftet, *Oxalis tetraphylla*, las er auf der obersten rechts, *Oenothera biennis* auf der daneben. Auf einer kleinen Kommode bei der Tür standen eine elektrische Herdplatte und ein Wasserkocher, außerdem ein einzelner Teller mit einer Gabel, deren mittlere Zinke verbogen war. Ob Manu hier oft gegessen hatte? Am Kopfende des Bettes stand anstelle eines Nachttischs eine rote Gießkanne aus Metall, einen Wasseranschluss gab es nicht, vermutlich musste Manu dafür in den Keller. An der einzigen waagrechten Wand neben der Kommode waren Nachschlagewerke gestapelt, große schwarze Bücher mit roten Rücken, dreizehn Stück. Finn bückte sich, um die Schrift auf den Buchrücken entziffern zu können: *Grzimeks Tierleben Band VII: Vögel 1: Steißhühner, Laufvögel, Lappentaucher, Seetaucher, Pinguine, Röhrennasen.* Finns Lippen formten einen Namen nach dem anderen. *Ruderfüßer, Stelzvögel, Flamingos, Gänsevögel, Greifvögel, Hühnervögel 1.* Weiter oben lag *Band XI, Säugetiere 2: Schimpansen, Der Mensch und seine Herkunft, Riesengleiter, Fledertiere, Nebengelenktiere, Schuppentiere,*

Nagetiere, Wale. Finn hatte keine Ahnung, was ein Riesengleiter war oder ein Lappentaucher, aber die Wörter gefielen ihm. Kurz war er versucht, den Band mit den Flamingos aus dem Stapel zu zerren, ließ es dann aber bleiben. Was sollte er Manu mitbringen? Er sah keine Kleider herumliegen, keine Fotos, keine Toilettenartikel. Vielleicht hatte Silas recht. Vielleicht kannte er sie gar nicht. Gut möglich, dass er ihr vollkommen egal war. Eine Polizistin hatte ihm ihren Nachnamen sagen müssen, und nie hatte sie ihn in ihr Zimmer gelassen. Dafür wusste er, dass sie immer Hallumni sagte anstatt Halloumi, dass sie hinter den Ohren nach Katze roch und morgens auf dem Bauch schlief, dass sie es hasste, eine trockene Zahnbürste in den Mund zu nehmen. Ab wann kannte man jemanden?

Der Regen prasselte auf die kleinen Scheiben, es roch nach trockener Erde und Blattgrün. Finn setzte sich aufs Bett. Er hob das blaue Kopfkissen an die Nase, es roch nicht nach Manu, nur ganz schwach nach Waschmittel. Die Form des Zimmers, das Geräusch der Tropfen auf dem Fensterglas und das schummrige Grün der Pflanzen erinnerten ihn an das Zelt, das er manchmal im Vorgarten seiner Eltern aufgestellt hatte, als er noch klein gewesen war. Als Leo noch gelebt hatte. Er legte das Kissen weg und ging zur Kommode. Die unterste Schublade war leer. In der zweitobersten lagen eine leere PET-Flasche und ein gelber Wollpullover. In der dritten Schublade lag eine ungeöffnete Packung Milchschokolade. Finn nahm den Pullover heraus, dann auch die Schokolade. Die oberste Schublade schien auf den ersten Blick leer zu sein. Dann aber entdeckte er ganz hinten zwei Holzstiele. Er nahm sie heraus. Es waren

Wassereisstiele. Finn schaute sie genauer an. Einer war intakt, sah unbenutzt aus, der andere war am oberen Ende zerkaut und in der Mitte gespalten. Finn setzte sich. Es waren die Stiele aus den Wassereisraketen, die Manu spendiert hatte. An dem Tag, als er sie kennengelernt hatte.

»So einer bist du also«, hatte sie gesagt und ihm den Stiel abgenommen, »ein Stengelzerkauer, gut, dass ich das jetzt weiß.« Sie war zum Straßenrand rübergegangen, wo ein Mülleimer stand. »Ich habe gehört, heute soll in der alten Brauerei ein Schneckenrennen stattfinden«, rief sie über die Schulter. »Wir sollten hingehen, da kann man eine Menge Geld gewinnen. Letztes Mal hat es für zwei Gin Tonics gereicht.« Als sie zurückkam, hielt sie ihm eine kleine Weinbergschnecke unter die Nase. »Hier, was meinst du, soll ich die ins Rennen schicken?«

»Ich weiß nicht«, hatte Finn gesagt. »Sie sieht runzelig aus, vielleicht ist sie alt. Wir sollten eine finden, die fitter aussieht.«

Manu hatte gelacht und die Schnecke in den Grünstreifen neben der Ausfahrt gesetzt. Eine andere fanden sie nicht mehr. In der Brauerei dann wetteten sie auf eine der Schnecken, die man fürs Rennen mieten konnte. Und gewannen gar nichts, weil die Schnecke nur im Kreis kroch. Aber die Eisstiele hatte Manu nie weggeworfen. Irgendetwas musste sie an ihm gemocht haben damals. Irgendetwas, das nichts mit seinem Nachnamen, seiner Vergangenheit oder seiner Zimmereinrichtung zu tun hatte. Finn nahm die Schokolade, den Pullover, die beiden Holzstiele und das Samentütchen ganz oben rechts an der Tür, das mit der Aufschrift *Oxalis tetraphylla,* und verstaute alles in seinem Kurierrucksack. Auch die Zeitungen nahm er mit. Vielleicht, dachte er, will sie sie ja lesen.

Die Klinik lag in einem Park am Stadtrand und erstreckte sich über mehrere Gebäude, die durch schmale Kieswege miteinander verbunden waren. Finn stand am Ententeich neben dem Eingang zum Haupthaus. Der Regen rann ihm hinten in den Kragen und den Rücken hinunter, seine Schuhe hatten sich an den Spitzen vollgesogen, wenn er die Zehen bewegte, hörte er das Wasser in den Socken quietschen. Ein einzelner Erpel trieb im Teich, den Kopf eingezogen, die Augen geschlossen, er nahm keine Notiz von ihm. In der Jackentasche drehte Finn den Schlüssel zu Manus Dachkammer zwischen den Fingern. Ein Fenster ums andere suchte er nach ihrem hellen Haarschopf ab, aber er sah bloß Schatten, die Umrisse von Lampen, zugezogene Vorhänge oder spiegelnde Scheiben, hinter denen es dunkel war. Nur den Mann unten am Empfang sah er deutlich, seine Halbglatze, die hinter dem großen Computerbildschirm hervorblitzte, eine gelbe Kaffeetasse, nach der er hin und wieder griff. In der Cafeteria im Erdgeschoss saß ein Pfleger und aß drei Croissants hintereinander, die er in ein Glas mit Apfelsaft tunkte. Am Fenster fiel ihm eine elegant gekleidete Frau auf, die unablässig den Ring von ihrem Finger drehte, ihn vor sich auf die Tischplatte legte, mit der Fingerkuppe zur Kante schubste und ihn dann zurück an den Finger steckte, um ihn erneut zu drehen. Von irgendwoher, schien es Finn, kannte er dieses Gesicht, auch wenn er nicht hätte sagen können, wo er die Frau schon einmal gesehen hatte. Niemand betrat oder verließ das Gebäude, niemand bemerkte ihn, wie er im Windschatten des Stromhäuschens am Ententeich stand, seit einer Stunde, vielleicht zwei, vielleicht auch erst seit zehn Minuten, wie er fror und sich kaum bewegte. Und niemand würde ihn zur Rechenschaft ziehen, wenn er einen Schritt zurück machte, wenn er zurück durchs Eisentor ging, zu seinem Pinarello-Rad, zu Hause die Satteltasche packte und sich aufmachte Richtung Sizilien, Istanbul, New York.

Finn wusste, dass sein nächster Schritt entscheidend war. Er senkte den Blick auf seine Schuhe. Eine Weinbergschnecke kroch unter einem Spitzwegerichblatt hervor, ganz dicht neben seinem Fuß, bewegte die Fühler, streckte sie nach links, Richtung Eingang, und nach rechts, Richtung Straße. Ich gehe dahin, wo die Schnecke hingeht, dachte Finn. Ich lasse die Schnecke entscheiden. Die Schnecke aber zog die Fühler wieder ein, verkroch sich in ihrem Gehäuse und rührte sich nicht mehr. Der Erpel hielt die Augen geschlossen. Der Mann am Empfang griff nach der Kaffeetasse. Der Pfleger war verschwunden, und die Frau am Fenster drehte an ihrem Ring.

Finn wartete. Auf ein Zeichen, ein Geräusch, einen Lichtwechsel, ein vorbeifahrendes Auto, irgendetwas. Den richtigen Impuls. Er fühlte sich allein. Konnte sich nicht erinnern, sich je zuvor so allein gefühlt zu haben. Er hob noch einmal den Kopf und blickte zu den Fenstern. Vielleicht schlief Manu ja. Vielleicht ließ man ihn am Ende heute gar nicht zu ihr. Vielleicht war sie gar nicht in der Lage, Besuch zu empfangen. Ja, vielleicht war es besser, wenn er morgen wiederkam. Manu zuliebe. Finn nickte. Er trat einen Schritt zurück. Dann noch einen, er machte kehrt und ging mit schnellen Schritten zum Eisentor, ohne sich noch einmal umzudrehen.

*

Sie knistert. Als wäre ihr ganzer Körper gefüllt mit Kohlensäure. Nichts tut ihr weh. Sie spürt nur diese winzigen Bläschen in allen Gliedern, Bläschen überall, von den Zehennägeln bis unter die Haarwurzeln, Bläschen, die sie tragen, die platzen in ihren Adern, warm und nur für sie, eines nach dem anderen kribbelt und platzt, kribbelt und platzt, sogar ihre Zunge kribbelt, sie muss lachen. Das Erste, was sie riecht, ist Plastik, rings um ihren Kopf, es scheuert an ihren Ohren, scheuert hell und weiß in ihrem Augenwinkel, sie muss an Schwimmflügel denken, das passt nicht hierher, denkt sie, es ist der Geruch, der das macht, sie muss noch fester lachen. Der Himmel blendet hell durch ihre Wimpern, sogar ihre Augäpfel kribbeln, sie kann sie nicht stillhalten, nicht scharf stellen, es ist nur sehr hell, so hell, dass es kribbelt, ihre Pupillen weichen dem Licht aus, verstecken sich unter den Lidern, sie spürt jetzt das Plastik unter den Handflächen, es vibriert unter ihren Fingerkuppen, unter ihrem Rücken bewegt sich etwas Großes, und sie bewegt sich mit. Und dann spürt sie ihre Knochen zwischen den platzenden Bläschen, spürt ihr Steißbein, ihre Knöchel, ihre Handgelenke, und es fühlt sich an, als würden in ihren Ohren alle Bläschen auf einmal platzen und stattdessen Geräusche hineinsickern wie Wasser, kalt und unangenehm, sie hört Stimmen, eine Sirene, hört Ratschen, Klopfen, Schritte, spürt Regen im Gesicht, ihr eigenes nasses Haar im Nacken, sie sieht die Hausfassade und grelle Lichter und den Himmel, aus dem es regnet, sie sieht links und rechts das weiße Kissen, sieht zwei Männer und eine Frau in orangefarbenen Jacken, die sich über sie beugen, Fragen auskippen über ihr, sie lacht noch immer, aber antworten kann sie nicht, unter ihrer Zunge ist es bitter, sie will sie nicht bewegen. Sie blinzelt, und ihre Pupillen stellen scharf, sie schluckt, und ihre Ohren stellen scharf, sie hört »Suizidversuch«, sie hört »gesichert«, sie lacht und ballt die Fäuste, und ihr Körper stellt scharf, sie ist jetzt unten, sie kommt jetzt an, sie spürt die Arme nach sich greifen, Idioten, denkt sie, nichts begreifen sie, gar nichts. Denn jedes Mal, wenn sie auf einem Dach gestanden hat oder einer Brücke, einem Balkon, wenn sie nach unten geschaut hat, den Bauch gegen ein kühles Geländer gedrückt oder eine Brüstung aus Beton, jedes Mal, wenn sie dieses Ziehen magenabwärts gespürt hat, dort, wo die Absperrung drückte oder fehlte, dieses kribbelnde Blei, das langsam aus der Bauchgegend in die Waden sickerte, dieses Ziehen nach unten, dann wusste sie, dass sie im Grunde nicht in den Tod springen wollte. Nie wollte sie in den Tod springen. Immer nur ins Leben.

※

Dank

Ich danke Paula Fürstenberg, Peter Graf und Livio Baumgartner, ohne die es dieses Buch so nicht geben würde.

Ich danke meiner Lektorin Margaux de Weck, meinem Verleger Philipp Keel, dem ganzen großartigen Team bei Diogenes, meinen Agentinnen Meike Herrmann und Julia Eichhorn und der ganzen Agentur Graf & Graf für den gemeinsamen Weg vom Text zum Buch.

Ich danke Pascal Kreis für den schönsten Satz.

Ich danke Lia Zumwald, Alexander Thielmann, Flurina Badel, Jérémie Sarbach, Noëmi Erig, Björn Greve, Marc Jahn, Anouk Lappert, Gwenaëlle Mattmann, Christian Hansen und den Mitgliedern von »Raum für Unsicherheit«, sie alle haben mit wertvollen Gesprächen, Ermutigungen und manchmal auch warmen Notfallgerichten zur Entstehung dieses Romans beigetragen.

Ich danke der Kantonspolizei Basel-Stadt, Martha Stähelin, Manuel Steinmann, David Blum, Julia Minnig und Bettina Näf für ihre hilfreichen Hinweise und Auskünfte sowie allen anderen, die mir bei der Recherche und Ideenfindung geholfen haben.

Für geschenkte Schreibzeit danke ich der Pro Helvetia, dem Aargauer Kuratorium, dem Fachausschuss Literatur Basel, dem wunderbaren Ledig Rowohlt Haus New York, D. W. Gibson und seinem Team, der Max Kade Foundation und dem German House der New York University, Juliane Camfield und Sarah Girner. Und ich danke der Allgemeinen Lesegesellschaft Basel dafür, dass es sie gibt.